ताना बाना

ताना बाना

मंजु मधुकर

सत्साहित्य प्रकाशन, दिल्ली

प्रकाशक : सत्साहित्य प्रकाशन,
694 (पहली मंजिल), चावड़ी बाजार, दिल्ली–110006
 / संस्करण : 2025 / मूल्य : चार सौ रुपए
मुद्रक : आर–टेक ऑफसेट प्रिंटर्स, दिल्ली ISBN 978-81-7721-358-4

TANA BANA by Smt. Manju Madhukar ₹ 400.00
Published by **SATSAHITYA PRAKASHAN**
694 (First Floor), Chawri Bazar, Delhi-110006

यह कहानी-संग्रह
समर्पित है
समस्त भारतीय महिलाओं
के नाम

भूमिका

प्रस्तुत कहानी-संग्रह 'ताना-बाना' अंतर्मन में पैठती कहानियों का गुलदस्ता है। मूलतः गृहिणी होने के नाते मेरी कहानियों के कथानक घर-गृहस्थी की चारदीवारी से ही निकले हैं। विषयवस्तु आभिजात्य वर्ग की भी है, परंतु अधिकतर मध्यम वर्गीय परिवार, विशेषकर उच्च-मध्यम वर्गीय, की ही है। मेरी धारणा है कि मध्यम वर्ग ही समाज का वह वर्ग है, जो समाज के नियम एवं मूल्यों का परंपरापूर्वक निर्वाह करता है। संस्कार एवं संस्कृति का पूर्ण द्योतक है। मैं स्वयं भी इसी वर्ग का नेतृत्व करती हूँ। प्रथम, मैं एक बेटी, बहू, पत्नी, माँ, बहन, भाभी, सास एवं नानी हूँ, अतः उन सब पदवियों को प्राप्त कर कथानक तो घर से ही उठा लिये जाते हैं।

बाल्यकाल से ही पारिवारिक वातावरण पठन-पाठन में रुचि का कारण बना। प्रोफेसर पिता के प्रोत्साहन ने जहाँ एक ओर लेखन के प्रति रुचि उत्पन्न की, वहीं विवाह के पश्चात् भी अनुकूल साहित्यिक वातावरण मिलने के कारण अनेक बाधाओं एवं गृहस्थी के दायित्वों का निर्वहण करते हुए भी पति के सहयोग एवं प्रेरणा द्वारा रुक-रुककर चलनेवाली लेखनी अबाध गति से चल निकली।

हृदयस्पर्शी विषय कागजों पर कहानी बनकर बिखरे और आरंभ हो गई लेखन की अनवरत यात्रा। परंतु यह अवश्य है कि जब तक विषय अनुकूल नहीं मिलता लेखनी आगे नहीं बढ़ती।

श्रीगणेश किया विद्यार्थी जीवन में विद्यालय-विश्वविद्यालय की पत्र-पत्रिकाओं द्वारा। पत्रिकाओं में प्रकाशित होने के पश्चात् विदेश की धरती पर जब साहित्यिक वार्त्ताओं का सिलसिला आरंभ किया तो पत्रिकाओं में छिटपुट लेख, संस्मरण भी लिखे; परंतु हृदयस्पर्शी अनुभव कथा-कहानी बन कागजों पर उतर पाठकों के समक्ष आए।

इस संग्रह की सभी कहानियाँ हृदय का तार हैं। यह कहने में मुझे कोई

संकोच नहीं है कि मेरी कहानियाँ नारी-प्रधान होती हैं। मुझे गर्व है कि मैं भारतीय गार्हस्थ्य नारियों का प्रतिनिधित्व करती हूँ। 'ताना-बाना' की सभी कहानियाँ विभिन्न विषयों पर हैं। इनमें उच्च-मध्यम वर्ग की महिलाओं की भावनाओं एवं समस्याओं का वर्णन है।

'ताना-बाना' सरल, दस्तकारी में दक्ष, पढ़ी-लिखी अभिजात परिवार की गृहलक्ष्मी का जीवन है। वह स्त्री तो लाक्षणिक है, वरन् सभी भारतीय महिलाओं का जीवन 'ताना-बाना' ही तो है।

'चन्न चणे ते पाणी पीना' एक व्यंग्यात्मक कथा है।

'कर्मण्येवाधिकारस्ते' में मंद बुद्धि पुरुष से ब्याही कर्मठ स्वाभिमानी युवती की कथा है, जिसने अपने जीवन में कर्म और कर्तव्य को ही प्राथमिकता दी है।

'शापमुक्त' कहानी की नायिका एक डॉक्टर पिता की गोद ली लाडली युवती है, जो अपने ददिया ससुर द्वारा उसकी वास्तविकता ज्ञात होते ही उपेक्षित कर दी जाती है; परंतु संपूर्ण कहानी का अंत पढ़ने से ही विदित होता है कि अंततः 'शापमुक्त' कौन हुआ।

'टिकुली' हिंदू युवती की मुसलमान सहपाठी से प्रेम-विवाह कर घर बसाने की गाथा है। परिस्थितियाँ कुछ ऐसी बनीं कि उसके माथे की टिकुली पर रीझनेवाला आधुनिक विचारों का उसका शौहर 'टिकुली' से ही चिढ़ने लगा।

'त्रिनेत्र को चुनौती' और 'उतरन' हास्य बिखेरती कहानियाँ हैं। छोटी और चुटकी भरी होते हुए भी इनमें कुछ-न-कुछ उद्देश्य अवश्य ही है।

'नैहर का नेह' कहानी बहुत सरल, परंतु मर्मस्पर्शी है।

'किलकारी' एक सरल, मासूम एवं प्यारी सी कहानी है।

यह सत्य है कि कथा-कहानियाँ कोरी गल्प तथा मिथ्या कथा ही नहीं होतीं, इनमें कहीं-न-कहीं यथार्थता का पुट अवश्य ही होता है। कोई घटना, कोई पात्र तो अवश्य ही जीवन-यात्रा में मन-मस्तिष्क को छूकर निकल जाता है और लेखक अथवा लेखिका का हृदय ठिठककर उस घटना एवं पात्रों का अवलोकन करता है और एक कथा तैयार हो जाती है।

'ताना-बाना' संग्रह आपके हाथों में है, साथ ही पसंद एवं नापसंद का निर्णय भी।

—मंजु मधुकर

अनुक्रम

चन्न चणे ते पाणी पीना

''हैल्लो!''

''हैल्लो, मैं बोल रई गीता।''

''हाँ-हाँ, बोलो।'' दीपाली ने उतावली में कहा।

''सुन, पंद्रह की है करवाचौथ। अपनी पिंकी की तो पैल्ली करवाचौथ है न, तो साड्डे घर ही सब्ब जुड़ेंगे। हमारी तो तू जानती ही है कि सब सरदार पंजाबियों की ही सोसाइटी है, खूब रौनक होनी है।'' गीता उत्साह से बोली।

''लेकिन गीता, दिल्ली में तो सब सोलह की ही कर रहे हैं।'' दीपाली ने गीता की वाणी को ब्रेक लगाया।

''सुहा, कोलकाता में तो बीस बरस से देख रही कि सभी त्योहार एक दिन पैल्ले ही होता है और हाँ, पेन-शेन पर्स में रख लेना। बाद में हाउजी के भी एक-दो राउंड हो जाने हैं।''

''अरे हाँ, अबकी तो तेरी बहू के घर से खूब बायना आया होगा।'' दीपाली ने अपनी सरल सखी को छेड़ते हुए कहा।

''बायना न सुहा, मेरे और दस-बारह हजार सुहा हो गए। नवी साड़ी, नवा सूट, झुमके पिंकी को दिए। चल तू जल्दी आना, मिलकर बातें करेंगे।''

दीपाली ने फोन रखा और मुसकरा उठी।

इतने बरस बीत गए, पर गीता नहीं बदली। वही बातचीत—आधी पंजाबी और आधी हिंदीवाली। बात-बात पर हर अच्छी-बुरी बात के बीच 'सुहा' का तकियाकलाम। अब आज ही सुहाग के त्योहार के बीच 'सुहा', 'सुहा' की पुनरावृत्ति।

दीपाली और गीता लगभग तीस बरस पश्चात् सुयोग से कोलकाता में मिलीं। वैसे दोनों का शैशव एवं कैशोर्य साथ ही बीता। यौवनावस्था की दहलीज पर भी

दोनों अंतरंग सखियों ने संग-संग ही पाँव रखा था। दोनों अनेक खट्टी-मीठी स्मृतियों में समान भागीदार थीं।

गीता गाजियाबाद में दीपाली के पुश्तैनी विशाल बँगले से सटी शरणार्थियों की बस्ती में रहती थी। दीपाली के माता-पिता दोनों ही सुप्रसिद्ध चिकित्सकों में थे और गीता का परिवार बँटवारे में सभी कुछ गँवाकर शरणार्थी बन भारत आया था। उसके चाचा और पिता वगैरह कपड़े आदि का व्यापार जमा रहे थे। पारिवारिक स्तर, बौद्धिक एवं सामाजिक दृष्टि से भिन्न होने पर भी दोनों की घनिष्ठता उदाहरण ही थी।

व्यस्त माता-पिता की इकलौती पुत्री के एकाकी सूनेपन को गीता की जीवंतता ने भरा था। कई बार वह उसके घर जाकर मक्की की गरम-गरम रोटी और सरसों का साग खाकर आती। गीता का परिवार दीपाली के देखते-ही-देखते दिल्ली-गाजियाबाद के सुप्रसिद्ध कपड़ा व्यापारियों में से एक हो गया था।

जहाँ दीपाली की दादी माँ अभावहीन जीवन में भी छोटे-छोटे दुःख-दर्द ढूँढ़ कुछ-न-कुछ रोना रोती ही रहती थीं, वहीं गीता की कर्मठ दादी—जिन्होंने विभाजन में अपने पति एवं ज्येष्ठ जवान पुत्र को खो दिया था—दर्जनों अभावों में भी भावी अभाव-रहित जीवन की कल्पना कर प्रसन्न होती रहतीं। सच पूछो तो उन्हीं के कारण गीता एवं दीपाली की मैत्री-डोर बँधी हुई थी। गीता की दादी दीपाली की दादी का हाथ बँटाने प्रायः ही आती रहती थीं। दीपाली के पितामह आदि ने इस शरणार्थी परिवार की वक्त-वेवक्त खासी मदद की थी। गीता का परिवार इस बात का एहसान भी मानता था।

दोनों की मित्रता हमजोलियों की आँखों की किरकिरी तो थी ही, अध्यापिकाएँ भी अचरज करती थीं। कहाँ तो सदैव पढ़ाई-लिखाई में अव्वल रहनेवाली कोमल, सभ्य, सुसंस्कृत, मृदुभाषी छात्रा दीपाली और कहाँ खेल-कूद, रस्साकशी, दौड़ आदि में अव्वल आनेवाली और ग्रेस नंबरों से उत्तीर्ण होनेवाली छात्रा गीता, जो सुंदर गोरी होते हुए भी कठोर सुगठित देह-यष्टिवाली थी।

गीता ने घिसट-घिसटकर बारहवीं कक्षा उत्तीर्ण की। दोनों सखियाँ कॉलेज गईं और गीता ने बी.ए. प्रथम वर्ष में ही लुढ़ककर पढ़ाई-लिखाई छोड़ कुकिंग एवं सिलाई-कढ़ाई की कक्षा जॉइन कर ली। धीरे-धीरे गीता का परिवार दिल्ली के साउथ एक्सटेंशनवाली कोठी में ही जाकर रहने लगा था। कभी-कभी जब गीता मिलने आती तो दीपाली उसे कम-से-कम ग्रेजुएट करने की सलाह देती। इसपर गीता हँसकर कहती, 'यार, पढ़ना-वढ़ना क्या है! पापाजी बिजनेसवाला मुंडा ढूँढ़

रहे हैं तो वही कौन सा ग्रेजुएट होगा। बस, ठीक-ठाक काम-काजवाला हो तो मैं उसकी बीवी बन सारी जिंदगी ऐश करूँगी।'

और एक दिन गीता की डोली सज भी गई। पंजाब के एक खाते-पीते परिवार में उसका रिश्ता तय हुआ था। गीता की विदाई में भावुक दीपाली फूट-फूटकर रोई तो गीता ने ही उसे चुप कराते हुए कहा था, 'न रो, न, कुछ आँसू अपनी विदाई के लिए भी बचाकर रख।' और दोनों सखियाँ खिलखिलाकर गले लग गईं।

गीता ब्याही गई, परंतु उसके ब्याह की उमंग, रौनक और धूमधाम की अशुचिता दीपाली को भी लग गई। उसका कोमल हृदय भावी सपनों के राजकुमार के सपने दिखाने लगा था; परंतु दीवाली के माता-पिता तो उसे डॉक्टर बनाने पर तुले हुए थे।

दीपाली माता-पिता की कसौटी पर खरी नहीं उतरी, लिहाजा एम.एस-सी. बायो-केमेस्ट्री कराकर डॉक्टर साहब को ब्याह दी गई।

गीता आसन्नप्रसवा होते हुए भी अपने हँसमुख गोल-मोल, गोरे-चिट्टे आनंदी पतिदेव और दो वर्षीय पुत्र को गोद में लेकर उसके ब्याह में सम्मिलित होने आई थी। उसकी जुबान पर बस अपने पति चोपड़ा साहब का ही नाम था और चोपड़ा साहब दिलोजान से गीता पर फिदा थे।

जाते-जाते उसके आँसू पोंछते-पोंछते गले मिलकर बोली, "आखिरकार बन ही गई तू डॉक्टरनी। देखें, अब कब मिलना होता है।"

वही इन दोनों अंतरंग सखियों की अंतिम भेंट थी और उसके पश्चात् तीस वर्ष न जाने कहाँ हवा हो गए। दीपाली पंद्रह वर्षों तक तो विदेशों में ही घूमती रही। जब भी मायके जाती तो विस्मृत मित्र-परिचितों के समाचार मिल ही जाते। इसी दौरान ज्ञात हुआ कि गीता के पति ने कोलकाता में व्यापार जमाया, जो खूब फूल-फल रहा है, वगैरह-वगैरह।

दीपाली की दोनों बेटियाँ पढ़-लिखकर ब्याही गईं। उसके पति ने भी विख्यात हृदय चिकित्सक बन काफी नाम कमा लिया था और सुयोग कुछ ऐसे बने कि दीपाली के पति को कोलकाता के एक प्रसिद्ध अस्पताल के प्रसिद्ध हृदय रोग विशेषज्ञ का प्रधान पद मिला और अंततः दोनों सहेलियों ने एक-दूसरे को ढूँढ़ ही लिया।

दीपाली को आज भी याद है—एक वर्ष पूर्व की भाद्रपद की स्वेद बिंदुओं से ओत-प्रोत, प्रखर रवि रश्मियों से आप्लावित वह दोपहरी।

मध्याह्न के दो बजे थे। वह अस्त-व्यस्त, हैरान-परेशान अपने अकर्मण्य

परिचरों से पैकिंग खुलवा सामान व्यवस्थित करा रही थी कि देखा, एक भरी-पूरी गत यौवना, कर्तित केश, रंग पुते मुखड़े, भारी जेवरात एवं आधुनिक पतली शिफॉन की चमकीली साड़ी में दहलीज पर आ खड़ी हुई। साथ में फलों और मिठाइयों के टोकरे थे। दीपाली सकपकाकर भीतर खिसकने का प्रयत्न कर ही रही थी कि आगंतुका गले से लिपट गई।

"अरे, शरमा क्यों रही है? मुझे तो पैल्ले से ही पता था कि तू मुझे इसी गत में मिलेगी। तेरा साफ-सफाई का नशा ही ऐसा है। चेहरा चाहे चमके या न चमके, घर जरूर चमक जाना है। चल, कपड़े-वपड़े बदल। सूरत ढंग की कर, फिर बातें होंगी।"

"अरे गीता, तू!" दीपाली ने गीता की नॉन स्टाप सुपर फास्ट को तुरंत विराम दिया।

"हाँ, मैं! बड्डे आदमी की मैडम है तू तो, अखबारों में फोटो सहित समाचार पढ़ा और समझ गई कि डॉ. पौलुत्य वर्मा और कोई नहीं, मेरी सहेली के ही श्रीमानजी हैं। इतना कठिन नाम और किसी का हो ही नहीं सकता। याद है न, इस नाम का शादी में मैंने कितना मखौल उड़ाया था!"

तीस वर्ष का अंतराल अंतरंगता को और भी प्रगाढ़ बना गया था। दोनों सखियों की मैत्री की डोर दोनों के पतियों ने भी थाम ली और दोनों परिवारों के पारिवारिक संबंध बन गए। गीता एवं चोपड़ा साहब उन दोनों का बहुत खयाल रखते।

रात के खाने पर दीपाली अपने पति को भोजन परोसते हुए बोली, "गीता का फोन आया था, करवाचौथ का बता रही थी।"

"अरे हाँ, गीता का नाम लेने से याद आया कि चोपड़ा साहब आए थे चेकअप कराने। सब ठीक है, बस परहेज करें और लंबी सैर करें। फोन करो तो बता ही देना।"

करवाचौथ से एक दिन पहले रात्रि को दोनों पति-पत्नी रात्रिभोज के लिए बैठे ही थे कि धड़धड़ाते हुए गीता एवं चोपड़ा साहब आ धमके। दोनों सरगई लेकर आए थे।

"वाह भाभीजी, यह तो आपने बहुत अच्छा किया। आपकी सहेली रानी तो हमें यही ताने-उलाहने दे रही थी कि परदेस में तो कोई सरगई देनेवाला भी नहीं है।" डॉक्टर साहब प्रसन्न हो बोल उठे।

"ल्ये भैन की याद नहीं आई। भैन लगती हूँ तेरी और उम्र में तुझसे कुछ

बड़ी ही निकलूँगी।'' गीता की बात सुन दीपाली अभिभूत हो उठी।

''लीजिए चोपड़ा साहब, रिपोर्ट लीजिए अपनी। सब ठीक-ठाक है, बस परहेज और सैर लंबी करिएगा। भाभीजी, यह आपकी ड्यूटी है।'' डॉ. वर्मा ने अपनी ड्यूटी निभाई।

''परहेज न सुआ कि परेज कराऊँ, सुक्खी रोट्टी तो साड्डे गले विच फसेंदी है। और मरे इस कलकत्ते में जब तक सो के उट्ठो तो धूप ही निकल आती है।''

गीता के साथ डॉक्टर साहब की मीठी नोक-झोंक सदा की भाँति चल रही थी और चोपड़ा साहब सदा की भाँति नाश्ते पर टूटे हुए थे।

गीता ने जैसे-तैसे उन्हें उठाया, ''अब चलिए भी, कल सुबा जल्दी भी तो उठना है। अच्छा दीपा, मैं चली, तू सरगई टैम से कर कल जल्दी घर आ जाना, जरा सज-धज के।''

दूसरे दिन गीता के निर्देशानुसार दीपाली मध्याह्न दो बजे ही गीता के घर पहुँच गई। विशाल हॉल धवल चाँदनियों, बालिशों एवं बेलफूलों की लड़ियों से लकदक कर रहा था।

यह सजावट तो औपचारिक ही थी वरन् गीता के गृह की उष्णता ही अतिथियों को सहज कर देती थी।

गीता दीपाली को देख खिल उठी, परंतु सदा की आपादमस्तक शृंगारिका गीता आज हलके मेकअप, हलकी-फुलकी साड़ी में बड़ी फीकी सी लग रही थी। वैसे भी गीता थकी-थकी और बीमार-सी ही दिख रही थी।

कल तो सरगई देने आई तो ठीक ही थी। अब लगता है, व्रत का प्रभाव है। चोपड़ा साहब की भक्त गीता ने एक घूँट पानी, चाय, कॉफी कुछ नहीं पिया होगा, जबकि रक्तचाप और शुगर की दवाइयाँ भी वह ग्रहण कर रही थी।

''यह क्या गीता, मुझसे तो बोल रही थी कि लाल बनारसी पहनकर आना और स्वयं क्या शृंगार किया है तूने!'' दीपाली रुष्ट सी होकर बोली।

''ठीक है, ठीक है। अब पिंकी के सजने-धजने के दिन हैं।'' गीता झेंपकर बोली।

''अच्छा-अच्छा, पहन ले, पहन ले जब तक बहू नहीं।'' दीपाली को गीता को छेड़ने में ही आनंद आ रहा था।

''तूने तो बड़ा इंतजाम कर लिया।''

''हाँ, भई, पहले दोनों बहुओं के वक्त भी किया, पर क्या सिला मिला। दोनों बड़े बेटों पर जितना मैंने और चोपड़ा साहब ने ध्यान दिया उतना शायद ही कोई

ध्यान दे पाए। उनके टेस्ट होते तो किट्टी-शिट्टी सब छोड़ देती। पढ़ाई, कोचिंग में दिन-रात एक कर देती। खैर, उन दोनों ने भी हमें निराश नहीं किया। बड़ा बना आई.आई.टी. इंजीनियर और छोटा बना डॉक्टर। पर फिर क्या, बड़े ने तो निकलते ही बंगाल की जादूगरनी ब्याह ली और छोटा एम.डी. करने वास्ते लंदन क्या गया उसे वहाँ की डायना ने ही उड़ा लिया। दोनों ही बाहर बस गए। तुझे तो पता है न, कितना बड़ा त्योहार है यह हम लोगों का! मेरा शुरू से ही दिल करता था कि पंजाबन सोहणी कुड़ी आए और साथ-साथ सरगई करें। चन्न चणे तो पाणी पिएँ, पर बड़ी बंगालन ने तो मछली चाप खाकर सरगई की और माछी झोल खाकर व्रत खोला। दूसरी को खास दीपावली और करवाचौथ के वास्ते बुलवाया गया। पाँच फीट आठ इंचवाले मेरे बेटे की छह फीट की अंग्रेजन को देखने सारी सोसाइटी इकट्ठी हुई। करवाचौथ पर बनारसी साड़ी पहना सजा-धजा थालियाँ बटाने बैठाया तो बड़े चाव से बैठी; लेकिन साड़ी में ऐसा पाँव उलझा कि साड़ी एक ओर तथा थाली-लोटा दूजी ओर। और जानती है, मैडम ने ब्लाउज व पेटीकोट में ही जैसे-तैसे अर्घ्य दिया।''

गीता के सुनाने के ढंग से ही दीपाली हँसते-हँसते दोहरी हो गई।

''अब चन्न चणे ते पाणी क्या पीना था, जब सारे दिन ही सोमरस के घूँट पीती रही थी। उसके बाद से तो आई नहीं।''

''ठीक है गीता, अब आ गई न तेरी मनपसंद बहू।''

''हाँ, वैसे तो पहले दोनों का हश्र देख तीसरे को मैंने ज्यादा पढ़ाया ही नहीं। बी.कॉम. करते ही बिजनेस में लगा दिया। ऐसा बढ़िया चला रहा है कि चोपड़ा साहब भी दंग हैं। आज्ञाकारी भी बहुत है। पिंकी भी खूब अच्छी है; पर देखो, आगे क्या बनता है। अब सरगई भेजी थी, सुना है सोत्ती ही रै गई, खाई नहीं।''

गीता ठंडी साँस भरकर बोली।

''भेजी थी मतलब तुम सबने साथ बैठकर नहीं खाई?''

''अब क्या बताऊँ...'' वह अपनी बात पूरी कर पाती कि तभी कोलकाता में ही रहनेवाली उसकी रिश्ते की ननद आशाजी सिर से पाँव तक गहनों, कपड़ों से लकदक, स्थूल काया साथ में दुबली-पतली सींक-सी आठ-नौ बरस की उनकी पौत्री ने प्रवेश किया। हाँफती-हाँफती सोफे पर धँस गईं।

''अस्सी तो थल्ले बैठेंगे नई।'' उनके लिए चाँदनी के ऊपर छोटे स्टूल की व्यवस्था तुरत-फुरत की गई। इसी बीच साटनी सूट, जालीदार जरेदाजी के दुपट्टों से सुसज्जित चार-पाँच सरदारनियों के हुजूम का आगमन हुआ।

"अभी कोई नहीं आया, सूरज तो छिप जाना है, भई!" उनकी मुखिया बेचैनी से इधर देखकर बैठने की जगह खोजने लगी।

दीवार से सटी बैठी दीपाली ने कहा, "बैठिए।"

"कित्थे...ए?"

"यहीं बैठिए न, नीचे ही सब इंतजाम है।"

समूह की मुखिया के लिए तत्काल ही एक नीची सी कुरसी रखी गई। उनकी अन्य साथिनें इधर-उधर खड़ी रहीं, बैठीं नहीं।

"कपूर भैनजी नी आए?"

"आते ही होंगे।"

"ले...ए दूरवाले कब्बी के आ गए, सामनेवाले अब्बी सोत्ते ही हैं।" सरदारनियों के दल की नेता चहकी।

"अब बी ब्लॉकवाले भी कुछ बंदे रै गए सीगे।"

"ल्यो जी पौंच ई गए।" तीन शृंगारिकाएँ हँसती हुई प्रवेश करती बोलीं।

तभी लंबी, छरहरी सुदृढ़ काया और अपने लंबोतरे गोरे मुखड़े को लंबे-लंबे कान के झुमकों से और भी लंबी बनाती हुई, कठोर मुखमुद्रावाली समझदार सी कपूर भैन प्रविष्ट हुई। हाथ में दो-दो थालियाँ थालपोश से ढँकी हुईं। उनके आते ही महिला समुदाय एकाएक सक्रिय हो उठा। सामने ही बैठी एक नवयौवना की ओर मुखातिब हो श्रीमती कपूर मर्दाने स्वर में गुराईं—

"क्यों स्वीटी, बीजी नई आए त्वाडे।"

"जी आंटीजी, वो बॉव सैम सो रहे हैं न, उठते ही दूध, बिस्किट माँगेंगे। मैं बीजी की थाली उठा लाई हूँ।"

"ठीक है। कब्बी-कब्बी सास को भी फुरसत दिया कर, बेचारी तेरी गृहस्थी ही सँभालती है।"

उस यौवना का मुँह फूल गया। बिना प्रत्युत्तर दिए वह अपनी अन्य हमउम्र सखियों के संग कपूर भैनजी की आलोचना में व्यस्त हो गई।

"अपनी सास की तो वो गत बना रखी है कि पूच्छो ही नई।"

"हाँ जी, अस्सी बरस की सास बेचारी बालकनी में ही पड़ी रहती है भूखी-प्यासी।"

"नाप-तौलकर खाने को देती है और बहू भी मुट्ठी में है। बेटा तो नॉन फैमिली स्टेशन पर है, बहू बेचारी इसके चंगुल में। कभी-कभी पीछे की खिड़की से बात करती है। अपना दुःख-दर्द बताती है।"

"होर कपूर साहब, जिनके लिए आज सती-सावित्री बनी घूम रही है, बेचारे को बस साल में एक दिन ही पूछा जाता है और ढंग से रोट्टी मिलती है, बाकी दिन तो बस बेचारे…"

और सब खिलखिलाकर हँस पड़ीं। शायद यह वधुओं का समूह था।

उनकी बातचीत में सरदारनियों का हुजूम भी शामिल हो गया। तभी बुजुर्ग सरदारनीजी ने तुरुप चली—

"होर त्वाडी नू कित्थे है?"

"उसका तो जी चौथा मीन्ना (महीना) चल रहा हैगा।" और धीरे-धीरे सिर जोड़ दोनों गुप्त मंत्रणा में तल्लीन हो गईं।

"मैं तो जी उसे जमीन पर पाँव ही नहीं रखने देती। दूध, मलाई, अंडा जो मरजी खाए। जब चाहे खाए-पिए, कोई रोक-टोक नहीं है। घर है उसका।"

इसी बीच सी ब्लॉकवाली विज, मल्होत्रा, चड्ढा, धींगड़ा, खन्ना, सेतिया आदि महिलाएँ भी सजी-धजी छोटी-बड़ी थालियों समेत आ उपस्थित हुईं। वह सभी अपने ऑर्थराइटिस, स्पांडिलाइटिस या फिर ऑपरेशन आदि के कारण नीचे बैठने में असमर्थ थीं, लिहाजा सोफासेट बाहर से भीतर रखवाया गया। दीपाली को भद्र महिलाओं के चोंचले देख हँसी एवं धवल चाँदनियों की दुर्दशा देख रोना ही आ रहा था।

सरदारनियों का हुजूम अधीरता-मिश्रित खीझ से गुनगुनाया—

"कपूर भैनजी, जरा जल्दी करो जी, दिन तो छिप ही जाना है।"

सपाट सी कठोर मुखमुद्रावाली कपूर भैनजी बोलीं, "सब्ब टैम से हो जाना है, सबर तो रक्खो। सुहाग-शगुनोंवाला त्योहार है, सब काम कायदे से होगा।"

तभी एक और महिला चहकी, "अरे गीता, गौर कित्थे है, गौर नी बनाई।"

"गौर, अरे…"

"आटे की बनेगी।"

"ओ हो, आटा गूँधना होना है।"

"ला, मैं बना देती हूँ।" दीपाली उठते हुए बोली।

"बैट्ठ चुप्प करके, कोई गुड़िया रख देंगे।" गीता ने दीपाली को समझाते हुए कहा।

"अरी मिंटी, जा तो अपनी बाबी डॉल ले आ, बेटा।" एक नवयौवना ने अपनी पाँच वर्षीया बिटिया को गुड़िया लेने दौड़ाया।

चूँकि गुड़िया रानी पश्चिमी लिबास में सुसज्जित थीं, अतः उन्हें माता रानी

की चुनरी पहना एक थाल के मध्य में सुशोभित किया गया। आधुनिका गौर माता की स्थापना के बाद सभी सक्रिय हो गईं। किसी-किसी ने छोटे-मोटे गोटेदार दुपट्टे ओढ़ लिये, किसी ने सिर पर रूमाल डाल लिया। श्रीमती कपूर सबको निर्देश दे रही थीं। गीता ने ही बताया था कि यह दुबली-पतली कठोर सी कपूर भैनजी अपनी समझदारी, चतुराई एवं कर्मठता के बल पर घर-बाहर सबको अपनी तर्जनी पर नचाती हैं। घर में बेटा, बहू, बूढ़ी सास एवं पति की नाक में दम किए रहती हैं। बहुत कानून-कायदे की अनुयायी हैं।

''चलो जी, शुरू करो। हुजूम में से किसी की पुकार सुनाई दी, ''प्यास लगदी है।''

''चन्न चढ़ेगा तो ई तो अपने मियाँजी के हत्थ से पानी पिओगी।''

''नहीं जी, हमारे में तो पूजा के ही बाद मुँह जूठा कर लेते हैं। वैसे पानी तो चंदा देखकर ही पीते हैं।''

''अच्छा!'' कुछ पतिव्रताएँ अचरज से बोलीं।

सभी कुरसी, स्टूल, सोफे और जमीन पर घेरा बनाकर दीपक प्रज्वलित कर बैठ गईं।

''अरे गीता, तेरी बहू रानी कित्थे है?''

''बस्स, अभी आ जानी है।'' गीता खिड़की के बाहर झाँककर बोली।

दीपाली उसके पास उठकर गई, ''आज ऐन वक्त पर कहाँ भेज दिया उसे, बाजार गई है या ब्यूटीशियन के पास?''

''अब क्या बताऊँ, एयरपोर्ट के पास ही चोपड़ा साहब ने नया ऑफिस खोला है, वहीं ऊपरवाला फ्लैट ले लिया है। दोनों पिछले महीने उधर ही चले गए हैं। पिंकी ऑफिस भी देखती है। बड़ी प्यारी, हुश्यार बंदी है।''

''हाँ, होशियार तो है ही, आते ही अलग हो गई। एयरपोर्ट कौन सा दूर है, हजारों लोग इधर-से-उधर काम-धंधे के लिए जाते ही हैं।'' दीपाली को रोष आ रहा था।

''न, न, पिंकी को मैं दोष नहीं देती, वो तो हमारा बेटा ही पीछे पड़ गया तो चोपड़ा साहब बोले—ठीक है, हँसी-खुशी ही अलग रहे तो प्यार बढ़ता है। ठीक है, रोज तो मिलते-बैठते ही हैं। कभी वो इधर, कभी हम उधर।''

वह बात खत्म कर पाती कि कपूर भैनजी गरजीं, ''बायना-शायना तो बीच में रख, गीता।''

मेवे, मिष्टान्न, फलों, मट्ठियों, फेनी के बड़े-बड़े थाल गीता के पास रखी

बड़ी सी मेज पर सजवा दिए। साड़ी-सूट व जेवरों के डिब्बे भी साथ थे। महिलाएँ पूजा-वूजा छोड़ सूक्ष्म निरीक्षण में लग गईं। दीपाली बायने को विस्फारित नेत्रों से देख रही थी। यह सब दिखावे के लिए उसकी प्रिय सखी ने स्वयं ही जुटाया है, परंतु अन्य महिलाओं के वृत्तांत से तो यही आभास हो रहा था मानो उन सभी के यहाँ से तो बहुत कुछ आया था, यह तो कुछ भी नहीं है।

"ले, आ गई, पिंकी।" गीता का चेहरा अपनी श्रृंगारिका पुत्रवधू को देख फूल-सा खिल उठा।

पिंकी का भोला-लुभावना मुखड़ा देखकर तो दीपाली का भी सब रोष धुल गया।

"चल्लो जी, शुरू तो करो।"

"कपूर भैनजी, कहानी बोलो।"

"आंटी, कैसेट भी है, मैं दिल्ली से लाई थी।" पिंकी उत्साहित सी बोली, परंतु गीता के संकेत से चुप हो गई।

कहानी आरंभ हुई—"इक सात भाइयों की प्यारी बहन सीगी…" कहानी चल रही थी। थालियाँ बटाई (घुमाई) जा रही थीं।

"वीरो प्यारी वीराँ चन्न चणे ते पाणी पीना।"

अंततः अनेक मतभेदों के पश्चात् पूजा पूर्ण हुई। किसी ने कहा—सात फेरे हो गए। किसी के अनुसार अभी छह ही हुए थे। किसी के दीपक की लौ बीच में ही दम तोड़ गई थी। आशंकित महिला को सभी सांत्वना दे रही थीं।

इसी बीच कपूर भैनजी के घर से दो बार सूचना आ चुकी थी कि उनकी बहू की तबीयत कुछ खराब हो रही है; परंतु उनके अनुसार, "सब ठीक है, ऐसे में ऐसा ही होता है।"

हाउजी राउंड आरंभ हुआ। किसी-किसी ने नींबू, पानी, शरबत, जूस व चाय से मुँह जुठारा। कुछ पतिव्रताएँ तो पति के हाथ से ही पानी पीने का निश्चय कर प्यासी बैठी थीं और अनेक बार अपनी कष्टकर तृष्णा की दुहाई दे रही थीं। कुछेक तो बेहोश-सी हुई जा रही थीं; परंतु मानो सभी में होड़ लगी हुई थी अपने को एक-दूसरे से सच्ची पतिव्रता दिखाने की।

"टू फैट लेडीज एट्टी एट।"

"उलटा-पुलटा सिक्स्टी नाइन।"

"बाय इटसेल्फ नंबर (४) मेरी तो लाइनें हो गईं।"

"तुस्सी तो बड़े लक्की हो।"

“लो जी, मेरा तो हाउस भी हो गया।”

कपूर भैनजी की तन्मयता हाउजी में भी देखने योग्य थी। किसी भी प्रकार का व्यवधान उन्हें नापसंद था। उनकी नौकरानी फिर आई। कपूर भैनजी की भृकुटि तन गई।

“की गल्ल है ?”

नौकरानी घबराकर भाग गई।

पिंकी धीरे से अपना टिकट दीपाली को थमा उठ गई। जब वापस आई तो हाउजी लगभग समाप्ति पर ही थी।

“कित्थे चली गई थी ? हाउजी तो लगभग खत्म ही हो गई।”

“मैं कपूर आंटी के घर गई थी। रिचा भाभीजी की तबीयत खराब हो गई थी। नींबू, पानी, लिमका पिलाया तो एकदम फिट हो गईं।” पिंकी उत्साह से बोली।

“क्या…आ…” कपूर भैनजी मानो आसमान से गिरीं, “ऐ तूने की कर दित्ता ?” कपूर भैनजी अपने फ्लैट की ओर दौड़ीं।

“अरे-अरे, कपूर भैनजी, अपने पैसे तो लेती जाओ।” हाउजी की संचालिका बोली।

“भाड़ में जाएँ पैसे!” कहती हुई कपूर भैनजी तेजी से बाहर निकलीं। पीछे-पीछे उनके साथ उनकी हिमायती महिलाओं का झुंड भी संग हो लिया।

“सुहा,” गीता सिर पकड़कर बैठ गई। गीता की हमदर्द सखियाँ गीता को दिलासा दे रही थीं। कुछेक पिंकी को समझा रही थीं कि…

“क्यों दूसरे के फड्डे में पाँव दिया ?”

“न जाने क्या होगा! वैसे ही आजकल कपूर साहब का बेटा करगिलवाले बॉर्डर पर है। दामाद है, वह भी एयरफोर्स में है। हे भगवान्! इनका साल बस अच्छी तरह कट जाए तो मातारानी की भेंट कराऊँगी, हनुमानजी को चोला चढ़ाऊँगी, काली घाट-दक्षिणेश्वर में पूजा दूँगी।”

गीता का बैन चल रहा था। गीता की हमदर्द सखियाँ धीरे से कपूर भैनजी के फ्लैट में खिसक गईं तमाशा देखने, मानो अभी कुछ घटित होने जा रहा है।

“सब ठीक ही होगा, मम्मीजी। रिचा दीदी के पति वहाँ करगिल बॉर्डर पर ठंड में रम-पर-रम पी रहे होंगे और वह बेचारी क्या नींबू-पानी भी नहीं पी सकती। जबकि वह बेचारी तो उनके पोते की माँ भी बनने वाली है। उन्हें तो कपूर आंटी को पहले ही दूध वगैरह देना चाहिए था। मैंने तो आप कोक, लिम्का, जूस

सभी पिया है। जब चन्न चढ़ेगा तो पानी मैं इन्हीं के हाथ से पिऊँगी।''

''उसने पिया तो ठीक है, उसे जरूरत थी, तू क्यों नहीं एक दिन ढंग से व्रत रख सकी?'' गीता रुष्ट सी बोली और मुँह फेर लिया।

''क्या मम्मीजी!'' पिंकी गीता के घुटनों के पास बैठ उसे मनाते हुए बोली, ''मैं भी तो अब...'' और पिंकी का गोरा मुखड़ा बीरबहूटी हो गया।

''सच, पहले क्यों नहीं बोली?'' गीता ने पिंकी के सिंदूरी मुखड़े को चूम लिया।

''अब तुम दोनों सास-बहू लाड़-प्यार करो। मैं तीन कप चाय बनवाती हूँ।'' दीपाली प्रसन्न होकर बोली।

''अरे, मेरी नू के वास्ते गरम-गरम दूध ला मलाईवाला। वैसे पानी तो, चन्न चढ़ेगा तभी पिएगी, मेरे संजू के हाथ से।''

दीपाली मुसकरा उठी। सच, उसकी स्नेही सरल सखी को अब मिली है मनपसंद बहूरानी।

□

टिकुली

"आखिर तुम चाहते क्या हो, नासिर?" राशी ने अपने ललाट को हाथ से दबाते हुए कहा। साँवली-सलोनी कृशकाय राशी के ललाट से असंख्य क्षीण रक्त-धाराएँ बह-बहकर उसके वस्त्र को भिगोने लगीं। राशी सिसक उठी।

न जाने क्या हो गया है नासिर को, दिन-प्रतिदिन का झगड़ा-फसाद, खीझ-झल्लाहट तो तभी से चल रही है जब से वह किस्सा हुआ है; परंतु आज तो हद ही हो गई। नासिर ऐसा तो कदापि नहीं था। उसकी शिष्टता, सौजन्यता एवं संस्कारों ने ही तो राशी को उसकी ओर आकर्षित किया था।

कभी जिस नासिर के लिए उसका दिल सौ-सौ बार मचलता था, आज उसी नासिर के कारण उसका दिल छलनी हुआ जा रहा है। कभी इसी नासिर के लिए माता-पिता की प्रतिष्ठा को दाँव पर लगा दिया था। आज उसी नासिर के कारण उसकी मान-मर्यादा खतरे में पड़ी रहती है।

नासिर तो क्रोध में आ फूलदान उसपर फेंक बाहर निकल गया था। छोटी सी बात पर कुछ कहा-सुनी हुई। नासिर इतना क्रोधित हो उठेगा, इसका तो उसे आभास ही नहीं था। न जाने उसके किस मर्मस्थल पर आघात हुआ कि वह बिफर उठा। आजकल प्राय: ही ऐसा होता है।

बच्चों की आया ग्रेसी को बुलवा माथे पर पट्टी बँधवाई।

"अरे मैडम, मैं नर्स को बुलवाती हूँ। अचानक यह क्या हो गया?"

"कुछ नहीं, बस यह तुम्हारे साहब की झूलेवाली कुरसी से अटककर गिरी और चोट लग गई।" राशी की खिसियाहट उसकी काँपती वाणी में दृष्टिगत हो रही थी।

"यह कुरसी आपको आजकल बौत तंग कर रहा है। इसे बालकनी में रखवा दीजिए।" प्रौढ़ा आया ग्रेसी रोब से बोली। ग्रेसी ने अपने स्नेहिल व्यवहार से राशी

के पूरे परिवार को अपने वश में कर रखा था। बच्चों एवं घर की साज-सज्जा, रख-रखाव सभी का जिम्मा ग्रेसी का था। प्रतिष्ठित नर्सिंग होम की प्रधान महिला चिकित्सक होने के कारण राशी अति व्यस्त रहती थी।

ग्रेसी की निगाहों से नासिर और राशी के रोज-रोज के झगड़े छिपे नहीं थे। अत: उसकी सशंकित निगाहें उसका पीछा कर रही थीं।

''आज आप अस्पताल नहीं जाएगा, डॉ. मोहिले अस्पताल देख लेंगी।'' ग्रेसी मेज पर नाश्ता लगाते हुए बोली।

''अरे नहीं। आजकल दो-चार जरूरी केस भी हैं। क्या बच्चे अभी सो रहे हैं?''

''शुक्र है।'' ग्रेसी धीरे से बोलकर रसोई में घुस गई।

राशी चौंक गई। सच, शुक्र है, बच्चे अभी सो ही रहे हैं, नहीं तो उनके प्रश्नों के उत्तर देते-देते वह परेशान हो जाती। अभी बच्चों को उनके झगड़ों की विशेष भनक नहीं लगी थी। झगड़े का कारण कुछ नहीं होता। बस, छोटी-छोटी बात पर ही वह भड़क उठता था। अस्पताल जाएगी तो अनेक प्रश्नवाचक निगाहें उससे सैकड़ों सवाल करेंगी—नहीं, आज वह घर पर ही मरीज देख लेगी।

उफ, कितना बदल गया है नासिर! अभी तक दोनों ही कितने सुखी थे! उनके सुखी परिवार एवं दांपत्य की मिसाल दिया करते थे लोगबाग। चाहे कैसी भी पार्टी या पिकनिक हो, दोनों ही समारोहों की जान कहे जाते थे। और अब तो···राशी की निगाह शो-केस में सजी बेस्ट कपल की ट्रॉफियों पर चली गई, जो उसे मुँह चिढ़ाती-सी प्रतीत हो रही थीं।

न जाने कौन सा काँटा नासिर के हृदय में गड़ उसे व्यथित कर रहा है। कौन सा विषैला बीज नासिर के मन-मस्तिष्क में उपज गया कि उसका फल इतना कसैला हो गया।

राशी ने कभी सोचा भी नहीं था कि भविष्य में उसके जीवन में एक मोड़ ऐसा भी आएगा कि इतनी अधिक कड़वाहट घुल जाएगी। अत्याधुनिक कहलाया जानेवाला उनका जोड़ा सर्वाधिक लोकप्रिय और सदैव चर्चा में रहा।

मेडिकल कॉलेज में लीक से हटकर प्यार किया, लीक से हटकर घर-गृहस्थी बसाई, दो खूबसूरत बच्चों के माँ-बाप बने; फिर यह सब टूटने के कगार पर क्यों है?

राशी अपने सभी संबंध, रिश्ते-नाते एक झटके से तोड़, माता-पिता और भाई-बहन को अर्धरात्रि में नींद में निमग्न छोड़, पिछवाड़े की चारदीवारी फाँद नासिर के संग भाग आई थी। नासिर एवं उसके साथी पूर्ववत् योजना के तहत

मोटर साइकिलों पर सवार थे। नासिर की मोटर साइकिल पर बैठ राशी उड़न-छू हो गई और रातोरात लखनऊ की सीमा पार कर कानपुर पहुँच गई। वहाँ से रेलगाड़ी द्वारा दिल्ली, जहाँ नासिर और उनके परिचित मित्रों ने उनकी कोर्ट मैरेज कराई। प्यार का ऐसा जुनून—यह कदापि नहीं सोचा कि स्नेहिल माता-पिता कितने उद्विग्न हो उठेंगे। विवाह के पाँच वर्ष पश्चात् उत्पन्न कन्या-रत्न को पाकर राशी के डॉक्टर पिता एवं प्राध्यापिका माँ कितने मुदित हो उठे थे और पूरे पाँच वर्ष तक माता-पिता का अविभाजित वात्सल्य राशी ने पाया, तत्पश्चात् ही उसकी एक बहन एवं भाई जनमे।

राशी के माता-पिता भी अपने समय के आधुनिक विचारधारा के दंपती थे, जिन्होंने स्वयं भी प्रेम-विवाह किया था। राशी को मसूरी पढ़ने भेजा गया। राशी की प्रज्ञाशीलता को देखते हुए कत्थक, संगीत, तैराकी आदि अन्य सभी विधाओं में समुचित ध्यान दिया। राशी अपने जन्मदाताओं का गौरव थी और वही गौरव उनके परिताप का कारण बन गया।

राशी के लिए तो पीछे मुड़ के देखना असंभव ही था। राशी का परिवार आधुनिक हुआ तो क्या! वह क्या एक गैरधर्मी को अपना जामाता बना लेते? कट्टर ब्राह्मण होते हुए क्या एक यवन पुत्र के पाँव पूजते? राशी तो माता-पिता की प्रगतिशील बातें सुनकर यही सोचती थी कि उसके और नासिर के संबंध उन लोगों को नागवार नहीं गुजरेंगे, परंतु उन दोनों की घनिष्ठता का आभास होते ही राशी पर कड़ी निगाह रखी जाने लगी। कड़े पहरों में कैद राशी एक दिन स्वमुक्त हो नासिर की सहधर्मिणी बन गई।

बाद में सुना गया कि शहर में इस अप्रत्याशित घटना को लेकर हंगामे की आशंका अवश्य थी; परंतु शायद छोटी बहन एवं छोटे भाई के भविष्य को देखते हुए राशी के प्रतिष्ठित जन्मदाता अपने क्रोध को स्वयं ही सहन कर गए।

नासिर लखनऊ के नवाबी खानदान का चार बहनों का इकलौता चिराग था—लाड़-प्यार, तहजीब-कायदे एवं पाबंदियों में पला-बढ़ा। पिता फार्महाउस आदि की देखभाल कर अभी भी नवाबी शान-शौकत में जी रहे थे और माँ एक पढ़ी-लिखी संजीदा महिला थीं, जो गरीब महिलाओं से चिकनकारी का कार्य कराती थीं और देश-विदेश में भेजती थीं। समाज-सेवा और कारोबार भी साथ-साथ। वैसे उनका नाम शहर में इज्जत से लिया जाता था।

उन्होंने राशी को देखा और पसंद भी किया था। उन्हें नासिर के गैरधर्म में विवाह करने से कोई एतराज भी नहीं था, बशर्ते कि नासिर की होनेवाली दुलहन

इसलाम धर्म अपनाकर निकाह करे।

परंतु यह शर्त नासिर को नागवार गुजरी। भला अपना धर्म-संस्कार क्या कोई हठात् ही एक झटके में तोड़ सकता है! प्यार की राह में यह अड़चन नासिर को नापसंद थी। दोनों के अदालती ब्याह से रुष्ट नासिर के वालिदैन ने इसे अपनी बेइज्जती समझ उससे अपने सभी नाते-रिश्ते खत्म कर दिए।

दोनों ही अवाक् थे कि आधुनिक विचारधारा के उनके जन्मदाताओं को आखिर हुआ क्या है! ये लोग तो सोचते थे कि कम-से-कम उनके विरोध का सामना उन्हें नहीं करना पड़ेगा।

मेडिकल कॉलेज में भी अपने गुणों एवं प्रतिभा के बल पर राशी सुप्रसिद्ध हो गई। सांस्कृतिक कार्यक्रमों, नाटकों में बढ़-चढ़कर हिस्सा लेती थी। परिणामस्वरूप अपने से दो वर्ष सीनियर छात्र नासिर के संपर्क में आई। दोनों की रुचियाँ, विचार समान थे। नासिर के व्यक्तित्व ने राशी को आकर्षित किया और उन दोनों की जोड़ी पूरे कॉलेज में विख्यात हो गई। ड्रामा, नाटकों में अनेक राष्ट्रीय-अंतरराष्ट्रीय पुरस्कार इस सुगम जोड़ी ने जीते।

इन दोनों की शोहरत से राशी के माता-पिता सजग हो उठे। राशी के छोटे भाई-बहन का मौन सहयोग एवं सहमति उसके संग थी; परंतु विशेषकर अपने प्रिय पापा, जो सदैव से राशी के आदर्श पुरुष थे, के मोहजाल को तोड़ने का उसे बहुत दु:ख था।

पिता का एक छोटा सा क्लीनिक था, परंतु हाथ में प्रचुर यश था। इस कारण वह चाहते थे कि राशी के डॉक्टर बनते ही इसे बड़े नर्सिंग होम में बदल देंगे। राशी से ही उनके भावनात्मक और विचारात्मक संबंध अधिक थे। सच पूछिए तो वह उनका गुरूर था। राशी के इस अप्रत्याशित कदम ने न केवल अपने सुप्रसिद्ध चिकित्सक पिता की मर्यादा को खंडित किया, वरन् प्रिंसिपल एवं सुप्रसिद्ध कवयित्री माता के आदर्शों की भी धज्जियाँ उड़ा दीं।

परंतु वह अपने दिल के हाथों विवश थी।

विवाह करने के पश्चात् राशी ने उन लोगों से मिलने का असफल प्रयत्न भी किया; परंतु उन्होंने साफ-साफ कहलवा दिया कि हम अपनी बड़ी बेटी का श्राद्ध कर चुके, हमारे लिए अब वह मर चुकी है। ठीक यही सलूक नासिर के दरवाजे पर भी हुआ। अपमानित, दु:खी हृदय वे लोग वापस आ गए।

दोनों ने अपनी गृहस्थी की शुरुआत राजधानी दिल्ली के जे.एन.यू. से संबद्ध एक छोटे से क्लीनिक से की। दोनों ही वहाँ के डॉक्टर बने। वहाँ की मुक्त

विचारधारावाले अनेक प्राध्यापकों, अध्यापकों के साहचर्य ने उनके दग्ध हृदय को कुछ शीतलता पहुँचाई। उनके जैसे और भी कुछ जोड़े वहाँ थे, जिन्होंने इस प्रकार के साहसी कदम उठाए थे।

वह दोनों का स्वर्ण युग था। दोनों ही दो बेटों के पिता-माता बने। अनेक पारिवारिक मित्र मिले। आगे की पढ़ाई भी संग-संग की। प्रतिष्ठा एवं लोकप्रियता भी पाई। राशी को जब भी बिछुड़ा पीहर व्यथित करता तो श्रीमती शर्मा की सास उसे कलेजे से लगा लेतीं और चार बहनों का लाडला जब अपनी बहनों की याद में गुमसुम होता तो किसी-न-किसी मित्र की पत्नी या बहन उसका वह संताप दूर करने का प्रयत्न करती। न जाने कितनों का तो वह राखी-बंद भाई था।

परंतु, दोनों की जिंदगी में एक ठहराव-सा आ रहा था। उन्हें लगता कि उनका कैरियर रुकता-सा जा रहा है।

उनके अनेक परिचित पदोन्नत हो बाहर चले गए। देश-विदेश में पहुँचे मित्र उन्हें वहाँ बुलाने लगे और वह भी तो थोड़ा बदलाव चाहते थे। उनके घनिष्ठ मित्र एवं सहपाठी पवन एवं सना आल इंडिया मेडिकल कॉलेज में डॉक्टर थे। उन दोनों ने भी राशी व नासिर की भाँति विवाह किया था, किंतु अंतर यह था कि उन दोनों को अपने माता-पिता की भी रजामंदी मिली थी। दोनों को बुजुर्गों का आशीर्वाद मिला तथा दोनों ही परिवारों में अत्यंत मधुर संबंध थे। यद्यपि एक छोटे से कस्बे में रहनेवाले साधारण शिक्षा प्राप्त किसान थे दोनों के माँ-बाप। परस्पर पड़ोसी थे, अपने पड़ोस को रिश्तेदारी में बदलते देख वह प्रसन्न ही हुए। विवाह अदालती ही था, लेकिन बुजुर्गों का हाथ सिर पर होने से दोनों का परिवार भरा-पूरा लगता था।

नासिर और राशी भी प्राय: अपना खालीपन उन दोनों के घर जाकर भरते थे। उन बुजुर्गों को देखकर लगता कि सही मायने में आधुनिक वही हैं। दो वर्ष पूर्व जब पवन व सना के माता-पिता नहीं रहे तो वे लोग भी अपनी दोनों बेटियों के संग अमेरिका चले गए। उनके बाहर चले जाने से नासिर और राशी बिलकुल ही अकेले पड़ गए। सना-पवन सदैव कहते थे कि हमारी दोनों बेटियाँ तुम्हारी बहुएँ बनेंगी। आपस में समधी-समधन कह चिढ़ाते थे।

नासिर ने भी अब दिल्ली से निकलना चाहा। सौभाग्य से उन दोनों को मुंबई के एक नवीनतम अस्पताल में बहुत अच्छा चिकित्सक पद मिला। नासिर आँखों का विशेषज्ञ सर्जन था और राशी उस अस्पताल के जच्चा-बच्चा विभाग की इंचार्ज बनी। किसी धनी प्रवासी भारतीय ने इसे बनवाया था। परिणामस्वरूप ऊँची तनख्वाह, मान-सम्मान, कोठी, कार, नौकर-चाकर सब पाकर भी नासिर गुमसुम सा ही

रहता। शायद अपने माँ-बाप को यह सब ऐश्वर्य साधन न दिखा पाने का अहसास उसे खोखला कर रहा था। प्यारी बहनों को उपहारों से लाद देने की ख्वाहिशें दुःखी कर रही हों।

वैसे राशी की छोटी बहन मुंबई में ही थी। भाई अमेरिका पढ़ने गया था। यदा-कदा राशी को अपने घर के समाचार मिलने लगे और माता-पिता का झुकाव शनैः-शनैः राशी की ओर होने लगा। अपरोक्ष रूप से उन्होंने राशी को क्षमादान दे दिया था; परंतु नासिर के संग अभी भी वह असहज ही थे।

नासिर और राशी की लोकप्रिय जोड़ी ने अनेक मित्र-परिचित बना लिये थे। इसी दौरान दोनों का एक लखनऊ मित्र समूह बन गया। और उसी माध्यम से नासिर को अपने दूर के एक चचा मिल गए। उन्होंने उसे बहुत लताड़ा—

"क्या साहबजादे, माँ-बाप वहाँ मोतियाबिंद-सी धुँधलाई, पनियाली आँखें लिये बैठे हैं और आप यहाँ शोहरत तथा रुपया बटोर रहे हैं। बड़े आला दरजे के आई सर्जन बने बैठे हैं, मियाँ? वालिदैन की भी कभी खबर लेने का फर्ज बनता है आपका?"

नासिर की इतनी लानत-मलामत देख राशी ने ही जिद कर नासिर को लखनऊ अपनी ससुराल भेजा और नासिर का अपने घर आना-जाना बढ़ चला। प्रायः ही उसकी दुबईवाली बड़ी आपा और दूसरी बहनों का आना-जाना होने लगा। बच्चों को लेकर नासिर जब भी लखनऊ जाता तो लौटते समय अनेक सौगातों से भरपूर आता; किंतु एक भी उपहार राशी के लिए नहीं होता—और राशी को इससे जरा भी मलाल नहीं होता। वह प्रसन्न थी कि नासिर ने अपनी जड़ों को फिर से पा लिया।

नासिर की बड़ी आपा बहुत ही स्नेहिल थीं, राशी को भी बहुत स्नेह देती थीं।

बहनों की आवाजाही के कारण राशी की गृहस्थी की व्यवस्था तो बदलती थी, परंतु अभी तक किसी प्रकार का कटु संबंध नहीं था। चारों ननदें बच्चों पर जान छिड़कती थीं। कभी-कभी राशी उन सबके मध्य अपने को अकेला महसूस करती।

दबी जुबान वे लोग प्रायः कहतीं कि उनके वालिदैन खुश हो सकते हैं, बशर्ते कि वह अपना धर्म-परिवर्तन कर ले। नासिर-राशी सुनी-अनसुनी कर देते। जिद्दी माता-पिता ने अपनी आँखों का ऑपरेशन नासिर के यहाँ करवाने से इनकार कर दिया। लिहाजा आँखें बिगड़ गईं और नासिर को आत्महीनता का बोध होने लगा। बहनों की नसीहतें, रिश्ते-नातेदारों के फोन और खतों ने उसे दुःखी कर डाला।

इसी ऊहापोह में कुछ ऐसी परिस्थितियाँ बनीं कि बड़े पैमाने पर एक नेत्र शिविर लगवाया गया। डॉ. नासिर की शोहरत दूर-दूर तक थी, अतः उस कैंप में अमीर-गरीब, बड़े-छोटे सभी प्रकार के मरीज आए। नासिर दिन-रात ऑपरेशनों में व्यस्त रहता, लेकिन कुछ तो मन की अस्वस्थता और कुछ दिन-रात के परिश्रम के परिणामस्वरूप या यों कहिए कि अन्य ईर्ष्या-दग्ध डॉक्टरों के षड्यंत्र से कुछ महत्त्वपूर्ण व्यक्तियों के ऑपरेशनों के पश्चात् दी जानेवाली दवाइयों व नर्सिंग में त्रुटि रह गई।

राजनीतिक व्यक्तियों से संबंधित मरीज थे वे, अतः इस घटना को मीडिया ने हिंदू-मुसलिम मुद्दा बना खूब उछाला। लाखों रुपए का हर्जाना उन मरीजों को देने के कारण अस्पताल एवं नासिर के नाम को बट्टा तो लगा ही, साथ ही आर्थिक हानि भी हुई। दोनों वर्ग के धार्मिक ठेकेदारों ने इसे एक सांप्रदायिक मुद्दा बना अपनी-अपनी रोटियाँ सेंकीं।

हालाँकि कड़ी जाँच-पड़ताल के पश्चात् यह साबित भी हो गया था कि नासिर निर्दोष था। कंपाउंडर ही विरोधियों के संग मिल गया था। नासिर की नौकरी बरकरार थी, फिर भी वह पूर्व स्थति में नहीं पहुँच पा रहा है। उसका मनोबल नीचे गिर गया। आत्मविश्वास राशी के अथक प्रयासों के बावजूद पुनः वापस नहीं आ पा रहा था।

उसकी उचटती तबीयत को देखकर बहरीनवाली आपा उससे अपने पास आकर रहने का आग्रह करने लगी थीं। छोटी आपा भी आबूधाबी पहुँच गई थीं। वह भी सलाह दे रही थीं कि यहाँ अपने लोग हैं, बहिश्त है और तुम्हारे हुनर की कद्र हो गई तो रुपए-पैसे, सोने-चाँदी के अंबार लग जाएँगे। उन्हें गए हुए अभी दो बरस ही हुए थे। बीच में एक बार आईं तो सोने की चमक-दमक से पीली हो रही थीं। वैसे भी यह दूसरे नंबरवाली आपा थोड़ी नाज-नखरे, शान-अकड़ व दिखावेवाली हैं। बड़ी जितनी सरल एवं स्नेहिल नहीं।

भारत की सोंधी धरती से बेहद प्यार करनेवाला नासिर भी अब इसी दिशा में सोचने लगा था। जगह-जगह आवेदन-पत्र, इंटरव्यू तथा कहीं-कहीं पर तो बाहर भेजनेवाले दलालों को पैसा भी खिलाता रहता। आरंभिक दौर में अति उत्साहित दिखता और परिणाम अपने अनुकूल न देख निराशा के कारण चिड़चिड़ाहट बढ़ जाती। शालीन नासिर एकाएक अशालीन हो उठा था। बेहद शराब पीना, नूतन संदिग्ध मित्रों से मेल-जोल, विचित्र चेहरे देख राशी नासिर को समझाने का प्रयत्न करती।

पुराने मित्र–परिचित एवं आत्मीयों से मेल–जोल औपचारिक ही रह गया था। दिन–प्रतिदिन के क्लेश ने नासिर और राशी के चेहरों को बेनूर कर दिया। राशी का कैरियर ग्राफ ऊपर उठता जा रहा था। हाथ के हुनर की प्रसिद्धि और स्वभाव की सौम्यता ने महिलाओं का मन मोह लिया था। उसे जरा भी फुरसत नहीं थी।

नासिर अंतर्मुखी होता जा रहा था। राशी बार–बार कहती थी कि जिंदगी में उतार–चढ़ाव तो आते ही रहते हैं, अप्रिय घटनाओं को भुला भविष्य की ओर ध्यान दो। तुम्हारा इतना अच्छा चिकित्सक हाथ है। धीरे–धीरे अन्य लोग भी तुम्हें मान–सम्मान देंगे।

नासिर भड़क उठता। दोनों के झगड़ों के समाचार राशी के माता–पिता तक पहुँचे तो उन्होंने अपने नर्सिंग होम में आकर प्रैक्टिस करने का प्रस्ताव रखा। उनका नर्सिंग होम चलानेवाला कोई उत्तराधिकारी भी नहीं था। परंतु नासिर ने नामंजूर कर दिया।

इसी बीच सना और पवन जब छुट्टियों में मुंबई आए तो अपने आदर्श दंपती की आदर्श गृहस्थी का बिखराव देख सिहर उठे।

''नासिर, मेरे यार, क्या हो गया तुम्हें ?'' पवन ने पूछा।

''हो क्या गया! बस दिल उचट गया—इस जगह, इस रुटीन और इस देश से, जहाँ हुनरमंदों की कद्र ही नहीं है।'' नासिर लापरवाही से बोला।

''क्यों ?''

''उस आई कैंपवाले हादसे ने मेरा सुख–चैन सभी कुछ छीन लिया। यहाँ बात–बेबात देश के नागरिकों की देशभक्ति को संदेह के घेरे में ही रखा जाता है।'' नासिर की अंतर्व्यथा उसके शब्दों का आश्रय पाकर और भी मुखरित हो गई।

''यह एक षड्यंत्र ही तो था तुम्हारी शोहरत को मिटाने के लिए। यह हादसा तो किसी के भी संग हो सकता है और तुम तो निर्दोष साबित हो चुके हो। अपने भीतर आत्मविश्वास पुनः वापस लाओ।''

''यह नामुमकिन है। मुझसे अब यहाँ एक भी ऑपरेशन सफल नहीं होगा।''

''नासिर, क्या हम बाहर के देश में बहुत सुखी हैं ? ऐसा नहीं है। दिन–रात कठोर परिश्रम कर धन अर्जित करते हैं, फिर भी सम्मान व शोहरत वह नहीं मिलती, जो यहाँ मिलती है।''

''हुँह! अगर ऐसा ही है तो वापस क्यों नहीं चले आते ?'' नासिर ने व्यंग्यात्मक मुसकराहट से कहा।

''सच नासिर! प्रतिपल स्वदेश वापस लौटने के लिए दिल तड़पता है; लेकिन

एक बार यहाँ से जाने के बाद वापस लौटने के सभी रास्ते बंद हो जाते हैं। पहली बात तो यहाँ आकर फिर से जमेंगे कैसे और दूसरी बात यह कि क्रेडिट में खरीदे सुख-वैभव की कीमतें भी तो अदा करनी पड़ती हैं।''

व्यथित पवन की अनुभवी सलाह भी नासिर के दिल के घाव को भरने में असमर्थ ही रही।

पवन और सना हार माननेवाले मित्रों में से नहीं थे। एक दिन एकांत में बैठ नासिर के मन की ग्रंथियों को खोलने का प्रयास किया और मन की थाह अंततः पा ही ली। दूसरे दिन इतवार था। राशी को भी आज कई सप्ताह बाद अवकाश के क्षण मिले थे।

दोनों परिवारों ने मिड आइलैंड पिकनिक का कार्यक्रम बनाया। बच्चे समुद्र के किनारे घरौंदे बना रहे थे। नासिर और पवन बीयर की बोतलें खोले नौकरों के साथ चाय-पकौड़े एवं मखनी पुलाव बनवा रहे थे। उन दोनों के, विशेषकर नासिर के, चेहरे पर सुकून की रेखाएँ देख राशी इत्मीनान से सना के संग दूर बैठी उफनती-मचलती लहरों को देख रही थी। कुल मिलाकर इस मौसम में वातावरण खुशनुमा था।

''चल राशी, हम लोग बीच पर टहलते हैं।'' सना ने उठकर अपने कपड़े झाड़ते हुए कहा।

''चलो सना, आज तो तुम जहन्नुम के लिए भी कहोगी तो चल पड़ूँगी।'' राशी ने अदा से मुसकराते हुए कहा।

''जहन्नुम में जाएँ तुम्हारे दुश्मन।''

दोनों की खिलखिलाहट फिजाँ में बिखर गई।

''राशी, क्या तुम्हें यह आभास नहीं हो रहा कि नासिर अन्य दिनों की अपेक्षा आज पुराने फॉर्म में लौट आया है?''

''यह तो सच ही है, सना! तुम्हारा और पवन का लाख-लाख धन्यवाद, जो तुम लोगों ने पिकनिक का यह सरंजाम किया। कम-से-कम नासिर के चेहरे पर रंगत तो आई; वरना कई दिनों से तो इनसे बात करना भी तोबा। काट खाने को दौड़ पड़ते थे। अब तो यह भान होना भी कठिन है कि नासिर की खुशी किसमें है।'' राशी व्यथित हो तिक्त शब्दों में बोली।

''राशी, काम की व्यस्तता के बीच तुमने कभी नासिर की खुशी-नाखुशी जानने की जरूरत भी तो नहीं समझी। तहेदिल से जानने की कोशिश करतीं तो उसके मन की थाह पा सकती थीं। आपसी झगड़ों में तुम यही भुला बैठीं कि

संवेदनशील नासिर को उस हादसे ने अंदर तक हिला दिया है। तुमसे वह कुछ कह नहीं पा रहा। परंतु बुजुर्ग माता-पिता के प्रति अपने फर्ज को पूरा न कर सकने की आत्मग्लानि, पुरानी शोहरत पुनः प्राप्त करने की चाह और बाहर जाकर धन कमाने का उत्साह है। पर जानती हो, उसकी चिड़चिड़ाहट क्यों है?''

''हाँ सना, नासिर की झल्लाहट मैं भी बहुत कुछ समझती हूँ, पर यह तो कोई ढंग नहीं है न, माथे का घाव तो देख ही रही हो। यह सब नासिर की देन है, वही नासिर जो इस पेशानी को बार-बार निहारा करता था। उसपर भारी फूलदान का आघात करते क्या तनिक भी नहीं झिझका?'' राशी का गला भर्रा गया।

सना ने उसके कंधे पर हाथ रखते हुए कहा, ''माता-पिता ने तुम्हें क्षमादान दे दिया, किंतु नासिर के वालिदैन अपनी शर्त रखे हुए हैं और उनकी शर्त पूर्ण करने में वह असमर्थ है, लिहाजा घुट रहा है। दूसरे तुम्हारे धर्म-परिवर्तन न करने से खाड़ी देशों के अच्छे ऑफर ठुकराए भी जा रहे हैं। तुमसे कहकर वह अपनी आदर्शवादी छवि को खोखला साबित करना नहीं चाहता और घुटन इस रूप में निकल रही है।''

''हुँह, तो यही है नासिर की घुटन! क्या सना, मियाँ-बीवी में इतनी दूरी आ जाती है कि एक साथ बैठकर मुश्किल का हल न निकाला जा सके? खैर, मैं उसके वालिदैन के प्रति उसके कर्तव्यों को पूर्ण करने का माध्यम बनूँगी। मुझे अपने वैवाहिक जीवन को बचाना है। यही तो मेरा धर्म है। माता-पिता के संस्कार यही तो हैं कि पति की खुशियों में चार चाँद लगाओ। ठीक है सना, अब आज से पुराना नासिर वापस लौट आएगा।'' राशी ने सना का हाथ हलके से दबाया।

उस दिन की पिकनिक से तन-मन दोनों ही हलके हो गए। माँ-बाप के प्रफुल्लित मुखड़े देख बच्चे भी उत्साहित रहे। सना और पवन अमेरिका लौट गए।

एक दिन राशी जब नर्सिंग होम के लिए तैयार होने लगी तो नासिर को हलका-फुलका देखकर बोली, ''नासिर!''

''हूँ।''

''सुन रहे हो न।''

''बोलिए।''

नासिर की नाराजगी राशी को एक बार फिर तिलमिला गई; परंतु संयत हो वह बोली, ''मैंने दो निर्णय किए हैं।''

''हूँ।'' नासिर की ऊबी सी हुँकारी सुनाई दी।

''एक तो मैं राशी से तुम्हारी राशीदा बेगम बन जाऊँगी और दूसरा यह…''

राशी ने माथे की बिंदिया उतारते हुए कहा।

''तुम्हारी तथाकथित 'टिकुली' तुम्हारे लिए ही तो लगाती थी। अपने सुहाग की मंगल कामना का अब कोई दूसरा तरीका अख्तियार कर लूँगी। जब तक यह छोटी सी सिंदूरी 'टिकुली' तुम्हारे नयनों में दिपदिपाती थी तभी तक यह मेरा श्रृंगार थी और अब यह आँख की किरकिरी बन उठी है तो क्या औचित्य है इसे लगाने का! तुम लखनऊ चलने की तैयारी करो।''

नासिर ने उठकर उसके कंधे थाम आँखों में आँखें डालकर हैरानी से कहा, ''सच?''

''हाँ, नासिर, यह छोटी सी 'टिकुली' कभी तुम स्वयं अपनी उँगलियों के पोरों से लगाते थे, लेकिन अब यही टिकुली मेरी गृहस्थी की इमारत में सूराख कर रही है तो क्या मेरे मन को भा सकती है? नहीं, नहीं न?''

नासिर ने निगाह भरकर राशी के माथे की ओर देखा, न जाने उसकी निगाहों में क्या था, शायद एक दर्द भरा अहसास या फिर बेबसी, थोड़ा रुककर राशी को आलिंगनबद्ध कर लिया।

उसके बाद की गतिविधियाँ पंख लगाकर उड़ती रहीं।

लखनऊ में नासिर की पैतृक हवेली दुलहन-सी जगमगा उठी। न जाने कहाँ-कहाँ से रिश्तेदार इकट्ठे हो गए थे। बच्चों की भी अनेक रस्में निभाई गईं। दस वर्ष पूर्व ब्याही राशी दो बेटों की माँ अब राशीदा दुलहन बन खूबसूरत सजी हुई चौकी पर भारी जोड़ा और जेवर पहन सिर झुकाए बैठी रही। माथे के भारी चौड़े झूमर ने उसका आधा माथा ढक रखा था, जो भी देखता तो 'माशाल्लाह' कह उठता। एक ओर मीरासनों की ढोलक ढुमकती और दूसरी ओर गजलों के कार्यक्रम होते। हवेली में दावतों का जोर अलग था और कुछ खास मेहमानों के लिए 'क्लार्क अवध' को भी बुक किया गया। लिहाजा, यह सब रस्मोरिवाज एक सप्ताह चले।

सही मायने में अम्मी व अब्बा थैली और मुहरें लुटा रहे थे और बहनें बलिहारी जा रही थीं। बहनोइयों को नेग दिए जा रहे थे।

घर की पुरानी रधिया नाइन तो राशी के पास ही डेरा जमाकर बैठ गई थी। कभी मालिश करती, कभी बालों में तेल डालती। कुल मिलाकर राशी को भी इतना लाड़-प्यार, अहमियत पाकर आनंदानुभूति हो रही थी।

और फिर एक माह बाद दोनों सपरिवार बहरीन के लिए उड़ चले। दोनों की नियुक्ति का आश्वासन नासिर के बड़े बहनोई ने बहरीन में दिया था। उनके साथ ही जब विदेश की धरती पर राशी उतरी तो न चाहते हुए भी एयरपोर्ट तक छोड़ने

आए माता-पिता के सजल नयनों की याद ने उसके नयन-कोर भिगो दिए। अपने को गमगीन कर वह नासिर के प्रफुल्लित मुखड़े को लेश मात्र भी दुःखी नहीं करना चाहती थी। सुखमय भविष्य की उमंग नासिर को फिर वही चंचल-रोमांटिक नासिर बना गई।

बहरीन की आलीशान अट्टालिकाएँ, स्वच्छ रिहाइशी इलाकों को छोड़-छाड़ उनकी टैक्सी जब बबल बहरीन कहे जानेवाले इलाके की पतली सँकरी गलियों में से गुजरती हुई एक पुरानी सी इमारत के तीन सीलन भरे कमरोंवाले छोटे से मकान के सामने रुकी तो राशी को तो विश्वास ही नहीं हुआ कि यह सज्जाद भाई और नजमा आपा की रिहाइश है। वही सज्जाद भाई, जो पंद्रह वर्षों से खाड़ी के देशों में एक प्रतिष्ठित इंजीनियर बन लाखों-करोड़ों के मालिक हैं, जिनके तीनों बच्चे अमेरिका में पढ़ रहे हैं, दिल्ली में दो-दो फ्लैट हैं।

सिर से पाँव तक कंचन-मंडित नजमा आपा, जिनके ठसके से सारी बिरादरी खौफ खाती, बात-बात पर नोटों की बौछार करनेवाली यहाँ कितनी निरीह लग रही थीं।

खैर, एक कमरे में राशी की गृहस्थी समा गई। बच्चे धीरे-धीरे नवीन परिवेश में रम गए। एकमात्र इंडियन स्कूल में दाखिला भी हो गया। दो माह हो चले थे, नासिर को एक अस्पताल में काम मिल गया, किंतु मन मुताबिक नहीं मिला था और राशी को तो वह भी नहीं। वह अरेबिक सीखने जाती और नजमा आपा के संग या तो गृहस्थी सँभालती या फिर बाजार घूमती।

नजमा आपा अपने भाई-भावज पर ढेरों लाड़-दुलार छिड़कतीं। भतीजे तो उनकी जान थे।

इसी बीच दूल्हा भाई की कोशिश रंग लाई और नासिर को अपनी काबिलियत के मुताबिक पद मिल ही गया। किंतु काफी जद्दोजहद के बाद भी राशी को नौकरी नहीं मिली तो वह समय काटने के लिए बच्चों के स्कूल में ही पढ़ाने जाने लगी। एक वर्ष हो चला था वहाँ आए। कुछ धन-यश भी बढ़ गया था। नए मित्र भी बन गए। दोनों ने अलग फ्लैट में जाकर रहने की पेशकश जब बहन-बहनोई के सामने रखी तो दोनों ने ही समझाया, "अरे, यहाँ जंगल में मोर नाचा, किसने देखा। यहाँ तो हम पैसा कमाने आए हैं। तुम भी ऐसा ही करो। बच्चों का भविष्य देखो, आगे पढ़ने तो तुम्हें इन्हें इंडिया भेजना ही है, चाहो तो अमेरिका, इंग्लैंड पढ़ाओ। यहाँ तो जिंदगी गुजारनी नहीं है। कुछ समय पश्चात् हिंदुस्तान में जाकर नर्सिंग होम बनवाओ। एक नहीं, चार-चार कोठियाँ खड़ी करो, फ्लैट बनवाओ। यहाँ क्या रखा है!"

नजमा आपा की बात में दम था। डॉक्टरनी से मास्टरनी बनी राशी को लगता कि वह भी क्या कभी मशहूर गायनोक्लोजिस्ट थी! वह अपना चिकित्सकीय अस्तित्व गँवाती जा रही थी।

समय के तो पंख लगे होते हैं। तीन वर्ष बीत गए। वे एक बार भारत और एक बार यूरोप घूम आए। नासिर एवं राशी, दोनों के माँ-बाप भी उनके पास रह गए। उन लोगों ने यही कहा कि भारत वापस लौटकर नवीन शुरुआत करो। इससे बेहतर जिंदगी अपने देश में मिलेगी।

नजमा आपा भी अब वापस लौट गई थीं। उन्हें बेटियों के ब्याह करने थे, दामाद खोजने थे, बेटे के लिए दुलहन लानी थी। लिहाजा वह अपनी ससुराल आगरा में ही बसने चली गईं। पूरे फ्लैट में नासिर ही सपरिवार रहने लगा। मित्रों के दायरे बढ़े। रोज डिनर पार्टियों का आदान-प्रदान होता। छुट्टी के रोज पिकनिक भी होती। जेवर-गहने गढ़ाए जाते, विदेशी परफ्यूम, कटलरी, क्रिस्टल खरीदे जाते, लेकिन यह क्या? फिर भी एक खालीपन, एक घुटन, अपनों से दूर रहने का अहसास उन दोनों की जिंदगी में एकरसता का आभास देने लगता। तो दोनों ही अब वापस भारत जाने के विषय में सोचने लगे थे।

नजमा आपा के बराबरवाले फ्लैट में एक भाटिया परिवार रहता था। प्रसिद्ध उद्योगपति ठट्ठर सिंधी परिवार था। विभाजन के समय ही कराची से समुद्र के रास्ते बहरीन आ शरण ली थी। अनेक कष्ट सहे, किंतु अब भारत एवं बहरीन में करोड़ों का व्यापार फैला हुआ है। भाटिया साहब को कुछ अरसे से नेत्रों की गंभीर बीमारी ने आ घेरा। अमेरिका ही इलाज के लिए जाते रहते थे, परंतु कुछ ऐसी परिस्थितियाँ बनीं कि नासिर के दक्ष हस्तकौशल के वह मुरीद हो गए। कारण उनका ऑपरेशन यकायक ही नासिर के हाथों हुआ। उनकी एकमात्र पुत्रवधू छुई-मुई नाजुक सी मुंबई के किसी उद्योगपति की पुत्री थी। नखरीली, खूबसूरत, फैशनपरस्त गुड़िया सरीखी वधू दस वर्ष से माँ नहीं बन पाई थी।

पैसा पानी के समान बहाया। अमेरिका में इलाज करवाया। गर्भवती हुई। प्रसव तो अमेरिका में होना तय था। परंतु ईद की तीन दिन की छुट्टियों के दौरान ही जच्चा की हालत नाजुक हो गई। इत्तफाक कुछ ऐसा कि घर में केवल सास-बहू ही थीं।

राशी पड़ोस की हलचल देख वक्त की नजाकत समझ गई। अंतस की डॉक्टरनी जाग गई। अपना बैग उठाकर जब जाने लगी तो चिंतित नासिर ने समझाया, "राशी, तुम यह क्या कर रही हो? जानती हो, यदि तुमसे कुछ ऊँच-नीच हो गई तो क्या होगा?"

"जानती हूँ, जेल हो सकती है; किंतु जरा सी देर होने पर जच्चा-बच्चा नहीं बचेंगे। ईद की छुट्टी में डॉक्टर कहाँ ढूँढ़ोगे? केस भी कॉम्प्लीकेटेड है।

"अभी तो मैं केवल एक डॉक्टरनी हूँ, आगे का मैंने सोचा ही नहीं।"

नासिर निरुत्तर हो राशी का बैग सँभाल उसके साथ चल दिया।

असहाय सास कुछ समझ पाती, इससे पूर्व दो घंटे के अथक परिश्रम के बाद गुलगोथना गोरा-चिट्टा पोता राशी ने दादी की गोद में डाल दिया।

हक्की-बक्की श्रीमती भाटिया को तो यह मालूम ही नहीं था कि वह लेडी डॉक्टर है। अचकचाई सी राशी के पैरों पर झुक गईं।

"आंटी, आप यह क्या कर रही हैं? मोनी को देखिए, वह अब बिलकुल ठीक है। आया, नर्स, डॉक्टरनी सबका नेग इकट्ठा ही लूँगी। बढ़िया से लड्डू और पँजीरी बनाइए। मुझे बहुत अच्छी लगती है।"

गदबदे शिशु की दादी गद्गद हो उठीं। घर आकर राशी बहुत देर तक निढाल कुरसी पर पड़ी रही।

नासिर ने उसके हाथ में कॉफी का कप पकड़ाया और सीने से लगा लिया।

"मुझे माफ कर दो, नासिर, केस वाकई जटिल था। यदि कुछ ऐसा-वैसा हो जाता तो हम सब मुश्किल में पड़ जाते; लेकिन मुझसे मोनी की चीखें अनसुनी नहीं हो सकीं।"

"तुम तो सच्चे मायने में डॉक्टर हो, राशी। आज तुमने मुझे भी गर्वित किया है।"

यह घटना उन दोनों के जीवन में नया सवेरा लेकर आई।

भाटिया परिवार तो उन्हें भगवान् से भी बड़ा दर्जा देने लगा। उनका घर कीमती उपहारों से ठसाठस भर दिया। राशी को भी उनकी सहायता से उपयुक्त नौकरी प्राप्त हो गई थी। कुल मिलाकर समृद्धिशाली हो जाने पर भी अब उन लोगों का मन वहाँ नहीं लगता।

जन्मदाताओं से मिलने के लिए हृदय कलपता रहता। नासिर के अब्बा को हलका सा फालिज मार गया। राशी के पिता की आँखों की रोशनी मधुमेह की भेंट चढ़ गई।

एक दिन बातों-बातों में राशी ने अपनी संपूर्ण गाथा भाटिया आंटी को सुना ही दी, "आंटी, अब हम लोगों का मन यहाँ कतई नहीं लगता। इतने दिन बाद माता-पिता मिले हैं। उनके संग-साथ का, उनकी सेवा का सुख तो ले लें। हम लखनऊ जाकर एक नर्सिंग होम खोलना चाहते हैं।"

उदास राशी की गाथा सुन भाटिया आंटी ने दुलार से उसके सिर पर हाथ फेरते हुए कहा, ''ठीक कह रही हो, बेटी। परदेस में क्या किसी का दिल लगता है! हम तो देश पीछे छोड़ आए, वहाँ क्या कभी जा पाएँगे; किंतु फिर भी हिंदुस्तान तो अपना है। जब दिल चाहेगा, बिजनेस उठा चल देंगे। लेकिन तुम अवश्य हिंदुस्तान जाओ। अस्पताल खोलो। हम लोग तुम्हारी पूरी मदद करेंगे।''

उनके दिलासा भरे आश्वासन ने राशी का हौसला बढ़ा दिया। यही आश्वासन भाटिया साहब ने नासिर को दिया। आश्वासन ही नहीं, वरन् उन्होंने लखनऊ में नासिर की देख-रेख में एक अस्पताल बनवाने का भी संकल्प कर लिया।

एक दिन जब राशी अस्पताल जाने के लिए तैयार हो रही थी तो नासिर उसके पीछे आकर खड़ा हो गया। शीशे में उसकी रूमानी सूरत देखी तो राशी मुसकरा उठी।

''राशी, मैंने दो फैसले किए हैं।''

राशी ने प्रश्नात्मक दृष्टि नासिर पर डाली।

''एक तो यह कि हम इंडिया वापस जा रहे हैं और लखनऊ जाकर नर्सिंग होम खोलेंगे। वहाँ असहाय, अशक्त, एकाकी अपने बुजुर्ग माँ-बाप की सेवा करेंगे और एक माह के अंदर सबकुछ समेट हम इस देश को अलविदा कह देंगे।''

''सच!'' राशी नासिर से लिपट गई।

''और दूसरा फैसला है यह।'' नासिर ने अपनी पीठ पीछे किए हाथ में ली सिंदूरी डिबिया खोल अपनी कनिष्ठा की पोर से छोटी सी टिकुली उसके माथे पर लगा दी।

राशी क्षण भर को स्तब्ध रह गई।

नासिर को बिंदी लगाने का यह ढंग उसने ही तो सिखाया था। एक बार जब नासिर ने कहा था कि तुम भी टीका लगाया करो, तो उसी ने तो कहा था—'टीका' नहीं, 'टिकुली' कहो—टीके का फेमिनिन जेंडर। टीका अँगूठे से लगाया जाता है और टिकुली कनिष्ठा उँगली की पोर से।

सच में सलोने मस्तक पर ठीक धनुषाकार भौंहों के मध्य कितनी सुडौल गोल टिकुली लगा दी थी। राशी का मुखड़ा असंख्य रश्मियों से जगमगा उठा। नजर भरकर नासिर को देखा—''हाँ, राशी, तुम्हारी सूनी पेशानी मुझे बिलकुल नहीं सुहाती। और सच पूछो तो तुम्हारे सुहाग की कामना करने का यही तरीका मुझे पसंद है। यही छोटी सी 'टिकुली' मेरा आत्मविश्वास है।''

□

ताना-बाना

शर्मिष्ठा के बिया (विवाह) की शहनाइयाँ बज रही थीं। चारों ओर नाचते बिहू नर्तक और ब्रह्मपुत्र की रोहू, ईलुश माछ की तीखी सुगंध नथनों में भर जिह्वा में रस की उत्पत्ति कर रही थी।

भीतर आम्र पल्लवों से सुसज्जित आँगन में महिलाएँ बैठ अपनी मधुर बाँही (बाँसुरी) जैसी धुन में बिया नाम, आई नाम, गोसाई नाम, मेकुजि बियार नाम, छाई नाम, नाहरर गीत, जयमती कुँवारीर गीत आदि प्रसिद्ध असमिया लोकगीत गा रही थीं।

शर्मिष्ठा के विवाह में उसके श्वसुर कुल के अनेक घनिष्ठ मित्र मुंबई, कोलकाता और दिल्ली से आए थे। वे प्रसिद्ध लोक-नृत्यों बिहू, सत्रीया, झुमुर, हुलिया आदि का आनंद उठा रहे थे।

शर्मिष्ठा के कर्णों को भेद-भेदकर कुछ अस्फुट आवाजें आ रही थीं, ''केमान धुनिया कइना!'' (कितनी सुंदर दुलहन!)

''कोइनार परियाल जोरहट रउनत थाके।''

(दुलहन का परिवार जोरहाट में रहता है।)

''रियली योर वाइफ इज वैरी ब्यूटीफुल।''

''सुना है, शर्मिष्ठा एखन जियेक है।'' (एक बेटी है।)

''चार भाई हैं, सभी ऊँची पोस्ट पर। माँ सुनते हैं, लूम पर मेखला चादर बुनकर कारबार करती हैं।''

''बर भाल (बहुत अच्छा)।''

''क्या बहुत अच्छा, इतना फेमस बरुआ फेमिली और बिया कहाँ किया। मेरी डाँमर भनी (बड़ी बहन) की जियेक (पुत्री) क्या बुरी थी! अब देखो एक लूम चलानेवाली की 'जियेक' (पुत्री) कितने बड़े आदमी की 'धनियेक' (पत्नी) बन गई।''

कुछ हँसी की ध्वनि और खुसुर-फुसुर।

शर्मिष्ठा विवाह के उपहारों को एकटक देख रही थी कि अनायास ही उसकी दृष्टि विशाल सुसज्जित सुहाग-कक्ष के एक कोने में उपेक्षित से रखे उपहारों में मायके से मिले हथकरघे पर चली गई, जिसे शर्मिष्ठा के अत्यधिक विरोध के बावजूद उसकी माँ ने उसे श्वसुर-गृह भेजनेवाले उपहारों में रखवा दिया था।

आज श्वसुर-गृह में भव्य एवं विशाल समारोह के एकाकीपन एवं अजनबीयत को झेलते हुए उसे माँ के सजल नयनों के मध्य अपनी खीझ भरी वाणी स्पष्ट सुनाई दे रही थी—जब माँ उसके दहेज के सामान में अपना प्रिय लूम (हथकरघा) भी रखवाने लगीं तो शर्मिष्ठा विरोध करने लगी—

'माँ, यह मेरे संग नहीं जाएगा। क्या दिल्ली के मिरांडा हाउस की इंग्लिश लिटरेचर की पोस्ट ग्रेजुएट लूम चलाएगी? माँ, वहाँ हँसी उड़ाएँगे लोग।

'वैसे भी तुम्हारे जोरहाट की सोवाली (लड़की) गुवाहाटी जा रही है बिया (ब्याह) कर। न जाने वहाँ मुझे क्या-क्या सुनना पड़े और तुम एक अन्य पात्र जुटा रही हो मेरी हँसी उड़वाने को। फिर मुझे लूम चलाना भी तो नहीं आता। मैंने तुमसे यह हुनर सीखा भी तो नहीं।'

'ले जा मेरी जियेक (बेटी), ले जा। हम कलाप्रिय असमी महिलाओं को लूम चलाना सीखना नहीं पड़ता। जैसे ही उसमें हूता (धागा) चढ़ाया जाता है, ताना-बाना स्वयं ही बुनने लगता है। कभी मन उदास हो तो ताना-बाना कर मन बहलाना और अपनी माँ को याद करना। जब तू इसे हाथ लगाएगी तो सोचेगी कि तेरी माँ ही कहीं आस-पास है।' और शर्मिष्ठा विवश हो उठी थी। आज अनायास ही उसके कदम लूम की ओर उठ गए। महीन हूता पर हाथ फेरते ही वह फफक उठी। सच, माँ कितनी कर्मठ हैं। जब एक प्रतिष्ठित फौजी अफसर की पत्नी विधवा हुई तो उसकी गोद में छह माह की फूल-सी कोमल अबोध शर्मिष्ठा और चार छोटे-छोटे बेटे थे। शर्मिष्ठा का परिवार अधिकतर उत्तर भारत में ही रहा। पिता की पोस्टिंग भी वहीं हुई थी और उसके सभी भाई-बहन दिल्ली में ही बसे हुए थे; परंतु स्वाभिमानी माँ ने उन सभी के साथ रहने के प्रस्ताव को विनम्रता से अस्वीकार किया और अपने पैतृक नगर जोरहाट में आ गईं। वहाँ उनके पिता का दिया बाग-बगीचों से घिरा एक छोटा सा कच्चा-पक्का मकान था। सभी बच्चों को उन्होंने अपनी कर्मठता से पोषित किया।

घर में साग-सब्जी उगाई। फूल-पौधों की नर्सरी बनाई। अपनी माँ के पुराने हथकरघे की धूल स्वच्छ कर जो एक बार इसपर अवस्थित हुईं तो फिर उन्होंने

चारों भाइयों को उच्च शिक्षा और पदवी दिलाकर ही चैन की साँस ली।

इसी हथकरघे के प्रयत्न से आज असमी समाज में प्रतिष्ठित भाई माँ की दमे और दिल की बीमारी देख माँ को निरुपाय कर देते हैं कि वह लूम नहीं चलाएगी।

माँ के पार्श्व में उनकी अंकशायिनी बनी शर्मिष्ठा ही जानती है कि माँ दिन भर में एक बार यदि हथकरघे पर हाथ नहीं चला लेती तो विचलित सी हो उठती है। माँ की वेदना-मिश्रित नेत्रों की पीड़ा शर्मिष्ठा को भी दग्ध कर देती और वह भाई-भाभियों से तकरार कर माँ का हथकरघा उनके कक्ष में यों विराज देती मानो कोई देव प्रतिमा हो।

उसकी माँ के चारों पुत्र आज प्रशासनिक, विदेश सेवा, पुलिस विभाग और एयरफोर्स के उच्चाधिकारी थे; परंतु कल ऐसे भी दिन आए थे जब शर्मिष्ठा की माँ ने ऑर्डर पर मेखला चादर, गमछे एवं शॉलें भी बुनी थीं; उनसे अर्जित आय से गृहस्थी की भरी-पूरी जर्जर गाड़ी खींची थी; परंतु जब वह यदा-कदा अब फिर अपने पुराने प्रशंसकों से ऑर्डर इत्यादि लेने लगती तो उस दिन होता पारिवारिक विग्रह और अनबन।

वह भी जब माँ को समझाती तो माँ का दो-टूक जवाब होता, 'बेटी, तू जानती नहीं, इस जिंदगी के ताने-बाने मैंने इसी लूम के सहारे बुने हैं। इसी की बुनावट से तुम लोग आज इज्जतदार कहलाने योग्य बने हो। आज तुम्हारे भाई ऊँची-ऊँची पदवियों पर हैं। कभी वह दिन भी था जब यही तुम्हारे भाई अपने शिक्षकों के लिए सुंदर गमछे बुनवाते थे, अपने वरिष्ठ अधिकारियों को प्रभावित करने के लिए कलात्मक शॉलें और मेखला चादरें बुनवाकर भेंटस्वरूप लेकर जाते थे। बेटी जिंदगी के ताने-बाने गृहस्थी में पदार्पण करने के पश्चात् ही जान पाओगी। कभी हमारे जोरहाट के सुप्रसिद्ध नर्तक, कंगाली, भोगाली, बहाग और रंगाली बिहू के लिए गट्ठर-के-गट्ठर गमछे मुझसे ही बुनवाकर ले जाते थे।' और अब तो एकाकीपन और मानसिक शांति का एकमात्र आधार है यह लूम।

ध्यान एवं पूजा-पाठ के लिए कभी अवकाश ही नहीं मिला, जबकि अब अवकाश मिलने पर भी ध्यान नहीं लगता।

माँ ने ठंडी श्वास खींची। शर्मिष्ठा निरुत्तर हो उठी थी।

शर्मिष्ठा के बड़े भाई तब जोरहाट में ही कलक्टर थे। माँ अब जिलाधीश आवास में ही रहती थीं। सच में विशाल कोठी के वास स्थान में राजसी ठाट-बाट भोगती कर्मठ, शांत माँ कितनी अकेली हैं।

उसने माँ को यही तर्क दिया था, 'माँ, तुम यह मुझे दे दोगी तो अपने अस्थिर

चित्त को कैसे स्थिर करोगी?'

'अब तो काली माँ के चरणों में ही दिन बिता दूँगी। तेरे बिया (ब्याह) तक के ही तो ताने-बाने बुने थे। अब तेरे बिया (ब्याह) के साथ-ही-साथ मेरे सभी चित्र, रेखाचित्र, आरेखन, रूपरेखाएँ पूर्ण हो गई हैं।'

देख तो किमान हुंदर (सुंदर) मेखला चादर तेरे बिया के लिए बुना है। देख तो जैसा आज उत्सव है वैसा ही तो इस मेखला पर स्वत: ही अंकित हो गया है। शर्मिष्ठा चकित हो उठी। हूबहू आज जैसी रौनक और सजावट से सजी मेखला चादर।

शर्मिष्ठा ने अश्रु-विगलित नेत्रों से मेखल को स्पर्श कर अपने संदूक में रख लिया। माँ का दिया हथकरघा दहेज के सामान में रखवा दिया। शर्मिष्ठा की बड़ी भाभी ने कहा भी, 'शर्मि, तुम्हारी राजसी ठसकेदार ससुराल में इसका उपहास तो नहीं उड़ेगा? यह पुरानी लूम ले जा रही हो, ले जाना ही है तो नतुन (नया) ही ले जाओ।'

'नहीं भाभी, उपहास क्यों उड़ेगा! हथकरघा पर कपड़ा बुनना तो प्रत्येक असमी की गृह-व्यवस्था का अंग है। उनकी संस्कृति एवं कला की पहचान है।'

'पहले थे, अब नहीं। ये सब पुरातनपंथी बातें हैं।'

'हाँ, तुम्हारे मियाँजी तो भई सुना है, चाय बागान, बड़े-बड़े होटलों, रिजॉर्टों के मालिक के प्रिय सुपुत्र हैं। तुम्हें कहाँ फुरसत होगी लूम चलाने की।'

शर्मिष्ठा की मझली भाभी लखनऊ में पली-पढ़ी प्रवासी असमी उच्च पदस्थ अधिकारी की पुत्री थी। शिक्षा-दीक्षा वहीं हुई तो बातचीत में उर्दू लटका था। भीतर से आकर शर्मिष्ठा की सबसे छोटी चौथे नंबर की सुंदरी भाभी अपने समय की मिस दिल्ली और अब सुपरिंटेंडेंट पुलिस की पत्नी भी भला कहाँ चूकतीं, 'अरे मिष्ठा, तुम्हें दिल्ली में हमने उच्च शिक्षा क्या इसीलिए दिलवाई थी कि तुम यह मलियन (गंदा) भगा (टूटा) हथकरघा दहेज में ले जाकर हम सबको अपदस्थ करो?' इस समय उनका उद्‌देश्य पितृ-विहीन पुत्री पर किए अपने एहसानों को जताना था।

शर्मिष्ठा की दूसरे नंबर की भाभी, जो विदेश सेवा में रत भाई की पत्नी थीं और जोरहाट की ही थीं, अन्य सभी प्रवासी असमी भाभियों से अधिक सुलझी हुई थीं। उन्होंने उसके स्कंध पर हाथ रख धीरे से कहा, 'तुमि शांत थाका (तुम शांत रहो), यह तुम्हारे साथ अवश्य ही जाएगा।'

निस्संदेह शर्मिष्ठा की ससुराल राजसी थी, शर्मिष्ठा के मातृ-पितृ कुल की पारिवारिक पृष्ठभूमि से कहीं ऊँची; परंतु शर्मिष्ठा के पति भी दिल्ली सेंट स्टीफन

में पढ़े थे। दिल्ली के पूर्वांचल के छात्रों के किसी सांस्कृतिक कार्यक्रम में उन्होंने शर्मिष्ठा का नृत्य देखा था। उन्हें सीनियर और ओल्ड बॉयज सोसाइटी की ओर से विशिष्ट अतिथि बनाया गया था। शर्मिष्ठा को प्रथम पुरस्कार देने के साथ-ही-साथ अपना हृदय भी उन्होंने शर्मिष्ठा को भेंट कर दिया। कालांतर में भाइयों की ऊँची पदवियाँ भी उसके ब्याह का कारण बनीं।

शर्मिष्ठा स्वयं ही सुदर्शन, धवल, चंचल नेत्रोंवाले युवक की निगाहों से बिंध गई थी।

श्वसुर गृह में चाहे कितने ही अपरिचित नकचढ़े, राजसी, अभिजात चेहरे हों, परंतु पति के प्रेमिल आगोश में उसे कुछ भी अपरिचित नहीं लगेगा, ऐसा विश्वास उसे और उसकी माँ को था।

शर्मिष्ठा के पति के बड़े भाई राजनीतिक गतिविधियों में सक्रिय थे। जेठानी त्रिपुरा राजघराने से संबंध रखती थीं।

श्वसुर गृह की देहरी पर पाँव धरते ही उसे यह तो आभास हो ही गया कि उसे यहाँ के तौर-तरीके सीखने के लिए अपने भावनात्मक-रचनात्मक हृदय और मन-मस्तिष्क को बदलना होगा।

शर्मिष्ठा शनैः-शनैः अपने वैवाहिक संसार में लिप्त होती चली गई। अनुरक्त पति भी अपना मनपसंद खिलौना प्राप्त कर संतुष्ट हो अब उतने अनुरक्त नहीं रहे थे। वैसे भी वह अमीर घराने के वंशज थे और लगभग सभी व्यसनों के शिकार थे, जो अमीरों की संतानों में होते हैं। ऐसे पति पत्नियों के हृदय का मर्म समझने में असमर्थ होते हैं। उसकी गृहस्थी में अनेक ऐसे मोड़ आए कि वह माँ का दिया हथकरघा पकड़कर घंटों बैठी रहती। उस उपेक्षित से हथकरघे को गृह के पिछवाड़े एक छोटी सी कोठरी में रखवा दिया गया था।

कोठी का वातावरण गहमागहमीपूर्ण रहता। सास-ससुर सिलचर रहते थे, कभी-कभार आते थे। जेठ-जेठानी कभी गुवाहाटी तो कभी दिल्ली के ही चक्कर काटते थे अथवा विदेश यात्राओं पर रहते। उनके तीनों पुत्र अमेरिका में ही पढ़ रहे थे। टी-स्टेट की देखभाल शर्मिष्ठा के पति के हिस्से में थी। आएदिन घर में शराब, पार्टियों के दौर चलते। वरिष्ठ अधिकारियों, नेताओं की अभ्यर्थना की जाती या फिर आभिजात्य वर्ग के अतिथियों के साथ पिकनिक पार्टियाँ अरेंज की जातीं; परंतु सुंदरी शर्मिष्ठा को उसके पति सजे-धजे शो-पीस के सदृश ही पेश करते। उसे कितना बोलना है, कहाँ बोलना है, इसका रिमोट कंट्रोल उसके पति के हाथ में रहता। शर्मिष्ठा की गति सोने के पिंजरे में फड़फड़ाती मैना-सी ही थी।

स्वच्छंद वातावरण में उड़नेवाला पाखी अब उड़ान भरना ही भूल गया। सुमधुर संगीत गानेवाली शर्मिष्ठा के गले में भी काँटा-सा उग आया और वह गाना ही भूल गई। परंतु पतिदेव की हृदयहीनता, मौकापरस्ती एवं निरंकुशता ने उसे त्रस्त कर रखा था। अनेक महिलाओं के साथ नाजायज संबंधों की तो एक लंबी-चौड़ी सूची ही थी। चाय बागान की कामगार महिलाएँ तो आएदिन उनकी लोलुपता की शिकार होती रहती थीं।

कई बार शर्मिष्ठा ने पति को दबी जुबान जब भी समझाने का प्रयत्न किया तो उनका मजदूरों को साधने का चाबुक उसके कोमल तन पर भी पड़ा। सुंदरी, पढ़ी-लिखी, बुद्धिमान पत्नी को साधने का यही नुस्खा उसके पति देवाशीष जानते थे।

अपना दुखड़ा किससे कहे। गृह की सभी स्त्रियों का कामोबेश यही हाल था। परंतु वे सब तो अपने मायके से यही सब देखती आई थीं। उन्होंने परिस्थितियों से समझौता कर लिया था और गहने-कपड़े, किटी पार्टी और रम्मी ताश की बाजियाँ लगाकर प्रसन्नचित्त रहती थीं।

ब्याह के पश्चात् वह मायके दो वर्ष में केवल एक दिन के लिए ही जा पाई थी विवाह के तुरंत बाद देवाशीष के साथ किसी रस्म को निभाने। भाई पदोन्नत हो दूरगामी क्षेत्रों में प्रतिष्ठित थे। इकलौती बहन को सुपात्र के हाथों सौंप निश्‍चित हो गए थे। तरक्की, नौकरी, बच्चों की पढ़ाई, अपनी घर-गृहस्थी का निर्वाह, अत: भाइयों से औपचारिक रिश्ता ही रह गया था; परंतु शुभ अवसरों, पर्वों, त्योहारों पर वे लोग उसका मान बढ़ाने अवश्य पहुँच जाते।

उसकी माँ सभी सुख-वैभवों से दूर जोरहाट के अपने छोटे से मकान में अपनी एक विधवा सखी के साथ ही रहती थीं। गृह के अहाते में बनी फुलवारी ही उनका जीवन था।

एक दिन माँ की सखी इंदिरा का पत्र आया कि तुम्हारी माँ बहुत बीमार हैं, शीघ्र ही माँ को देखने आ जाओ। वह तुम्हें बेहद स्मरण करती हैं। शर्मिष्ठा निस्सहाय सी हो उठी। पति विदेश गए हुए थे, स्वयं आसन्न-प्रसवा थी। घर में पंद्रह दिन पश्चात् छोटे देवर का ब्याह था, परंतु सहृदय सास से अनुमति लेकर अपनी माँ की उम्र की प्रौढ़ा परिचारिका, जिन्हें वह 'पेही' (बुआ) कहा करती थी, को साथ लेकर अपनी माँ को देखने पहुँची और जीर्ण-शीर्ण शय्या पर ममत्व की मूर्ति को देख उसका कलेजा बाहर आ गया।

"माही (मासी), माँ को यह क्या हो गया? क्या मेरे भाई लोगों ने माँ की देखभाल एकदम छोड़ दी है? क्या वे यहाँ बिलकुल भी नहीं आते?"

''आते क्यों नहीं, कोई-न-कोई बारी-बारी से आता ही रहता है। अपने संग भी ले जाना चाहते हैं; किंतु तुम्हारी माँ नहीं जाना चाहतीं। कहती हैं, यहीं इसी माटी में जन्म लिया, यहीं मरण भी होगा। औषध भी तो नहीं खातीं।''

शर्मिष्ठा को देख माँ ने बाँहें पसार दीं। शर्मिष्ठा माँ की बाँहों में समा गई।

माँ का मर्म-स्पर्श उसे हलका करने के लिए काफी था। न जाने कितनी देर तक माँ-बेटी यों ही पड़ी रहीं। माँ की आछन-पोंछन लाडली बेटी आज उनकी बाँहों में थी। वही बाँहें जो कभी इतनी बलिष्ठ थीं कि अपने पति मेजर शशांक गोस्वामी के उग्रवादी की गोलियों से शहीद हो जाने के बाद अपने पाँचों बच्चों को कर्मठ, आत्मविश्वासी और प्रतिष्ठित नागरिक बनाया। उन्हें तो आँसू बहाने का भी अवकाश नहीं था।

बालिका-सी शर्मिष्ठा मचल उठी, ''माँ, अब मैं वापस नहीं जाऊँगी। इसी जोरहाट के पाखी मेरे सखा बनेंगे। तुम्हारी श्यामा 'गरू' (गाय) का गाखीर (दूध) अपने शिशु को पिलाऊँगी।''

''हट बावरी, कैसी बात करती है! तेरा बच्चा तो महलों में पलेगा।'' माँ ने उसके केशों पर हाथ फिराते हुए कहा।

''माँ, उस राजमहल में मेरा दम घुटता है। मेरे हृदय की अनल (आग) तो अब तुम्हारे स्नेह की बरखुन (बारिश) से ही शांत होगी।''

माँ-बेटी ने एक रात जमकर बातचीत की। दूसरे दिन प्रातः ही न चाहते हुए भी शर्मिष्ठा को लौटना पड़ा। आगे के पंद्रह दिन विवाह की चहल-पहल, नवीनतम रस्मों-रिवाजों, पूजा-पाठ में व्यतीत हुए।

छोटी देवरानी शिलांग के प्रमुख व्यवसायी की पुत्री थी। देवर अमेरिका में एम.डी. कर रहा था। विवाह के एक माह बाद ही अमेरिका उड़ लेंगे।

विवाह के असंख्य अतिथियों की भीड़ में जब अपने चारों ठसकेदार भाई-भाभियाँ अंत समय तक नजर नहीं आईं तो वह अपने को अति तुच्छ समझने लगी। न ही भाइयों का कोई भेंट-उपहार ही आया।

एकांत में अपनी व्यक्तिगत परिचारिका हंसा के समक्ष वह खीझ उठी, '' 'पेही' माँ तो बेचारी अस्वस्थ हैं, परंतु मेरे भाइयों को मेरे मान-आदर की तनिक भी चिंता नहीं।''

''ब्याहकर छुट्टी पा गए, यही है दुनिया।'' हंसा चुप लगा गई, परंतु भीगे नेत्रों की कोरों से दो बूँदें टपककर कुछ कह ही गईं।

''क्या हुआ, बताओ न?''

जूड़े की पिन और भारी जेवरात खोलते-खोलते शर्मिष्ठा फट पड़ी, "क्या हुआ? क्या हुआ?" भारी आशंका से भयभीत शर्मिष्ठा ने हंसा को बेतरह झकझोर दिया।

"बेटी, तुम्हारी माँ नहीं रहीं। शादी से तीन दिन पूर्व ही खबर आ गई थी, किंतु तुम्हें बताने की मनाही थी। अशौच के कारण तुम्हारे भाई नहीं आए, न उपहार ही भेजा।"

शर्मिष्ठा सकते की हालत में बुत बनी बैठी थी।

हंसा ने जोर से झकझोरा, किंतु आँसू की एक बूँद भी नहीं निकली। बाहर का कोलाहल, अतिथियों का शोर-शराबा, मदिरा के बेहिसाब खनकते जाम, स्त्रियों के रेशमी वस्त्रों, जेवरात की सर्र-फर्र, नवविवाहित जोड़े की सुहाग रात्रि कुछ भी तो मायने नहीं रखती उसके लिए।

विस्फारित नयनों से हंसा को ताकती विक्षिप्त-सी शर्मिष्ठा की अस्फुट ध्वनि निकली, "पेही, माँ नहीं रही और मैं सजी-धजी सोलह-शृंगार कर घूमती रही। मुझे बता देती तो अपनी जन्मदायिनी की याद में दो आँसू तो बहा ही लेती।"

शर्मिष्ठा को एकांत में छोड़ हंसा धीमी गति से बाहर निकल गई। देर रात्रि तक का समारोह अब निशा की आगोश में खामोश होता जा रहा था।

देवाशीष लड़खड़ाते कदम से भूतपूर्व भारत सुंदरी और अपनी विशिष्ट चाय कंपनी की मॉडल मिस मोना के साथ चल रहा था। मोना उसको सहारा देकर चाय बागान के गेस्ट हाउस के लिए चल पड़ी।

एक सप्ताह से मिस मोना के साथ अंतरंग आतिथ्य निभाते हुए देवाशीष की दृष्टि में शर्मिष्ठा का मूल्य एक संपन्न घराने की गृहवधू का ही था। अपने विशिष्ट अतिथियों और मोना को लेकर वह कभी शिलांग तो कभी काजीरंगा फॉरेस्ट और कभी चाय बागानों के क्लबों एवं गेस्ट हाउसों में ही घूमा किए रहा है। शर्मिष्ठा से तो उसका संवाद नहीं के बराबर हो रहा था। किंतु क्या देवाशीष नहीं जानता था माँ के स्वर्गवास का दुःखद समाचार? और यदि जानता था तो क्या उसके लिए यह सूचना इतनी गौण थी?

निद्रामग्न, क्लांत शर्मिष्ठा के कदम खुद-ब-खुद हथकरघा कक्ष की ओर मुड़े। चारों ओर निस्तब्धता थी। रात्रि का दूसरा पहर था। गेट के बाहर मुस्तैद सिक्योरिटी गार्डों के पदचाप के अतिरिक्त सभी थके-हारे बेसुध पड़े सो रहे थे। वह हथकरघे की ओर इस भाँति मुड़ गई मानो कोई अदृश्य डोर उसे खींच रही हो। स्टूल खिसकाकर, लूम पर धागा चढ़ाकर बैठ गई और न जाने कितनी लंबी चादर बुनती गई। कभी लूम की ओर रुख भी न करनेवाली शर्मिष्ठा एक दक्ष कारीगर-

सी लूम चलाती जा रही थी। रात्रि की नीरवता खट-खट की ध्वनि से और भी अधिक रहस्यमयी बनती जा रही थी।

प्रातः की अरुण रश्मियाँ खिड़की से लूम पर आकर अठखेलियाँ करने लगीं तो हंसा ने उसके स्कंध पर धीरे से हाथ रखा, "उठो बेटी, अब तो पुवा (सुबह) हो गई, बेलि (सूरज) कितना ऊपर चढ़ गया है।"

शर्मिष्ठा उठ गई। प्रणत शर्मिष्ठा चाहती तो प्रगल्भा बन अपने शयनकक्ष के एकांत कोने में बैठकर अपनी माँ का शोक मना सकती थी, परंतु आज सबको देवी-पूजन के लिए कामाख्या मंदिर जाना था और वह माँ के दिए संस्कारों को, उसकी प्रख्या, यशकीर्ति और प्रतिष्ठा को धूमिल नहीं करना चाहती थी। सभी रिश्तेदार चले गए। नवविवाहित जोड़ा विदेश उड़ गया। रह गए थे कुछ मित्र और मिस मोना, जिन्हें मुंबई जाना था। देवाशीष को अभी तक शर्मिष्ठा से मिलने का अवकाश नहीं मिला था। रात्रि कुछ अधिक गहरा गई थी। नीचे के पीछे के बगीचे से सटे स्वीमिंग पूल के पासवाले कमरे में बार, बी क्यू और मद्यपान पार्टी के दौर चल रहे थे।

शर्मिष्ठा को सहसा ही अपने सामने खड़ा पाकर देवाशीष चौंक उठा। देवाशीष को अनदेखा कर अतिथियों की ओर उन्मुख हो शर्मिष्ठा ने कहा, "अब आप लोग भी विश्राम कीजिए। आपके मित्र को कल प्रातः ही जोरहाट जाना है। इनकी सासू माँ का देहांत हो गया है।"

"ओह, सॉरी भाभी। देवाशीष, हम लोग भी कल प्रातः की फ्लाइट से मुंबई चले जाएँगे।" देवाशीष की मित्र मंडली ने उठते हुए कहा।

रंग में भंग हो चुका था। देवाशीष के नेत्रों में खून उतर आया। उसने शर्मिष्ठा की कोमल कलाई को इतनी जोर से पकड़ा कि वह दर्द से बिलबिला उठी।

दैवी शक्ति से कलाई छुड़ा शर्मिष्ठा पलटकर अपने कमरे की ओर बढ़ गई, पीछे-पीछे देवाशीष।

कमरे की चिटकनी चढ़ा क्रोधित देवाशीष पलटा तो शर्मिष्ठा के हाथ में अपना प्रिय चाबुक देख क्षण भर के लिए ठिठका और शायद कुछ भयभीत भी हो उठा।

"लीजिए, अपना क्रोध शांत कर लीजिए। बरसाइए यह चाबुक मेरे तन पर। साक्षी बनाइए अपनी भावी संतान को, वह भी तो देखे यह कृत्य!"

देवाशीष काठमारा-सा खड़ा रह गया, "क्यों नहीं दिया मुझे मेरी माँ की मृत्यु का दुःखद समाचार? केवल एक बार सांत्वना से दो बोल बोल देते तो क्या मैं विवाह के मांगलिक कार्यों में बाधा डालती? नहीं, कभी नहीं।"

बुत बना देवाशीष अग्निमयी पत्नी के सामने खड़ा था।

"माँ ने मृत्यु से तीन दिन पूर्व मुझसे भेंट करने की, मुझे देखने की तीव्र इच्छा जताई थी; परंतु मुझे समाचार ही नहीं दिया गया और वह सब संदेश तुम्हारे मोबाइल पर ही आए थे। माँ की आँखें मेरी राह तकते-तकते अंत समय तक खुली रहीं।" आगे शर्मिष्ठा कुछ न बोल सकी।

देवाशीष ने आगे बढ़कर शर्मिष्ठा को थामना चाहा, परंतु वह घायल शेरनी-सी पलट गई, "आखिर वह तुम्हारी भी तो कुछ थीं। उन्होंने कितने विश्वास के साथ अपनी सुकन्या का हाथ तुम्हारे हाथ में दिया था।

"अरे, उस विश्वास की रक्षा तो तुम कर नहीं सके, कम-से-कम उनके तृषित नेत्रों की तृष्णा तो मिटा ही सकते थे।" देवाशीष के टसरसिल्क के बहुमूल्य कुरते को लगभग झकझोर-झकझोरकर उसने फाड़ ही दिया।

देवाशीष ने अपनी सुंदर पत्नी को खींचकर अपनी बलिष्ठ भुजाओं से शिला-तुल्य लोमश वक्षस्थल में भींच लिया। शर्मिष्ठा का रुदन प्रपात-सा बह निकला। स्वभाव से सहृदय देवाशीष रात्रि भर पत्नी के सिरहाने बैठा उसे मानसिक शांति देता रहा और दूसरे दिन उसे लेकर ससुराल गया।

इस घटना के बाद देवाशीष में अभूतपूर्व परिवर्तन आ गया था। वह शर्मिष्ठा के पास से हटता ही नहीं था।

शर्मिष्ठा को देवाशीष में वही अब पुरानेवाले अनुरक्त पति की झलक दिखाई दे रही थी। ठीक पंद्रह दिन बाद एक सुंदरी कन्या को जन्म देकर शर्मिष्ठा ने श्वसुर कुल को धन्य कर दिया। पीढ़ियों से देवी-तुल्य कन्या के लिए तरसता श्वसुर कुल फिर उत्सव, समारोह और देव मंदिरों की आराधना में डूब गया।

पुत्री की किलकारियों से पुलकता देवाशीश लाडली बिटिया के मोह में लिप्त रहा। फिर अपनी पूर्ववत् गतिविधियों में डूब गया। प्रायः मुंबई, दिल्ली, कोलकाता के अपने कारोबार में उलझ जाता; लेकिन उसकी पुत्री की शक्ल-सूरत पूर्णतया देवाशीष से मिलती थी। पुत्री का नाम उसने 'रूपा' रखा था। वह बड़ी होती जा रही थी, अपनी विलक्षण बुद्धि का परिचय भी दे रही थी। देवाशीष अपनी बेटी को सभी कलाओं में पारंगत देखना चाहता था—घुड़सवारी, तैराकी, बैडमिंटन, बास्केट बॉल, टेबल टेनिस—जिनमें वह स्वयं अव्वल रहा था और अपनी बेटी को भी अव्वल देखना चाहता था।

रूपा भी माँ का सम्मान तो अवश्य करती, परंतु उसके किसी निर्णय को अहमियत नहीं देती थी। स्कूल-कॉलेज, पढ़ाई-लिखाई तथा विषयों के चयन में

यदि माता-पिता में मतभेद होता तो वह पिता के साथ होती; परंतु उसने शर्मिष्ठा की-सी संवेदनशील सौम्य प्रकृति पाई थी।

कालांतर में एक बेटा भी हो गया 'उत्पल'। बेटा और बेटी दोनों ही पिता के संरक्षण में उसकी इच्छा, रुचियों के अनुसार पल्लवित होते गए। पहले शिलांग में पढ़ रहे थे, फिर दिल्ली चले गए पढ़ने।

शर्मिष्ठा ने टी-स्टेट सँभाल लिया और अपने को उन्हीं कामगारों के दु:ख में समेट लिया। ऐसी सहृदय मालकिन आज तक शायद किसी टी-स्टेट में नहीं आई थी। शर्मिष्ठा ने जो एक बार हथकरघा छुआ तो अनेक ऐसे अवसर आते गए, जब मानसिक शांति के लिए, तनाव-मुक्ति के लिए वह लूम पर घंटों बैठी रह जाती। अनेक ऐसी समस्याएँ थीं, जिनका हल उसे हथकरघे की बुनावट में मिल जाता।

तब माँ के कहे शब्द उसे याद आते कि जब जिंदगी के ताने-बाने बुनेगी तो यही हथकरघा काम आएगा।

रूपा धरती-सी सहिष्णु, नम्र और सहृदय थी और बेटा आग का गोला—अपनी वंशगत प्रकृतियों का निर्वाह करता हुआ। रूपा मेडिकल कॉलेज में पढ़ने लगी और बेटा कैंब्रिज में पढ़ने चला गया।

देवाशीष प्राय: बाहर ही रहते। घर-परिवार, नाते-रिश्तेदार, बुजुर्गों की सेवा-शुश्रूषा, टी-स्टेट और अन्य जटिल कार्यों को सँभालने की जिम्मेदारियाँ शर्मिष्ठा को ही उठानी पड़तीं; परंतु यह अवश्य था कि जितने भी दिन अवकाश में रूपा गुवाहाटी रहती, देवाशीष वहीं रहता। बाप-बेटी की जोड़ी पूरी छुट्टियाँ आनंदपूर्वक मनाती। मौन शर्मिष्ठा मुग्ध भाव से पिता का वात्सल्य रूप देख मुदित होती रहती।

बेटा लंदन से पढ़कर आ गया था। शर्मिष्ठा के साथ कारोबार में हाथ बँटा रहा था। रूपा अभी दिल्ली में एम.डी. कर रही थी।

घर में उसके ब्याह के लिए अच्छे-अच्छे रिश्ते देखने की प्रक्रिया भी चल रही थी। देवाशीष बहुत उत्साहित थे। ऊँचे-ऊँचे खानदान देखे जा रहे थे। देवाशीष को कोई जँचता ही नहीं था और शर्मिष्ठा को सभी अच्छे लग रहे थे।

एक दिन रूपा जब छुट्टियों में घर आई तो क्रोध से आगबबूला हो रही थी, "माँ, पापा कहाँ हैं?"

"कहाँ हैं मतलब! टूर पर ही तो रहते हैं तुम्हारे पापा।" शर्मिष्ठा ने रूपा की मुखाकृति को गौर से देखते हुए कहा।

"टूर पर कोई शहर तो होता होगा। कहीं तो गए होंगे। कुछ खबर रखती हैं आप!"

''क्या हो गया? आज इतना गुस्से में क्यों है मेरी जियेक?'' शर्मिष्ठा ने दुलार से रूपा का सिर सहलाते हुए कहा।

रूपा ने झटके से सिर हटा लिया और पलटकर माँ की ओर देखा, ''जानती हैं, क्यों? क्योंकि पापा आज एक हफ्ते से अपनी दूसरी पत्नी मोना उर्फ मिसेज मोना बरुआ के सिरहाने बैठे हुए हैं अपोलो अस्पताल में।''

''क्या उलटा-सीधा बोल रही है!''

''उलटा-सीधा नहीं, सिर्फ सीधा-सीधा ही बोल रही हूँ।''

''अपोलो में मेरी जांडिस पेशेंट वार्ड में ड्यूटी लगी थी। पेशेंट का नाम, पिता का नाम-पता देख मैं हैरान रह गई। चुपचाप मैंने प्राइवेट लक्जरी वार्ड में पापा को अपने छोटे से सुखी परिवार के साथ देखा।

''माँ, सोचो, मुझे कैसा लगा होगा। पापा की इकलौती बेटी, उनके लाड़-प्यार की एक मात्र अधिकारिणी जब एक पंद्रह वर्षीया किशोरी का सिर पापा की गोद में रखा देखती हो तो?''

रूपा का वेदना-युक्त मुख शर्मिष्ठा को काठमारा-सा बना गया। फटी-फटी आँखों से वह रूपा को देखती ही रही।

''गलती आपकी ही है। मम्मी, आप अपनी भावुकता और मध्यम वर्गीय संस्कारों से ऊपर उठ ही नहीं पाईं। पापा के उच्च वर्गीय संस्कारों को आत्मसात् न कर केवल उन्हें नकारती रहीं या फिर शहीदी मुद्रा में दांपत्य के दायित्व को कर्तव्य के समान निभाती रहीं।

''मधुर स्वभाव से सबकी चहेती बन गईं, परंतु पापा को आपने उपेक्षित छोड़ दिया, तभी तो पापा घर से बाहर रहकर दूसरी गृहस्थी बसाए बैठे हैं।''

''ठीक है, बेटी, दिल का जो गुबार है, निकाल ले। क्या तू समझती है कि मैं यह सब नहीं जानती? मैं तो आरंभ से ही यह सब जानती हूँ; परंतु तुम दोनों भाई-बहन को यह सब जानने नहीं देना चाहती थी। तुम्हारे पापा तुम्हारे आदर्श हैं और उस आदर्शमय छवि के पार्श्व में एक पति की क्या भूमिका है, यह दिखाकर उस आदर्शमय छवि को धूमिल करना नहीं चाहती थी। क्रूर, ऐयाश पति की पत्नी बन मैंने कितने दुःख सहे हैं, यह यदि जता देती तो तुम दोनों भाई-बहन न तो इतने संस्कारवान् बनते और न ही उच्च शिक्षित ही बनते।''

शर्मिष्ठा की कठोर मुखमुद्रा अब करुण हो चली थी, ''मैंने उनके स्तर तक पहुँचने का प्रयत्न किया। अपने संस्कारों के विपरीत जाकर अनेक बार ओछी हरकतें भी करनी पड़ीं। अनेक मित्रों की अभ्यर्थना भी की, उनका साथ देने का

असफल प्रयत्न बहुत किया; लेकिन त्रिशंकु की स्थिति में तो मैं किसी को भी प्रसन्न नहीं कर पा रही थी। कारोबार चौपट हुआ जा रहा था, अत: उन्हें उनके हाल पर छोड़ दिया और मैं परिवार की खुशहाली एवं समृद्धि को आगे बढ़ानेवाली राह पर चल पड़ी। यदि मैं ऐसा नहीं करती तो यह सब ऐशो-आराम, कारोबार चौपट हो जाते और खोखली शान-शौकत रह जाती।

"तुम दोनों बच्चों के आदर्श पापा रहे—समृद्ध, प्रभावशाली और शक्तिशाली बुद्धिमान पिता; परंतु उनकी इस आदर्शमय छवि को बनाने में तुम्हारी माँ का ही हाथ है, जिसे तुम लोगों ने सदैव ही क्षीण और नगण्य समझा। तुम्हारी कमजोर माँ आज 'शक्तिशालिनी' है।"

थक-हारकर शर्मिष्ठा कुरसी पर बैठ गई। रूपा ने माँ के पाँवों के निकट बैठ उनकी गोद में सिर रख लिया। भीतर कमरे से बेटा भी आ गया और शर्मिष्ठा के कंधे को अपनी दोनों बलिष्ठ बाँहों से थाम लिया।

दो दिन के पश्चात् देवाशीष आने वाले थे। फोन पर रूपा और उत्पल को अपने घूमने-फिरने, पिकनिक के प्लान बताते रहे। शर्मिष्ठा हूँ-हाँ में जवाब देती रही, परंतु दूसरे दिन वापस चली गई।

देवाशीष आकर सभी पर बहुत बरसे। कई बार रूपा से बातचीत करने का प्रयास किया, परंतु व्यर्थ गया। रूपा के दिल को भारी ठेस पहुँची थी। एक बार फोन कर देवाशीष को बता दिया कि वह शीघ्र ही अपना कोर्स पूरा कर दो माह पश्चात् आएगी। यदि उसकी प्रतीक्षा करनी है तो वहीं रहकर करें।

देवाशीष गुवाहाटी आकर रूपा के रिश्ते के लिए ही दौड़-धूप कर रहे थे। सिलचर में डिब्रूगढ़, तेजपुर आदि की पुरानी प्रॉपर्टी भी बेचनी थी, अत: वह अभी असम में ही थे।

अंतत: उन्होंने एक प्रमुख व्यवसायी, प्रसिद्ध होटल के मालिक, अनेक गाड़ियों के शोरूम वगैरह के मालिक प्रणव को रूपा के लिए पसंद किया। पिता थे नहीं, विधवा माँ थी। इकलौता बेटा, अकूत संपत्ति का वारिस, विदेश में पला-पढ़ा सुदर्शन युवक।

घर में जिसने भी देखा, मुख से प्रशंसा ही निकली; परंतु न जाने क्यों प्रणव की मोहक मुखाकृति की कठोरता एवं अभिजात के दंभ ने शर्मिष्ठा को आतंकित कर दिया।

हाय माँ! मेरी वाचाल, हँसमुख, भावुक, चंचल बेटी का निर्वाह कैसे होगा? न तो हाव-भाव ही में कोमलता और न ही बातचीत में अपनत्व। माँ-बेटे दोनों ही अल्पभाषी।

उसकी ललमुनिया तो पिंजरे में बंद हो जाएगी, यदि वहाँ विवाह हुआ तो। यद्यपि देवाशीष बार-बार कह रहे थे कि उनकी बेटी जब आएगी तो वह अवश्य ही एक बड़े अस्पताल को सेटअप कर उसे गिफ्ट करेंगे, परंतु वह लोग इसपर विशेष ध्यान नहीं दे रहे थे। लेकिन जब दबी जुबान में शर्मिष्ठा ने घरवालों के समक्ष यह शंका रखी तो सभी ने उसकी आशंका को निर्मूल ठहराया।

रूपा अपनी डॉक्टरी की पढ़ाई पूरी कर दिल्ली से वापस आई। देवाशीष ने उसके डॉक्टर बनने की प्रसन्नता में एक भव्य पार्टी का आयोजन किया था। साथ ही वह उसकी सगाई भी प्रणव से उसी दिन करना चाहते थे। देवाशीष ने सदैव की भाँति प्रणव के क्रेडशल्स उसे गिनाने शुरू किए। सोचा था, वह प्रसन्नता से उछलकर उसकी गरदन से झूल जाएगी; परंतु रूपा पिता की गर्मजोशी को स्वाभाविकता से नकार तटस्थ बनी रही।

दूसरे दिन प्रातः शर्मिष्ठा जब अपने सुंदर बगीचे की बोन्साई की देखभाल कर रही थी तो उसकी गलबहियाँ लेती रूपा बोली, "माँ, आज आपको मैं एक सरप्राइज दूँगी। जल्दी से शाम को पाँच बजे तैयार हो जाइएगा अपनी सबसे सुंदर मेखला चादर, जो नानी ने बुनी थी, को पहनकर।"

शर्मिष्ठा चौंक उठी। उसके लिए रूपा का यह व्यवहार अप्रत्याशित था। यह सब तो वह अपने 'पापा द ग्रेट' के लिए करती थी, परंतु आजकल वह उन्हें अनदेखा ही कर रही थी।

"ओ हो, माँ-बेटी में ऐसी कौन-सी बातें हो रही हैं ?" देवाशीष उन दोनों के पीछे आकर खड़े हो गए।

"आज रूपा हम लोगों को सरप्राइज देगी।" शर्मिष्ठा ने कहा।

"अच्छा, और दो दिन बाद हम उसे सरप्राइज देंगे।" देवाशीष ने लाड़ से रूपा की ओर देखते हुए कहा।

देवाशीष और रूपा तो वहाँ से चले गए, किंतु शर्मिष्ठा किसी भावी अनिष्ट की आशंका से काँप उठी। ये तो किसी भयानक चक्रवात के लक्षण हैं। और जिसकी आशंका थी, वही हुआ। शाम को अपने साथ पढ़नेवाले डॉ. मलय से उसने सबका परिचय कराया। गोल-गोल चेहरेवाले मझोले कद के गोरे से युवक में यों तो कुछ भी असाधारण नहीं था, परंतु कुछ तो था उसकी बोलती आँखों में, चेहरे की स्निग्धता में, बातचीत की विलक्षणता में और व्यवहार की सहृदयता में।

उसके जाने के बाद रूपा ने सबके सामने स्पष्ट घोषणा कर दी कि वह मलय से ही विवाह करेगी।

घर में जैसे बम विस्फोट हो गया। सभी गुरुजनों के तीव्र स्वर हवा में उछलने लगे—

"जानती है लड़की, वह हमारे स्तर का नहीं है।"

"वह बोडो है।"

"वह उग्रवादी संघ से संपर्क रखता है।"

"वह तुम्हें बेवकूफ बना रहा है।"

"उसकी निगाह तुम्हारे धन पर है।"

"तुम्हें बोडो भाषा भी नहीं आती।"

आदि-आदि नसीहतें चारों दिशाओं से गूँजने लगी। संयोग से घर में शर्मिष्ठा की जेठानी, सास-ससुर सभी थे, परंतु रूपा का प्रत्युत्तर एक ही था कि वह बोडो परिवार के सम्मानित व्यक्ति का बेटा है। उसके पिता बोडो साहित्य के विद्वान् हैं।

अभी तक सदमे की स्थिति में बैठे देवाशीष गरजे, "जानती हो तुम, विभिन्न धर्म, जाति, समुदाय का वंशज है वह युवक, फिर तुमने यह साहस क्यों किया?"

"क्योंकि आपने ही तो मुझे साहसी बनाया है। अपने निर्णय स्वयं लेने का हौसला दिखाया है।"

"क्या गृह, समाज एवं कुल की मर्यादा कुछ नहीं? क्या मेरे उस निर्णय और वचन की कीमत कुछ नहीं, जो मैंने पुरफूकन परिवार को दिया है?"

सारी कोठी देवाशीष की गरज से काँप उठी।

"क्यों, कुल की मर्यादा तब नष्ट नहीं होती जब मेरे तीन-तीन बड़े भाई अमेरिकन स्त्रियों से ब्याह कर, उन्हें तलाक देकर फिर विवाह कर रहे हैं? मेरे से दो बरस छोटा भाई न जाने कितनी युवतियों के संग बेहिचक घूमता है और पापा, आप! आपने जो किया है वह जताकर मैं मम्मी की तपस्या और उनके आत्मसम्मान को भरी सभा में अपदस्थ नहीं करना चाहती।"

फिर वह मौन खड़ी शर्मिष्ठा की ओर मुड़ गई।

"माँ, तुम तो समझ सकती हो मेरी भावनाएँ, जन्मदायिनी हो तुम। तुम्हारे रक्त-मांस का अंश हूँ मैं। सही निर्णय दो न, माँ।"

बेटे, देवाशीष और अन्य बुजुर्गों का क्रोध शर्मिष्ठा पर उमड़ा। सभी से तिरस्कृत शर्मिष्ठा अपने प्रिय हथकरघा घर में घुस गई।

दूसरे दिन प्रातः जब सभी परिजन खाने की मेज पर बैठे तो रूपा भी पूर्ववत् अपने स्वाभाविक रूप में लौट आई। पहले की भाँति चहक-चहक सबको नाश्ता परोस कर रही थी।

देवाशीष और अन्य सभी मौन व तटस्थ थे। शर्मिष्ठा की ओर देखते हुए रूपा ने वातावरण का मौन तोड़ा, ''माँ, तो बताइए न आपने क्या निर्णय लिया? आज तक मैंने आपके किसी भी निर्णय को कोई महत्त्व नहीं दिया; परंतु आज मेरे जीवन का सबसे अहम फैसला सिर्फ आप करेंगी।''

''मेरा निर्णय है यह, इसी के साथ रूपा सुखी रहेगी। यह ताना-बना रात्रि की नीरवता में अपने आप ही बुनता गया। डॉ. मलय का चित्र।''

सच में धागों के ताने-बाने के साथ उभरता चित्र मलय का ही था।

''सब लोक-लाज-मर्यादा भुलाकर अपनी बेटी के साहस को बढ़ावा दे रही हो!'' देवाशीष गरजे।

''पापा, वह तो केवल बढ़ावा ही दे रही हैं, आपने तो यह साहस मेरे भीतर कूट-कूटकर भरा है। जब भी मैंने कोई साहसी कदम उठाया, आपने मेरी पीठ ठोंकी, फिर आज इस साहसी कदम पर क्यों क्रोधित हैं? पापा, मैं जान गई हूँ कि अब मैं आपकी इकलौती दुलारी बिटिया नहीं रही हूँ। मेरे हिस्से का प्यार बँट चुका है, परंतु फिर भी आज तक आप मेरे इकलौते आदर्श हैं। आपने बाल्यावस्था से मुझे अपने मनोनुकूल बनाया है। विवाह को लेकर आपके अंतर में जो भी उमंगें हैं, सपने हैं, उन्हें मैं तोड़ना नहीं चाहती; परंतु पापा, मैं आज अपने विवाह के निर्णय का दायित्व माँ को सौंपना चाहती हूँ। पापा, आपके पास तो दूसरा अवसर भी आएगा अपना मनपसंद जामाता ढूँढ़ने का, परंतु माँ को यह एकमात्र अवसर दे देने दीजिए।

''माँ ने परिश्रम से जो ताना-बाना बुना है, वह भविष्य में मुझे अवश्य सुखी रखेगा, विश्वास रखिए।''

शर्मिष्ठा का मुखमंडल खिल उठा। निरुत्तर देवाशीष ने अपनी दोनों बलिष्ठ भुजाएँ फैला दीं और माँ-बेटी उसमें समा गईं।

□

कर्मण्येवाधिकारस्ते

दीप्ति के पति के कानपुर तबादले ने उसकी परेशानियों में यकायक वृद्धि कर दी। एक तो वैसे ही भीड़-भाड़, शोर-शराबे से परिपूर्ण अनगढ़ शहर और दूसरे, विद्यालयों-महाविद्यालयों में बच्चों को प्रवेश दिलवाने की मूलभूत समस्याएँ। देश की जनसंख्या के अनुपात में विद्यालयों में वृद्धि तो अवश्य हुई, परंतु नामचीन संस्थाओं में प्रवेश लेना टेढ़ी खीर ही है। पति के उच्च पदस्थ प्रशासनिक अधिकारी होने के कारण बेटा तो प्रसिद्ध विद्यालय में नौवीं कक्षा में प्रवेश कर गया। वह निश्चिंत हो उठी कि चलो, यदि चार वर्ष तक यहाँ से नहीं हिलाया गया तो वह भी बेटे के बारहवीं करने के पश्चात् गंगा नहाकर ही कहीं दूसरे स्थान पर जाएगी।

परंतु विधि का विधान, जो अस्थिर सरकारों की मुट्ठी में कैद है। अभी पिछली जगह तो मात्र चौदह माह ही रहे कि यहाँ भेज दिया। पदोन्नति पर भेजा गया है, परंतु महानगर होने के कारण सुविधाएँ एवं पूछ-गाछ जो उस छोटे से शहर में थी, यहाँ सब नदारद।

बेटे के दाखिले का प्रसाद बजरंगबली को खिलाकर थोड़ी फुरसत पाई ही थी कि पापा की दुलारी सुपुत्री ठुनकती आ खड़ी हो गई।

''मम्मी-ई…ई…''

दीप्ति धोबी का हिसाब-किताब देख रही थी। श्वेता की पुकार सुन सिर उठाया, ''क्या है?''

''कुछ नहीं। बस मुझे वही रूटीन सी.बी.ए.बी.एस.सी. नहीं करनी है।''

''तो क्या शादी करनी है?'' दीप्ति ने उपहास से कहा।

''ह्वाट स्टुपिड! सिली जॉक! शादी जब करनी होगी तब बताऊँगी, फिलहाल तो मुझे 'अंगवस्त्रम्' से 'फैशन एवं टेक्सटाइल डिजाइनिंग' का कोर्स करना है।'' श्वेता ने दीप्ति को गलबहियाँ लेते हुए कहा।

“ ‘अंगवस्त्रम्’! कभी नाम सुना नहीं।” दीप्ति ने अचरज से कहा।

“हाँ, आप क्यों सुनेंगी, आपने तो बस ‘निफ्ट’ का ही नाम सुना है। यह तो चार वर्षों में ही उसके टक्कर का हो गया है। पोस्ट ग्रेजुएट डिप्लोमा, प्लेसमेंट सब देंगे। इनके अंतरराष्ट्रीय ख्यातिप्राप्त बुटीक भी हैं। देखिए, खुशकिस्मती हुई तो एडमीशन मिल जाएगा।”

“तो ठीक है, ड्राइवर को भेजकर फॉर्म वगैरह मँगवाओ।”

श्वेता जब फॉर्म वगैरह लेकर आई तो नए-नए बने संस्थान की भव्य इमारत से प्रभावित हो प्रशंसा-गान करने लगी।

“मम्मी, मालूम है, बहुत फेयर कंप्टीशन है। रिटन टेस्ट होगा। नो डोनेशन, नो सोर्स, निकलते ही अच्छी ग्लैमरस प्लेसमेंट।”

दीप्ति को बिटिया का उत्साह देख प्रसन्नता हो रही थी। सत्रह बरस की उत्साही उम्र पंख फैलाकर उड़ान भरने को तैयार। अपने भविष्य की आर्थिक स्वतंत्रता की चाह, आज की पीढ़ी अपना जीवन अपने ढंग से जीना चाहती है।

प्रथम एवं द्वितीय सूची में श्वेता ने अपना नाम नदारद पाकर रो-रोकर सारा घर सिर पर उठा लिया। दीप्ति एवं उसके पति भी हैरान-परेशान कि पचासी प्रतिशत अंक पानेवाली छात्रा आखिर कहाँ चूक गई। परंतु दो दिन बाद ही क्षमा-याचना के साथ बेटी के प्रवेश की सूचना पाकर वे लोग अचरज में पड़ गए।

कारण था फॉर्म का अंतिम तिथि को जमा करना। अधिकारियों से कहीं भूल-चूक हो गई थी। भूल-चूक हो जाना ऐसा असंभव तो नहीं, परंतु क्षमा-याचना के साथ सूचना आना, यह आजकल की सभ्यता एवं संस्कृति में निश्चय ही असंभव है। अतः दीप्ति अपने पति के आदेशानुसार इतने व्यवस्थित संस्थान की प्रिंसिपल के पास अपनी बेटी श्वेता के साथ उन्हें धन्यवाद देने पहुँच गई।

दीप्ति ज्यों ही प्रिंसिपल के कमरे में घुसी, एक चिर-परिचित सुगंध ने उसका स्वागत किया।

“बैठिए।” खनकदार आवाज और सुगंध विस्मृति के बंद कपाटों को थपथपाने लगे। चिकने व काले केश यद्यपि खींचकर बाँधे गए थे, परंतु पृथुल जूड़े के बंधन में भी वह अपनी दीर्घता की दुहाई दे रहे थे। काली-कजरारी आँखें भले ही ऐनक में कैद थीं, पर उनकी स्वाभाविक चंचलता गांभीर्य की ओट से भी झाँक ही रही थीं। गोरा चमकदार रंग हलका कांचन वर्ण हो अति लुभावना बना गया था। प्रौढ़ चेहरे को, आवश्यक शारीरिक पृथुलता भद्र महिला को पद की गरिमा प्रदान कर रही थी।

''बताइए, मैं आप लोगों के लिए क्या कर सकती हूँ?'' प्रिंसिपल ने दीप्ति को गौर से देखते हुए पूछा।

''जी, कुछ नहीं। हम तो दरअसल आपको धन्यवाद देने आए हैं। बात यह है कि···'' दीप्ति प्रिंसिपल के यों अनायास घूरने से विचलित हो उठी। शीघ्रता से पति का कार्ड उनके हाथ में रखा। वह सोच रही थी कि इन महिला को कहीं देखा है।

कार्ड हाथ में लेते हुए वह बोलीं, ''अच्छा तो आप धन्यवाद देने आई हैं। वैसे तो जो भी यहाँ आता है, लंबी शिकायतों का पुलिंदा ही लेकर आता है।'' और जोर से हँस पड़ीं। उनके मोहक हास्य के साथ ही दीप्ति की विस्मृति की अर्गलाएँ यकायक खुल गईं। जोर से हँसना और फिर दाएँ होंठ का टेढ़ा होना, बाईं आँख का बंद हो जाना केवल एक का ही हो सकता है।

सिर्फ राधा मामी का।

राधा मामी को उनकी इस हँसी ने उन्हें ससुराल में न जाने किन-किन उपाधियों से सुशोभित करवाया था। लेकिन वह यहाँ? कनखियों से नेम प्लेट देखी—'डॉ. अनुराधा सहाय'।

वही, परंतु डॉक्टरेट!

''राधा मामी!'' दीप्ति हलके से फुसफुसाई।

उन्होंने झटके से सिर उठाया।

जाने की अनुमति से दीप्ति श्वेता के साथ ही तेजी से बाहर आ गई, परंतु प्रिंसिपल की अवाक् दृष्टि उन दोनों का पीछा कर रही थी।

''मम्मी-ई-ई···क्या हुआ? अच्छी लगीं न प्रिंसिपल मैम?'' श्वेता ने दीप्ति को वर्तमान में लाते हुए पूछा।

''हाँ, बहुत अच्छी हैं। लगता है, इन्हें कहीं देखा है। एक काम करना, जब तू इंस्टीट्यूट जाए तो इनका जरा अता-पता करना।''

''अवश्य देवि! आपकी जिज्ञासा का समाधान हम चुटकियों में करेगा।'' श्वेता ने नाटकीय ढंग से कहा तो दीप्ति हँस पड़ी। उसकी चुलबुली बेटी अपने मनोनीत पाठ्यक्रम एवं संस्थान में प्रवेश से फूल समान हलकी हो उठी।

रात्रि में डिनर टेबल पर पापा के साथ वहीं के चर्चे—वह जितनी मुखर हो रही थी दीप्ति उतनी ही गुमसुम-सी थी।

''पापा···आ···आ···आज फिर मम्मी की कोई जान-पहचान निकलने वाली थी हमारी प्रिंसिपल से, परंतु हाय रे दुर्भाग्य! न उन्होंने मम्मी को पहचाना और न ही मम्मी को ही कुछ याद आ रहा है कि कहाँ देखा है उन्हें।''

रात्रि में बिछौने पर लेटी तो निद्रा नेत्रों से आँख-मिचौली कर रही थी। बार-बार एक नवविवाहिता का सलोना सुंदर मुखड़ा, चंचल हाव-भाव व काँच की ढेरों रंग-बिरंगी चूड़ियों से भरी कलाई, रंगीन गहरे लाल, पीले, छापों की चटकदार गोटे जड़ी साड़ियाँ, यही याद आ रही थीं और किसी कोने से झाँक रही थी एक ब्याह की तसवीर। ग्राम का विवाह, बाजे-गाजे, अनेक हलचलों के पश्चात् डोली से उतरी नववधू। वह नववधू थीं राधा मामी। तो क्या यह भी राधा मामी हैं या उनकी कोई बहन; परंतु उनका नाम ही अनुराधा सहाय था। बस यह डॉक्टरेट की उपाधि आड़े आती है। हो सकता है, डॉक्टरेट कर ली हो। उन जैसी कर्मठ, दृढ़ निश्चयी महिला के लिए कुछ भी तो असंभव नहीं। दीप्ति सारी रात्रि कैशोर्य-बचपन की मीठी यादों के स्वप्न देख-देख नींद में ही पुलकित होती रही।

प्रातः उठी तो एक पल भी सोचने का समय नहीं था। ट्रक आ चुका था, फिर तो पूरा सप्ताह ट्रक उतरवाने और सामान लगवाने में ही बीत गया। आगे के पंद्रह दिन भी बीत गए बंद सामानों की एलर्जी से पीड़ित हो बीमारी में।

एक दिन थोड़ा तरोताजा हो लॉन में बैठी मनपसंद पुस्तक पढ़ रही थी कि श्वेता ने कॉलेज से आकर सूचना दी—"मम्मी, आज मैं अपनी प्रिंसिपल की सब जानकारी ले आई हूँ। मम्मी, वह कैंपस में ही रहती हैं दो बेटियों के साथ। आगरे में उनके पति रहते हैं। कोई बड़े बिजनेस मैन हैं। मैम वहाँ आती-जाती रहती हैं।"

"बेटियाँ कितनी बड़ी हैं? बेटा नहीं है कोई?"

"होगा! अब पूरा बायोडाटा तो मुझे मालूम नहीं। लड़कियाँ अवश्य दिखाई देती हैं। इंजीनियरिंग और मेडिकल में पढ़ रही हैं।"

श्वेता तो बताकर चली गई, परंतु दीप्ति को विचारमग्न छोड़ गई।

आगरे की हैं तो अवश्य ही राधा मामी हैं, लेकिन भोला मामा और बड़े बिजनेस मैन और ये लड़कियाँ। भोला मामा का ऑपरेशन तो तीन बेटों के पश्चात् राधा मामी ने जबरन करवा दिया था, जिस कारण वह अपनी सास के तीक्ष्ण बाणों से कितने दिन तक घायल होती रही थीं। यही कारण था कि रिश्ते-मोहल्ले के छोटे-बड़े सभी को इस बात का बोध हो गया था।

"क्या बात है? आजकल हमारी जानेमन किस उधेड़बुन में हैं कि हमारी आमद-रफ्त की खबर ही नहीं?" पति ने दीप्ति के कंधों पर झुकते हुए कहा।

दीप्ति चौंककर उठी।

"अरे, आप आ गए! चलिए, चाय मँगवाई जाए।

"सुनिए, मैंने आपको बताया था न, मम्मी के रिश्ते के एक ममेरे भाई थे—

भोला मामा, जिनके विवाह में खासी नौटंकी हुई थी। भोला मामा के शेखचिल्लीपने को भाँपकर वधू ने ससुराल जाने की अपेक्षा कुएँ में छलाँग लगाना बेहतर समझा था। फलस्वरूप ग्रामवासी बारातियों को मारने-पीटने दौड़े और हम लोगों को आधी रात को ही सिर पर पैर रख भागना पड़ा। बाद में समाज एवं संस्कारों का वास्ता देकर ही वधू को ससुराल लाया गया था। वह दुलहन थीं राधा मामी, जिनके अनेक रूप मैंने बचपन में देखे थे। कर्कशा सास के चंगुल में फँसी, पितृतुल्य श्वसुर के मार्गदर्शन में विद्याध्ययन करती हुई। स्नेहशील देवर के सहयोग से अपने भोले पति को इस संघर्षशील समाज में चतुर बनाती हुई। उनकी सुंदरता और चंचलता उनकी दुश्मन बन गई थी। उनकी मोहक हँसी को न जाने किन-किन उपनामों से सुशोभित किया गया था। भ्रातृतुल्य देवर के साथ उनके अवैध संबंधों के चटपटे किस्से मैं छोटी होने पर भी जब भी माँ के साथ आगरा जाती तो रिश्ते, बिरादरी एवं मोहल्ले की स्त्रियों की फुसफुसाहट से सुनती।

"छोटी सी उम्र बहुत कुछ समझने की नहीं थी, परंतु इतना अवश्य समझती थी कि माँ राधा मामी को बहुत स्नेह करतीं। राधा मामी भी माँ को ही अपनी अंतरंग सखी-ननद मानती थीं। मुझे बहुत प्यार करती थीं। बचपन में माँ के साथ उनके ननिहाल जाना होता था। फिर धीरे-धीरे आना-जाना कम हो गया। माँ का भी अपने ननिहाल से संपर्क टूट सा गया। राधा मामी के विषय में इतना तो ज्ञात था कि वह पढ़-लिखकर नौकरी कर रही हैं, उनके तीन-तीन बेटे भी थे, भोला मामा को भी उन्होंने आगे पढ़ाया-लिखाया था; परंतु आज यहाँ श्वेता के संस्थान में वह 'डॉ. अनुराधा सहाय' प्रिंसिपल बन बैठेंगी, यह विश्वास नहीं हो रहा।"

"अच्छा, तभी तुम इतनी गुमसुम सी हो। अरे भाई, किसी दिन उनके घर पहुँच पुराने परिचय फिर से नए कर लो। न हो तो अपनी माँ से फोन पर उनके विषय में पूछ लो। वह तो करीब-करीब सभी दूर-पास के रिश्तेदारों की खबर रखती हैं।" दीप्ति के पति ने चाय का प्याला मेज पर रखते हुए कहा।

"हाँ, यही ठीक है।" दीप्ति ने यह कहकर बात वहीं समाप्त कर दी।

परंतु रात्रि के एकांत में फिर बाल्यावस्था की घटनाएँ ओने-कोने से झाँक-झाँककर उन सुनहरी यादों के संसार में ले जाने लगीं, जहाँ पहुँचकर न जाने कितनी-कितनी घटनाएँ चित्रपट-सी दिख रही थीं। उत्तर प्रदेश एवं राजस्थान की सीमा पर बसा एक ग्राम और ग्राम के पटवारी की सबसे बड़ी दुलारी पुत्री की शहरी बारात, लंबी-चौड़ी, चार-चार बैंडों से सजी; आतिशबाजी, अनार व फुलझड़ियों, पटाखों की चमक-दमक एवं शोर-हंगामे से युक्त बारात। बारात की

खातिरदारी अनुपम थी और लुभावनी विचित्र रस्में निभाकर बाराती अभिभूत हुए जा रहे थे। ग्राम की स्त्रियाँ घूँघटों की ओट, छज्जों, परकोटों और बारजों से साहबी बारात की छटा निहार रही थीं।

सूट-बूटवाले शहरी बाराती, घोड़ी पर सवार सजीला दूल्हा, उसके साथ चलता लजीला-सलोना शहबाला। दूल्हा गौरवर्ण, लंबा-चौड़ा, हृष्ट-पुष्ट था तो शहबाला बना चचेरा भाई इकहरी काठी का साँवला-सलोना सा था।

गाँव में रोशनी हंडों और दीपकों की हो रही थी, जो शायद बिजली के लट्टुओं को भी मात कर रही थी। दूल्हे राजा बार-बार कौतुक से सेहरा उठाकर दाएँ-बाएँ, ऊपर-नीचे ब्याह की रौनक देख रहे थे और छोटा भाई उसे ऐसा करने से मना कर रहा था। साथ-ही-साथ ढेरों निर्देश भी देता जा रहा था।

घूँघटों की ओट भले ही रही हो, परंतु चतुर ग्राम्याओं में यह सब छिपा न रहा। बारात दरवाजे पर पहुँची तो पूस की ठंडी काली रात गहरा चुकी थी। रस्मो-रिवाज, खाना-पीना होते-होते काफी रात्रि बीत गई थी। दीप्ति तथा उसके पिता और एक-दो गण्यमान्य अतिथियों के ठहरने का विशेष प्रबंध गाँव के डॉक्टर के घर था। वह सब खा-पीकर जनवासे में आकर गरम बिस्तरों में दुबक गए थे। परंतु आधी रात को ही डॉक्टर साहब की सरकारी जीप से उन लोगों को आगरा भागना पड़ा; क्योंकि सुना कि किसी बात पर बारातियों-घरातियों में कहा-सुनी हो गई है और कन्या का इकलौता जवान भाई अपने जाट सखाओं के साथ बारातियों पर लाठियाँ लेकर बरसने वाला है। वे लोग जनवासे की ओर ही जा रहे हैं।

दीप्ति को याद है, प्रातः चार बजे वे लोग ब्याह के घर पहुँचे। रतजगे से रतनारी बीसियों आँखें घटना सुन दंग रह गईं; परंतु दिलेर गृहस्वामिनी नोटों की मोटी गड्डी और दोनाली बंदूक गाड़ी में रखवा अपने समधियाने की ओर गुस्से से तमतमाती चली गईं। गृह के मान्य अतिथियों का अपमान उनसे सहन न हुआ। दीप्ति के पिता तो किसी भारी हंगामे की आशंका से घबराकर उसी दिन वापस चले गए।

देर रात बाजे-गाजे, ताशे और हंगामे के साथ बारात वापस आई। दिन भर पंचायत एवं रहस्यात्मक खुसुर-फुसुर में लगी महिलाएँ नववधू को देख जोश में आ ढोलक पीटने लगीं। भारी बैठे गलों ने मंगल गीतों से मोहल्ला गुंजायमान कर दिया। गहरी निद्रा में मग्न बाल-गोपाल भी उठकर आँगन में आ गए। दीप्ति आँख मलती आँगन में आई तो गहनों और चमकीले कपड़ों की गठरी को उत्सुकता से छू-छूकर देखने लगी। उस विवाह की यही मीठी-खट्टी यादें उसके मानस-पटल

पर अंकित हो गई थीं। ब्याह समाप्त हुआ और मिठाइयों के टोकरे के साथ वह भी माँ के संग जयपुर आ गई। फिर कुछ दिनों तो ब्याह की मिठाई, ब्याह की चर्चा आदि में व्यस्त रही, उसके बाद पढ़ाई-लिखाई खेल-कूद में खो गई। आठ वर्ष की उम्र क्या कुछ याद रखने की होती है, परंतु वह सुंदर नववधू बार-बार याद आती और जब भी माँ अपने ननिहाल जातीं, दीप्ति भी उनके संग आगरा अवश्य जाती। माँ के ननिहाल में इतनी मौज-मस्ती, लाड़-प्यार होता कि दीप्ति की इच्छा तो वहाँ बार-बार जाने की होती और फिर दर्जनों नए कपड़ों एवं दालमोठ, पेठों के डिब्बों के ढेर के साथ वह और उसके दोनों छोटे भाई माँ-पापा के साथ मुँह लटकाए वापस घर आ जाते। पुरानी यादों ने सपने में भी साथ न छोड़ा। प्रातः हड़बड़ाकर उठी। खिड़की से सूरज की तेज रोशनी पड़ तो रही थी, परंतु गनीमत है, पतिदेव अभी सो ही रहे थे।

वैसे भी आज रविवार ही है। चलो, थोड़ा और सो लें। फिर आराम से चाय पी जाएगी। वह लोग चाय पी ही रहे थे कि श्वेता भी वहीं आ गई।

''मम्मी, आपको मालूम है, प्रिया की बड़ी दीदी की शादी थी न परसों। आज ही उसकी दीदी ने शादी के लिए मना कर दिया, शादी कैंसल।''

''क्यों? सुना है कि बाद में मालूम हुआ, लड़का एक वर्ष डिप्रेशन का मरीज रह चुका था, वैसे अब ठीक है, परंतु न जाने फिर कब उसे डिप्रेशन के दौरे पड़ने लगें। जान-बूझकर क्या कोई मक्खी निगलता है! पूरी जिंदगी पड़ी है।'' श्वेता उत्तेजना में बोली।

''एक्जैक्टली! माई डॉटर इज करेक्ट, प्रिया के पापा को तो ऐसे फ्रॉड लोगों को जेल भिजवाना चाहिए।''

''लेकिन यह भी तो हो सकता है कि उन बेचारों ने सोचा होगा, शादी के बाद सब ठीक हो जाएगा। डिप्रेशन भी कोई बीमारी है।''

''मम्मी...ई...ई...आप यह क्या कह रही हैं? श्वेता हैरान हो उठी, ''आपके जमाने में होता होगा ऐसे। अब तो कोई लड़की गठरी बन फेरे नहीं डालती, विद्रोह कर देती है।''

''बेटा, उस युग में भी और उस युग से पहले के युग में भी कोई-न-कोई साहसी युवती विद्रोह कर ही देती थी। अब राधा मामी का भी तो यही किस्सा था, पर कहाँ कर पाईं मन-मरजी। संस्कारों एवं समाज की दुहाई दिलाकर उनकी विदाई करवाई ही गई थी।'' दीप्ति ने भावुक होकर कहा।

''मम्मी, यह राधा मामी का पूरा किस्सा है क्या? आप कभी कुछ बताती भी

नहीं हैं, आज बताइए न।'' श्वेता कुरसी के हत्थे पर बैठती हुई बोली।

''श्वेता, लगता है, तुम्हारी प्रिंसिपल मैम को देखकर तुम्हारी मम्मी को अपनी भूली-बिसरी रिश्ते की राधा मामी याद आ गईं।'' श्वेता के पापा भला क्यों चूकनेवाले थे।

''सच! क्या वह मैम जैसी ही थीं?''

''मैम जैसी नहीं, वरन् मुझे लगता है, कहीं यह वही तो नहीं।''

''यह आप क्या कह रही हैं, मम्मी?'' श्वेता हैरत से बोली।

''हाँ, वही नाम, वही सूरत, वही कद-काठी और वही हाव-भाव; परंतु गाँव की आठवीं पास दुलहन आज डॉक्टरेट कर इतने बड़े संस्थान की संचालक! वैसे तो उन जैसी दृढ़ निश्चयी स्त्री के लिए असंभव तो कुछ नहीं लगता।

''राधा मामी भोला मामा की पत्नी थीं। भोला मामा माँ के रिश्ते के ममेरे भाई थे, जो अनेक मन्नतों, नजारों, पूजा-अर्चना के पश्चात् अपनी माँ की सूनी गोद में आए थे, इसीलिए उनकी माँ उन्हें जमाने की बदनजरों से बचाए रहती थीं। किसी भी विद्यालय में पढ़ने गए तो वहाँ के अध्यापकों एवं प्राध्यापकों से झगड़ा कर बैठतीं। यदि किसी सहपाठी ने कुछ कह दिया तो उसकी सात पुश्तें तार दी जातीं। आँख के तारे को आँख से ओझल होने नहीं देतीं। परिणामस्वरूप लाड़-प्यार से पल्लवित भोला मामा के बुद्धिमान होते हुए भी सही मार्गदर्शन एवं अनुचित दुलार से उनके हाव-भाव बाल-सुलभ एवं बालोचित से हो गए थे। पिता के लाख समझाने पर भी उनकी माँ का अंध-वात्सल्य भोला मामा का सर्वनाश करने पर तुला हुआ था।

''उनसे चार बरस छोटा मातृ-पितृहीन चचेरा भाई सीढ़ियाँ चढ़ता ऊपरी कक्षाओं में पहुँच गया और वह पहले पायदान पर ही अटके रह गए। कहीं से आने-जाने के बाद लाख नजरें उतारी जातीं। गले, बाँहों और हाथों में तावीज बाँधे भोला मामा गौरवर्ण और सुदर्शन होते हुए भी उज्बक-सी सूरत के प्रतीत होते। हमउम्रों में हास्यास्पद थे, परंतु अपने से छोटे बच्चों में अति लोकप्रिय।

''दंड पेलने एवं कसरत करने, खालिस घी-दूध व बादाम ने उनकी बलिष्ठ देह को समय से पूर्व ही सुगठित, आकर्षक एवं छह फीट का जवान कर दिया। उनके पिता उस समय ऊँचे प्रशासनिक अधिकारी थे, स्थान-स्थान पर घूमते रहते। परंतु उनकी माँ भोला मामा एवं चंदर मामा को लेकर पुश्तैनी हवेली में रहकर लाखों की जायदाद सँभालती थीं। जहाँ तक मुझे याद है, माँ बताती थीं कि उन जैसी दबंग, कर्कशा एवं शातिर स्त्री पूरी बिरादरी में नहीं थी। वह पूरा मोहल्ला माँ के ननिहाल

के समृद्ध कायस्थों का ही था। सभी भोला मामा की माँ से खौफ खाने और भोला मामा व चंदर मामा के राम-लक्ष्मण जैसे स्नेह को देख गद्‌गद होते रहते।

"उनकी माँ को उनके विवाह की चिंता सताने लगी। भोला मामा के पिता और अन्य हितैषियों ने समझाया कि अभी उमर ही क्या है? थोड़ा परिपक्व हो जाने दो। कोई कारोबार शुरू कराकर अच्छी जगह विवाह हो तो भोला के हित में ही रहेगा। परंतु उनकी माँ अड़ गईं कि 'अरे, मुझे कौन सी बड़ी उम्र की पकी-पकाई बहू चाहिए। मैं तो छोटी सी चाँद-सी भोली-भाली गाँव की गोरी लाऊँगी अपने भोला के लिए। और पढ़ी-लिखी भी क्यों चाहिए? कौन सी नौकरी करानी है! वह तो बच्चे पालेगी और मेरी सेवा करेगी।'

"भोला मामा के पिता पत्नी की जिद के आगे हार गए, परंतु समझदार थे, और उसका खानदान जो उन्होंने छाँटा वह था तो ग्राम का ही, परंतु समृद्ध एवं खानदानी था और कन्या भी अनुपम सुंदरी, आठवीं कक्षा पास सोलह वर्षीया थी। वह जानते थे कि अच्छा खानदान ही अच्छे संस्कारों से बाँधकर रखता है और अपने अनपढ़ भोले पुत्र के लिए पढ़ी-लिखी पत्नी का लाना आवश्यक है। घर की जमीन-जायदाद सारी जिंदगी बैठकर नहीं खाई जा सकती। उसके लिए कुछ-न-कुछ स्थायी प्रबंध तो होना ही चाहिए—या तो कारोबार या फिर नौकरी। वह पढ़ी-लिखी कन्या से ही संभव है।

"भोला मामा को देखने लड़कीवाले आए तो उनके सूट-बूट और सुदर्शन व्यक्तित्व पर ही रीझ गए। उनका छोटा भाई ही उनके प्रश्नों के उत्तर देता रहा और वह माँ के निर्देशानुसार सूट-बूट टाई लगा एक कुरसी पर अखबार लेकर बैठ गए। कन्या के पिता, चाचा एवं मामा तो इतने प्रभावित हुए कि बिना किसी पूछताछ के वहीं बात पक्की कर वाग्दान कर दिया। शायद उन्हें अपनी पढ़ी-लिखी सुंदरी कन्या के लिए ऐसे ही सुदर्शन शहरी वर एवं घर की तलाश थी। झटपट विवाह के निमंत्रण-पत्र व मनुहार-पत्र बँटे। माँ के पास नेवते का मोटा मनीऑर्डर भी साथ में था। तुम्हारी नानी को वे लोग बहुत मानते थे। माँ-पापा तो बहन-बहनोई की हैसियत से गए थे। हम सब भाई-बहन उल्लास-उमंग से पहुँचे। ढेरों बच्चे उनके विवाह में आए थे, क्योंकि भोला मामा छोटे-बड़े सभी बच्चों के हीरो थे। उनकी दुलहन देखने का सभी को चाव था। बारात में सभी ने खूब मौज-मस्ती की। क्या व्यवधान पड़ा, इससे बच्चों को कोई सरोकार नहीं था।

"नई दुलहन घर आ गई थी। चमकदार गहनों-कपड़ों से सजी-बजी बच्चे उसे ही घेरे रहते। खूब मिठाइयाँ, पूड़ी-कचौड़ी खाने को मिल रही थीं और पढ़ाई-

लिखाई से छुट्टी। तब की ब्याह-शादी सच में बड़ी मनोरंजक होती थी। अब की तरह नहीं कि दिखावा तो ढेरों और एक दिन जैसे-तैसे बस गिद्ध-भोज कर शादी निपटा दी। बीस-तीस हजार के लहँगे और चार-चार हजार के ब्राइडल मेकअप भी चेहरे पर लुनाई और वह आकर्षण नहीं दरशाते, जो लाल-हरी बनारसी साड़ी, सीधी-सादी वेणी और मायके के बिछोह में विदाई की वेला के समय जार-जार रोने से बिखर गए। सूने कजरारे नैन और माथे पर बिखर गए सिंदूर व टीके आभा ले आते थे। अब तो मेकअप खराब होने का डर हो तो रोएँगी नहीं।''

''मम्मी, क्यों रोना भला! शादी होकर जाना क्या इतना बुरा है। मम्मी-पापा से क्या बिछड़ना, जब मिलने का मन हो, टपक पड़ो मम्मी-पापा के सिर पर।'' श्वेता के अंदाज पर उसके पापाजी गद्‌गद हो उठे। यद्यपि उनकी आँखों की कोर भीग गई।

श्वेता की सखी का फोन आया। वह उठकर चली गई। पतिदेव भी अपने फाइलों के अंबार में खो गए। दीप्ति परिवार का मनपसंद नाश्ता, आमलेट, कबाब व पराँठे बनाने उठ खड़ी हुई। सामिष नाश्ते ने राधा मामी की स्मृतियों की कड़ियों को और भी आगे बढ़ा दिया।

राधा मामी मीट-मांस, मछली, अंडे की शौकीन थीं और उनकी ससुराल थी कायस्थ घरानों के एकदम विपरीत शुद्ध शाकाहारी; परंतु उनके श्वसुर थे खाने-पीने के शौकीन। बस उन्हीं का सहारा ले नीचे की रसोई में जमकर रविवार के दिन सुबह से ही भारी भगोने में गोश्त पकता, मछली तली जाती। राधा मामी के पाक कौशल की डोर से अब चंदर मामा एवं भोले मामा भी अछूते न रहे थे। ऊपर से जब दीप्ति के पापा-मम्मी भी जाते तो अब जमकर मांसाहारी भोज होता और उनकी सास भुनभुनाती रहतीं। राधा मामी को लाख-लाख विशेषणों से सुशोभित करतीं। कभी उनकी काली-कजरारी आँखें और लंबे घने काले केशों से दुःखी रहतीं तो कभी उनकी मोहक हँसी उन्हें जला-भुनाकर राख कर देती। चीख-चीखकर पड़ोसिनों से कहतीं, 'राम जाने कैसी रंडी-पतुरियों-सी हँसती है। हा-हा-हा! नेक शरम नहीं है। आँख और भींच लेती है।'

लेकिन राधा मामी को विशेष फर्क नहीं पड़ता था। वह सास के वाक् प्रहारों का तुर्की-बतुर्की जवाब देतीं। लगता है, भोला मामा प्रणय एवं प्रीत का पाठ भलीभाँति पढ़े होंगे तभी तो संतुष्ट मामी का रूप निखरता जा रहा था और भोला मामा ने माँ के पल्लू से अनायास ही गाँठ छोड़ पत्नी के आँचल में सिर छिपा लिया था। तीन-तीन बेटों को पाँच वर्ष में ही जन राधा मामी ने सास की गोद में डाल मुँह

बंद करवाना चाहा; परंतु सास को अभी भी कहाँ चैन। राधा मामी और भोला मामा एक साथ विद्याध्ययन कर रहे थे। राधा मामी उनपर बहुत मेहनत कर रही थीं। चंदर मामा उन दोनों की सहायता करते। तीनों राम-लक्ष्मण-सीता जैसे हर जगह साथ जाते-आते। कभी-कभी बैंक, दफ्तर, फॉर्म वगैरह लेने वह चंदर भैया के साथ अकेले भी जातीं। बस, यही तो उनकी सास और कुछ चमची पड़ोसिनों से देखा नहीं गया। वैसे अब बिरादरी-मोहल्ले में राधा मामी की कर्मठता, सुघड़ता की प्रशंसा होने लगी थी; परंतु उनकी तेज-तर्रार स्वभाव एवं साहस को अब उच्छृंखलता और चरित्रहीनता का खिताब दिया जाने लगा। दीप्ति को याद है, कुछ वर्षों बाद जब वह भी थोड़ी बड़ी हो गई थी, राधा मामी ने रो-रोकर यह माँ को बताया था। उनकी सास ने अपने ढंग से माँ के कान भरे थे और उन्हें इस बात का दु:ख हो रहा था कि उनका सीधा-सादा भोला बेटा भी कुछ नहीं समझता और बीवी के चंगुल में है, तभी तो शायद उन्होंने पूर्णरूपेण उनके तीनों बेटों को अपनी बलिष्ठ मुष्टिका में कैद कर लिया था। उनके बच्चों को अपने ढंग से पाल-पोस रही थीं और उन्हें माँ के साए से भरसक दूर भी रख रही थीं; परंतु सास-बहू में बच्चों की पढ़ाई-लिखाई और ढीले अनुशासन के कारण प्राय: ही महाभारत होता रहता। तमाशबीनों की कमी नहीं थी। सभी जानते थे कि राधा मामी सही हैं, परंतु कर्कश सास से वैर कौन मोल ले। राधा मामी के श्वसुर रिटायर्ड होकर आ गए थे। भोला मामा को छोटा-मोटा कारोबार कराया था, जो लॉ में पढ़नेवाले भाई चंदर की देख-रेख में चलता था। भोला मामा ने भी ग्रेजुएशन कर लिया और मामी ने शायद एम.ए. में दाखिला ले लिया है।

यहीं तक की खबर दीप्ति को थी, फिर विवाह हो गया। दीप्ति को याद है, उसकी शादी में राधा मामी की सास, भोला मामा और तीनों बेटे आए थे। रिश्ते की औरनी में राधा मामी के रोचक किस्से उनका अपयश-गान मनोरंजन का केंद्र रहा था। सिर से पैर तक भारी गहनों से लदी-फँदी बनारसी साड़ी में सज्जित ठसकेदार सास अपनी दयनीयता के रोने रो रही थी, जिस पर किसी को भी विश्वास तो नहीं हो रहा था, परंतु मिथ्या गल्प में भी भला क्यों न आनंद आए। चलो, थोड़े क्षण का मौज-मजा ही सही।

उनके हिसाब से 'पुरुषों पर जादूगरनी जादू करना जानती है। अब तो ससुरजी भी उसी के मन की कर रहे हैं। महारानी सज-धज, उलटा पल्ला डाल कॉलेज जाती हैं मर्दों पर डोरे डालने के लिए। चंदर को स्कूटर खरीदवा दिया है। चिपककर कमर में बाँहें डाले बैठकर पूरा आगरा घूमती है। नाक कटाकर रख दी है। अब तो

भोला भी कुछ-कुछ समझने लगा है। रोज मियाँ-बीवी में इस बात को लेकर झगड़ा होता है, लेकिन ससुरजी की हौंरा में है। मैं तो भोला को कहती हूँ—बेटा, लगा दो लात। न काबू में आए तो नाम बदल दूँ।'

आरतें उस समय हाँ में हाँ मिलातीं, फिर पीठ पीछे हँसी उड़ातीं। ब्याह के बाद दीप्ति भी अपनी गृहस्थी के झंझटों में फँस गई। जब भी मायके जाती तो भूले-बिसरे आत्मीयों के विषय में खोज-खबर करती।

आरंभ में तो माँ भी राधा मामी व भोला मामा के किस्से सुनातीं, फिर शायद उनका संपर्क भी अपने ननिहाल से टूट गया। राधा मामी एक धूल भरी, रंग उड़ी तसवीर-सी उसके मानस-पटल से हट गईं।

परंतु आज फिर अचानक राधा मामी को इतने महत्त्वपूर्ण गरिमायुक्त पद पर आसीन देख धुँधली तसवीर की गर्द हटने लगी थी।

अनेक बार उनसे परिचय प्राप्त करने की इच्छा होती, परंतु कोई सूत्र हाथ न लगने से साहस नहीं होता। किंतु सूत्र हाथ लग ही गया। दीप्ति की माँ जयपुर से एक विवाह में सम्मिलित होने भाई-भाभी के संग कानपुर आईं तो दीप्ति ने उन्हें कुछ दिनों के लिए रोक लिया। जब से पापा गए हैं, दीप्ति को माँ के साहचर्य की कामना अधिक होने लगी है। माँ का भी बदलाव हो जाता। वह भी अपने दिल की भड़ास निकाल लेती हैं।

कानपुर में माँ के अनेक संबंधी थे, जो पापा की मृत्यु होने पर नहीं पहुँच पाए थे। वह समाचार पाकर प्राय: ही माँ से मिलने आते रहते। यह सिलसिला चल रहा था।

एक दिन दीप्ति ने कहा, ''माँ, वह आगरावाले भोला मामा और राधा मामी की कुछ खबर है? कहाँ हैं वे लोग?''

''अरे, आज तुझे अचानक कैसे याद आ गई? आगरा में ही होंगे। सुना है, बिजनेस खूब फल-फूल रहा है। तीनों बेटे भी कमाऊ हो गए। बड़े के ब्याह का तो कार्ड आया था, बाकी का पता नहीं। अब मन तो आगरे जाने का बहुत करता है पर अकेले कैसे जाएँ, तुम्हारे भाई लोगों को हमारे लिए फुरसत कहाँ! बहुएँ भी अपने मैके की ही सुध लिये रहती हैं। ठीक है, जैसा चल रहा है।'' माँ ने अपने हाथों को हवा में खोलते हुए कहा।

''ठीक है माँ, वे लोग भी तो व्यस्त हैं। उनसे तुम्हें मैं मिला लाऊँगी आगरा।'' दीप्ति ने तत्काल ही माँ को विराम देते हुए कहा।

''हूँ।'' माँ मायूसी से बोलीं।

"लेकिन माँ, मैं आपको राधा मामी से यहीं मिला दूँ तो?" दीप्ति ने माँ की आँखों में झाँकते हुए कहा।

"यहाँ कैसे?"

फिर दीप्ति ने जब उन्हें सारा वृत्तांत सुनाया तो वह यकीन नहीं कर पा रही थीं कि लड़कियाँ उसके हो ही नहीं सकतीं और भला उसे कानपुर अपना घर-बार छोड़ आने की आवश्यकता क्या है!

लेकिन एक दिन दीप्ति और श्वेता पीछे पड़ ही गईं तो प्रिंसिपल के घर फोन मिलाया गया।

"हैलो! हैलो!"

"जी हाँ, कहिए।"

"मुझे राधा से बात करनी है। कहिए, जयपुर की उनकी ननद आशा बात करना चाहती हैं।" माँ ने तनिक अधिकार एवं रोब से कहा। लगता है, वह राधा मामी की आवाज पहचान गई थीं।

"आशा, आशा सिन्हा! जिज्जी, आप कहाँ से बोल रही हैं? मैं राधा ही बोल रही हूँ।"

"यहीं तुम्हारे शहर से।"

फिर तो माँ और राधा मामी में फोन नंबर, घर के पते-ठिकानों का आदान-प्रदान हुआ और मिलन की उत्कंठा एवं उष्णता उसी दिन ढलती साँझ राधा मामी को दीप्ति की दहलीज पर ले आई।

माँ लपककर राधा मामी से चिपट गईं। दो जोड़ी आलिंगनबद्ध नयनों से जलधारा बह चली।

माँ के सूने ललाट को देखकर तो राधा मामी और भी भाव-विभोर हो उठीं।

"जिज्जी, यह क्या? कुछ भी तो खबर नहीं लगी।" कहकर राधा मामी ने माँ के कंधे पर हाथ रखा। ननिहाल के आत्मीय स्पर्श ने माँ के रुदन को और भी तीव्र कर दिया। दीप्ति जानती थी कि माँ और राधा मामी को एकांत की आवश्यकता है। वह जानती थी कि राधा मामी एवं पापा का हास-परिहास ननदोई-सरहज के रंगीन रिश्ते के कारण चलता ही रहता है। माँ की कितनी ही मधुर यादें होंगी राधा मामी से मिल-बाँटने के लिए। माँ राधा मामी को पापा के अनायास ही एकादशी के पावन दिन बैठे-बिठाए चले जाने का किस्सा, उनकी कष्ट-रहित सुखद मौत का वृत्तांत राधा मामी को सुना रही थीं और वह धैर्य से सुन माँ के हृदय का जमा हुआ गुबार निकाल रही थीं।

दो दिन पश्चात् दीप्ति के पति जब टूर पर चले गए और पुत्र क्रिकेट मैच खेलने, तो दीप्ति अपनी माँ एवं बेटी के साथ दोपहर से ही राधा मामी के घर चली गई। माँ के पास थे ढेरों प्रश्न और शायद उसके प्रत्युत्तर थे राधा मामी के पास देने के लिए।

वह स्वयं बेसब्र थीं माँ को बहुत कुछ बताने के लिए। हो सकता है, वह उनकी संघर्ष-गाथा हो या फिर पीड़ा-गाथा।

राधा मामी का सुंदर आवास आधुनिक सज्जा से युक्त उनकी सुघड़ता एवं सादगी की कहानी कह रहा था। गेट खोलता दरबान, ट्रे लेकर घूमता बैरा और साफ-सुथरी परिचारिकाएँ—सभी कुछ इतना उच्च स्तरीय था कि एक क्षण को तो आई.ए.एस. अधिकारी की पत्नी दीप्ति को भी हीनता-बोध होने लगा।

परंतु माँ तो ननद के ठसके में थीं। घर पहुँचकर उनकी दो सलोनी किशोरी पुत्रियों से भेंट कर माँ की भृकुटि तन गई। बेटियाँ अति सभ्य थीं। थोड़ी देर बैठ अपने-अपने कमरों में पढ़ने चली गईं, साथ ही दीप्ति की पुत्री को भी लेती गईं।

कमरे के भीतर पसरे मौन को माँ की गुरु-गंभीर वाणी ने तोड़ा, ''राधा, भोला कहाँ है? यह इतनी दूर अलग-थलग गृहस्थी, ये बेटियाँ, आखिर क्या किस्सा है? कहीं यह सच तो नहीं जो लोग कहते थे?''

''जिज्जी!'' राधा मामी मानो तड़प उठीं। माँ के होंठों पर हाथ रख दिया।

''आप भी लगता है, औरों की बातों में आ ही गईं। हाँ, जिज्जी, ऐसी बातों पर सभी को शीघ्र ही विश्वास हो जाता है। फिर मेरी बात सुननेवाला है ही कौन? ससुराल में तो प्रश्न ही नहीं उठता और पीहरवाले भी हमारी सासजी के दोहरे व्यक्तित्व के कारण उनके भक्त बने रहे हैं। साधारण घरों में ब्याही गई बहनें मेरे भाग्य को पल-पल सराहती हैं। मेरे ब्याह में मरने-मारने पर उतारू मेरा इकलौता भाई मुझे ही धिक्कारता है कि मैं अपनी अकड़ में ससुरालवालों को प्रसन्न भी न रख सकी। केवल माँ ही मेरा दर्द समझती थीं। अब वह भी नहीं रहीं।

''सच जिज्जी, मुझे अपने भाग्य और ईश्वर से कोई शिकायत नहीं। ईश्वर ने साक्षात् भोला शंकर जैसे पति और हीरा, मोती, पन्ना जैसे बेटे दिए हैं। घर में किसी वस्तु की कमी नहीं है; परंतु कर्कशा सास ने मेरे रत्नों को मुझसे छीन रखा है। मेरे भोले पति की प्रीत वह देख नहीं सकीं। अनेक बुराइयों का बखान कर लांछन लगा मुझसे विमुख कर दिया। मेरे भ्राता-तुल्य देवर के साथ मेरे अशोभनीय संबंध जोड़ उन्हें मुझसे बहुत दूर कर दिया। जिज्जी, आपको सुनाने के लिए बहुत कुछ है मेरे पास। एक आप ही तो मेरी अंतरंग सखी हैं। आपको नहीं सुनाऊँगी तो

मेरी यह छाती फट जाएगी।" राधा मामी रो पड़ीं।

माँ ने लज्जित हो उन्हें अपने अंक में समेट लिया।

"राधा, मुझे तो स्वयं ही विश्वास नहीं हुआ कभी भी ऐसी बातों पर। आज यह तुम्हारी गृहस्थी देख लगा कि..."

दीप्ति राधा मामी के लिए पानी लेने उठ गई। माँ ने उन्हें जी भरकर रोने दिया। अभी तक हँसती-खिलखिलाती, मस्त राधा मामी के अंतस में जमा दुःख का स्रोत सहानुभूति और अपनत्व पा बह निकला।

"जिज्जी, तीनों बेटे ब्याह गए। बहुएँ सासजी स्वयं ही छाँट-छाँटकर रूप-रंग से साधारण, मध्यम वर्गीय घरों की पढ़ी-लिखी वहीं आगरे के आस-पास की ले आई हैं। बड़ा बेटा वकालत में धन, यश बटोर रहा है तो शेष दोनों इंजीनियर बन दो-दो फैक्टरियाँ चला रहे हैं। आज समाज माताजी को ही बच्चों को होनहार बनाने का श्रेय देता है। मेरे भोले-भाले पति कुरसी-मेज पर सादर विराजमान एक माननीय व्यक्ति हैं। बेटे-बहुएँ उन्हें आदर-सम्मान देते हैं। यह अच्छा ही हुआ कि बच्चे चाहे मुझे न मानें, परंतु अपने पिता को सम्मान देते हैं। दादी के महाभक्त हैं। बहुएँ ददिया सास के आगे-पीछे घूमती हैं। जानती हैं, रुपया-पैसा, गहना-जायदाद उनकी कमर में झूलते मोटे चाबी के गुच्छे में ही कैद है।"

"वह तो सब ठीक है, राधा, परंतु तुम इस प्रकार अपना घर छोड़ निकल क्यों पड़ीं? अपना अधिकार, अपना वर्चस्व, अपनी गृहस्थी, अपना पति क्यों त्याग दिया?" माँ ने उद्विग्नता से पूछा।

"जिज्जी, किस अधिकार की बात कर रही हैं आप? वह अधिकार जिसकी अधिकारिणी मैं कभी थी ही नहीं, वह वर्चस्व जो अपनी सास के होते मैं रख सकती थी क्या? गृहस्थी! जो पहले सास की थी और अब बहुओं की है। हाँ, यदि चारदीवारियों को घर कहते हैं तो वह मैंने नहीं छोड़ा और पति, जिनसे सात फेरे लिये, सिर्फ उनसे और उन्हीं से मैंने प्रेम किया, जिनके निश्छल प्रणय के परिणाम हैं तीनों बेटे, उन्हें मैं कैसे छोड़ देती। मेरे भोले पति यद्यपि दुनिया की निगाहों में पढ़े-लिखे एवं समझदार हो गए, परंतु वह अभी भी कितने भोले हैं, यह मैं भली प्रकार जानती हूँ, तभी तो महीने में दो बार अवश्य ही आगरा जाती हूँ, चाहे मुझे वहाँ अपने परिजनों एवं आत्मीयों की लाख अवहेलना और कटाक्ष झेलना पड़ें। जानती हूँ, आज नहीं तो कल मेरे भोले पति को मेरी आवश्यकता पड़ेगी ही। दबंग ददिया सास से सबकुछ छीन मेरी पुत्रवधुएँ एक दिन दोनों को ही दूध से निकाली मक्खी-सी बाहर कर देंगी। अभी तो माताजी अस्सी बरस में हट्टी-कट्टी हैं,

रोब-दाब है; परंतु चापलूस-चालाक पौत्र एवं पौत्रवधुओं ने उनका बहुत कुछ निकलवा लिया है। सोने की नसेनी भी वह चढ़ चुकी हैं। अपनी पौत्रवधुओं से वह अति गद्गद हैं; परंतु कभी तो उनके हाथ-पैर जवाब देंगे ही और फिर काम आएगी उनकी यह उद्दंड बहू।

"यदि मेरे भोले पतिदेव मातृहीन हो गए तो फिर उनकी क्या दुर्गति बनेगी, मैं ही जानती हूँ। अभी भी कुछ दिनों से उनके नेत्रों में वह खोया प्यार और आग्रह देखने लगी हूँ।"

"लेकिन इस तरह तुम तो बिलकुल अकेली ही पड़ती जा रही हो। तुम्हारे भी तो कभी हाथ-पैर थकेंगे, तब क्या करोगी?"

"जिज्जी, जब तक यह नौकरी है तब तक मैं निश्चिंत हूँ; परंतु उसके बाद भी अपनी स्वयंसिद्धता से मैंने इतना तो बना ही लिया कि मुझे दो वक्त की रोटी और सिर पर छत मिल जाए।

"जिज्जी, मैं नहीं जानती कि मेरे पिता को वर की पढ़ाई-लिखाई, कारोबार के विषय में कुछ ज्ञान था भी या नहीं। या फिर ऊँचा घर-वर देख सोचा होगा कि यदि घर में कुछ कमी भी है तो क्या अमीर पिता की इकलौती संतान उसकी लाडली को कष्ट नहीं होने देगी। तीन बेटियाँ और भी तो उन्हें ब्याहनी थीं। यह तो सत्य ही है, दीदी, कि मुझे आर्थिक रूप से कभी कष्ट नहीं हुआ। शारीरिक क्षुधा भी मेरे पूर्ण पुरुष ने पूर्ण की, परंतु मानसिक क्षुधा मेरी अतृप्त ही रही।"

"आपके भोला मामा के असामान्य हाव-भाव देख जहाँ पुरुषों ने नजरअंदाज किया, वहीं महिला समुदाय को यह नागवार गुजरा। चंदर भैया का उनके साथ-साथ चिपके रहना, उन्हें ढेरों निर्देश देना, यह सब देख फेरों के पश्चात् देवी-पितरों के पूजन के लिए कोहबर में जाने से औरतों ने चंदर भैया को बाहर ही रोक लिया और फिर तो इनकी बेवकूफी भरी बातों ने स्त्री जगत् में हलचल मचा दी। माँ का विलाप प्रारंभ हो गया। मैं हतप्रभ हो उठी। जो सारी बिरादरी, मोहल्ले, कस्बे, ग्राम एवं विद्यालय में सबसे अधिक रूपवान्, बुद्धिमान, सुघड़ एवं चतुर थी, उसी रूपगर्विता का गर्व इस प्रकार चूर-चूर हो उठेगा, इसकी क्या मैंने कल्पना भी की थी कभी। बीसियों व्यंग्यात्मक निगाहें मुझे घूर रही थीं। वे हमजोलियाँ, जो सदैव ही मेरे प्रभुत्व एवं सद्गुणों से ईर्ष्या करती थीं, विजयोन्मत्त हो उपहास की दृष्टि मुझ पर डाल संतुष्ट हो रही थीं।

"राम जाने, कैसे सह पाएगा मेरा दंभी व्यक्तित्व इन चुभती निगाहों को।

"मैं भागकर पिछवाड़े के आँगन में बने कुएँ की जगत पर बैठ गई कि यदि

तनिक सी भी जोर-जबरदस्ती हुई तो निश्चय ही कुएँ में छलाँग लगा अपनी इहलीला समाप्त कर दूँगी। मेरा इकलौता बड़ा भाई क्रोध में उन्मादी हो अपने साथियों के साथ लाठियाँ-हॉकी ले बारातियों पर हमला बोलने को तत्पर हो गया। बात काफी आगे बढ़ती जा रही थी। अनेक गुट बन गए थे। इसी बीच हमारी आदरणीया सासजी का पदार्पण हुआ। अकस्मात् ही दृश्य परिवर्तन हो गया। उनकी दबंग उद्घोषणा ने बोलती बंद कर दी, 'समधीजी, विदाई की तैयारी कीजिए और समधन, बिटिया जनम जिंदगी भर घर में ही बैठानी है। बाकी की तीन कहाँ पार लगाओगी?'

"गाँववालों की भी खूब फजीहत की। उन्हें उनके संस्कार, रीति-रिवाज-रस्मों, सामाजिक मर्यादाओं का ध्यान दिलाया।

"सबके शीश लज्जावनत हो गए। उनके प्रपंच-वचनों ने जनसमुदाय को उनके वचनों पर गौर करने को बाध्य कर दिया। मेरे ससुरालवालों के प्रवंचनों का फिर कोई मूल्य ही नहीं रहा। आनन-फानन में विदाई की तैयारियाँ आरंभ हो गईं।

"परंतु मैं प्रगल्भा बनी कुएँ की जगत पर ही डटी रही। सखियाँ तथा अश्रुपूरित मेरी बहनें और पछाड़ खाती माँ जब मुझे लेने आईं तो कुएँ में छलाँग लगाने की पूर्ण तैयारी मैंने कर ही ली थी कि स्त्रियों की भारी भीड़ को चीरते आपके भोला मामा न जाने किस अदृश्य कोण से आकर प्रकट हुए। और मेरे छंदक पति ने अपनी छंदानुवृत्ति से मुझे छंदिन कर अपनी बलिष्ठ भुजाओं से थाम लिया। उनके अनुरागी नेत्रों एवं उनके शब्द—'तुम मेरी दुलहन हो, मेरे साथ घर चलो।'

"उनके शब्दों में न जाने क्या जादू था कि मैं मंत्रमुग्ध सी मंत्र-डोर से बँधी ससुराल आ गई।

"सच जिज्जी, आपके भैया के प्रणय, प्रीत और दांपत्य संबंधों ने मुझे अतृप्त कदापि नहीं रखा। भोले-भाले प्रणयी के निश्छल प्रेम ने मुझे दबंग सास से प्रतिस्पर्धा करने की अनुपम शक्ति दे दी थी। श्वसुरजी के पूर्ण सहयोग के होते हुए भी सासजी ने मेरा जीवन दूभर कर रखा था। हो सकता है, मेरी प्रगल्भता के कारण वह अपनी असुरक्षा की आशंका से आशंकित हो रही हों।

"यह मुझे अच्छी तरह समझ आ गया था कि माँ के अनुचित लाड़-प्यार ने बुद्धिमान होते हुए भी इनके बुद्धि-चक्षु बंद कर रखे हैं। इनकी प्रज्ञा एवं विवेक में कोई कमी नहीं थी। बस इनके मस्तिष्क की मंद कांति एवं मंद गति को स्फूर्त व त्वरित करने की आवश्यकता थी। मेरे प्रयास सफल हो रहे थे। ये पढ़ाई-लिखाई में रुचि ले रहे थे। चंदर भैया हम लोगों की भरसक सहायता कर रहे थे। फॉर्म

भरना, पढ़ाना-लिखाना। मैं सबको अचंभित करना चाहती थी। इधर एक के बाद एक तीन पौत्र अपनी सास की झोली में डाले और दूसरी ओर आठवीं कक्षा में उत्तीर्ण पति का परीक्षाफल। ससुरजी गद्‌गद हो उठे। परंतु सासजी ने टसुए बहाना आरंभ किया कि 'मेरे भोला को तो यह लिखा-पढ़ाकर मार देगी।'

''वैसे भी उन्होंने चंदर भैया के साथ मेरे संबंध जोड़ मेरी अपकीर्ति में कोई कोर-कसर नहीं छोड़ी थी। मुझे भी तो उन्हें खिझाने में आनंदानुभूति होती। मेरे बेटों के निकट मुझे फटकने नहीं देतीं। परिणामस्वरूप चंदर भैया के सहयोग एवं पिताजी के प्रोत्साहन से मैट्रिक की परीक्षा हम दोनों ने संग-संग उत्तीर्ण की, फिर तो ग्रेजुएशन भी कर लिया। यह बिजनेस में लगा दिए गए और मैं आगे पढ़ने लगी। बाकायदा रिक्शे पर चढ़ कॉलेज जाती। कभी-कभी चंदर भैया के स्कूटर पर सिनेमा, ताजमहल, किला और फतेहपुर सीकरी। सासजी बच्चे सँभालती कुढ़ती रहतीं। पिताजी भी रिटायर होकर आ गए थे। चंदर भैया लॉ कर रहे थे।

''प्राय: ही यूनिवर्सिटी के दफ्तरों में मेरा उनके साथ अकेले जाना होता। कारोबार अपरोक्ष रूप से चंदर भैया ही चला रहे थे। पिताजी गंभीर रूप से अस्वस्थ हो गए और फिर एक दिन स्वर्ग सिधार गए। पिताजी के रोब-दाब से सीधी-सीधी अँगुली जो नहीं उठती थी, अब हम दोनों पर उठने लगी। इसका प्रभाव हमारे दांपत्य संबंधों पर पड़ा। यदि मैं जानती कि पढ़-लिखकर पतिदेव इतने सयाने हो जाएँगे तो मैं उन्हें भोला ही रहने देती; परंतु आएदिन सासजी के उकसाने से मेरी ताड़ना-प्रताड़ना का सिलसिला आरंभ हो गया। सच दीदी, वह मुझ पर हाथ उठाने लगे थे। बच्चों और नौकरों के समक्ष अपमानित करते।'' राधा मामी सिसक उठीं।

''अच्छा, भोला क्या इतने बदल गए थे। जिसने उन्हें इनसान बनाया वही पढ़-लिखकर पशुवत् व्यवहार करने लगे!'' माँ रोष में बोलीं।

''हाँ, जिज्जी, स्वभाववश तो वह सीधे-सच्चे इनसान ही हैं, परंतु माताजी ने उनके पौरुष को ललकारना आरंभ कर दिया था।''

''और चंदर, उसकी क्या स्थिति थी? वैसे तो मामा-मामी उन्हें अपने बेटे-सा ही स्नेह-दुलार देते थे। भोला और चंदर तो सगे भाई जैसे ही रहते थे।'' दीप्ति की माँ कुछ याद करती सी बोलीं।

''हाँ, जिज्जी, माताजी चंदर भैया को वैसे तो अति प्यार करती थीं और चंदर भैया तो उनकी आज्ञा बिना कौर भी नहीं तोड़ते थे; परंतु मैं जो बीच में थी, माताजी को पल-पल प्रतीत होता कि मैं उनके भोला की अवहेलना कर चंदर की ओर आकर्षित हो रही हूँ।

"चंदर भैया मेरे सखा, देवर, पथ-प्रदर्शक, सहयोगी सभी तो थे। उनसे मातृतुल्य स्नेह करती थी। परंतु चंदर भैया को भी क्या मिला, अपने राम-सीता जैसे भाई-भावज की लखन-तुल्य सेवा कर केवल अपयश, जो माताजी ने ढिंढोरा पीट-पीटकर सब ओर प्रचारित कर दिया था। संदेह का बीजारोपण हो चुका था। चंदर भैया सबकी आँख की किरकिरी बन चुके थे। दस-बारह साल के मेरे पुत्र भी उन्हें प्रायः ही अपमानित करते। एक रात्रि पति के अनर्गल प्रलाप और निरर्थक संदेहात्मक प्रश्नों का उत्तर देते-देते जब मैं क्लांत हो उठी तो दूसरे दिन अवसाद की स्थिति में धड़धड़ाती चंदर भैया के कमरे में पहुँच गई। वह अब पढ़ाई समाप्त कर वकालत कर रहे थे। उनके पिता नामी वकील थे। उन्हीं की वकालत को पुनर्स्थापित कर रहे थे। एक दिन मैं अपनी मनोव्यथा से पीड़ित हो क्रोध एवं खीझ में भर चंदर भैया के सामने पहुँची। वह मनोयोग से किसी जटिल केस की संरचना में व्यस्त थे।

" 'क्यों सह रहे हैं इतना अपमान? चले क्यों नहीं जाते हम सबकी जिंदगी से कहीं दूर? ब्याह-शादी भी नहीं करते। क्यों जलील करवाते हैं दिन-रात मुझे? दुनियावालों की मुझे परवाह नहीं, परंतु आपके भैया के संदेह, घृणा एवं तिरस्कार को मैं नहीं सह सकती।' मैं फूट-फूटकर रो पड़ी।

"चंदर भैया भौचक्के-से सब सुनते रहे। भर्राए कंठ से बोले, 'भाभी, ताऊजी को दिया वह वचन कि मैं आप सबको सहयोग देता रहूँगा, ताईजी का खयाल रखूँगा—निभाना ही है।'

" 'और चाहे कितने ही अपमान एवं लांछना सहनी पड़े?' मैंने विद्रूपता से कहा।

" 'आप सबके स्नेह के बदले यह अपमान कुछ भी तो नहीं और यदि आप चाहती हैं कि विवाह ही इस लांछना व अपमान से मुक्ति का साधन है तो यह सोच आपकी गलत है; क्योंकि पूजनीय ताईजी की चेष्टाओं से जो संदेह का बीजारोपण भैया के निष्कपट हृदय में जड़ें जमा चुका है वह कालांतर में मेरी भावी पत्नी के हृदय में भी तो रोपित हो सकता है। फिर जिंदगी क्या रूप लेगी, भाभी? इस सम्मानित गृह एवं ताऊजी की साख की धज्जियाँ उड़ जाएँगी।'

" 'ठीक है तो फिर मैं तुम्हें वचन मुक्त करती हूँ। तुम किसी-न-किसी प्रतियोगी परीक्षा में बैठो और सुविधाजनक व प्रतिष्ठित नौकरी पर आसीन हो, यही मेरी शुभकामना है।' और मैं रुँधे कंठ से वापस आ गई। चंदर भैया नीचे के कमरे में कैद होकर रह गए। जरूरत भर का बोलते और जब जैसा भोजन मिलता, उदरस्थ कर अपनी लिखाई-पढ़ाई में ही लगे रहते। परिणामस्वरूप वह प्रशासनिक

सेवा में चयनित हो गए। हमारी सासजी ने सारे मोहल्ले में मिठाई बाँटी और सत्यनारायण की कथा के साथ भोज कर सबकी श्रद्धा, आदर एवं प्रशंसा की पात्र बनीं। परंतु ट्रेनिंग में जाते-जाते वह हम सबके चरणस्पर्श कर कह ही गए कि इसकी प्रेरणा भाभीजी एवं भैया ने ही दी। हम सबकी आँखें नम थीं, परंतु आपके भोले भैया चंदर भैया के गले लग फूट-फूटकर रो पड़े। वह अंतर्मन से उन्हें बहुत स्नेह करते थे।

''जाते-जाते चंदर भैया कह गए कि जब भी आवश्यकता हो, खबर कीजिएगा, मैं दौड़ा चला आऊँगा।

''माताजी की काक-दृष्टि तो चंदर भैया की माँ के बेहिसाब गहनों एवं उनके हिस्से की जायदाद पर थी। उनके जाते ही मगरमच्छी आँसू पोंछ बड़ी सी दोमंजिली इमारत नए सिरे से बनवाने में जुट गईं।

''चंदर भैया के जाने के उपरांत कारोबार के हिसाब-किताब में मुश्किलें आनी प्रारंभ हुईं। वैसे आपके भोला भैया आश्चर्यजनक रूप से समझदार एवं निपुण हो गए थे। दो-चार मित्र बन गए थे। उनके निर्देश से कार्य करते, माताजी की सलाह लेते, यहाँ तक कि चौदह बरस के ज्येष्ठ पुत्र की समझदारी एवं सलाह पर भी उन्हें भरोसा था, परंतु दीदी, मुझसे विचार-विनिमय करने का परामर्श करने से उनका अहं कुंठित होता था।

''मैं घुटती और कभी-कभी उनके त्रुटिपूर्ण कार्य-कलापों को सुधारना भी चाहती, परंतु इसका मुझे कदापि अधिकार नहीं था। मेरी छूटी पढ़ाई आरंभ हो गई। पी-एच.डी. की स्कॉलरशिप मिल गई। एम.एड. भी कर लिया और मथुरा के टीचर ट्रेनिंग महाविद्यालय में नौकरी तथा छात्रावास की वार्डन का पद मिला। मैंने राहत की साँस ली, क्योंकि मैं अब घर में बहुत घुट रही थी।

''बच्चों को मेरी आवश्यकता नहीं थी। माताजी ने सहर्ष अनुमति दी, वैसे चाहे वह कितनी ही दबंग बनने का प्रयास करें, परंतु मेरी उपस्थिति उन्हें सहमाती ही है, यह मैंने जान लिया था।

''पतिदेव तटस्थ एवं निर्विकार ही बने रहे। खैर, मुझे तो एकांत एवं शांति की आवश्यकता थी। मथुरा चली गई। प्रति शनिवार आती और सोमवार चली जाती। न तो मिलन की उत्कंठा और न बिछोह का कोई दुःख। एक कर्तव्य से बँधी आती-जाती। प्रणयी पति प्रीत की भाषा भूल पढ़-लिखकर एकमात्र वासना, तिरस्कार एवं संदेह की भाषा ही में बात करते और जिज्जी, मैं न चाहते हुए भी पत्नी का धर्म निभाती थी।''

''तो मथुरा में ही रहती, कम-से-कम आगरा नजदीक तो था।'' माँ ने राधा मामी से तनिक रोष में कहा।

''अवश्य, अवश्य रहती जीजी; परंतु मेरा दुर्भाग्य मेरे साथ-साथ चल रहा था। चंदर भैया की ट्रेनिंग समाप्त हुई तो पहली पोस्टिंग मथुरा हुई। वह पद सँभालने मथुरा पहुँचे और मैं त्याग-पत्र दे वापस आगरा आ गई। और मनगढ़ंत मिथ्या कथाओं को मैं जन्म देना नहीं चाहती थी। इससे चंदर भैया की ऊँची पदवी पर दाग लगता।

''पी-एच.डी. पूर्ण कर आगरा के गृह विज्ञान विद्यालय में नौकरी करने लगी। छात्राओं, सहयोगियों की चहेती बन लोकप्रियता हासिल की। बच्चे बड़े हो पढ़ाई-लिखाई में लग गए थे। पढ़ने-लिखने में तीनों ही अच्छे थे। जीवन की गाड़ी रेंग ही रही थी कि एक दिन चंदर भैया वधू-वेश में सजी-धजी एक युवती के साथ दरवाजे पर आकर खड़े हो गए। माताजी ने घर के सब दरवाजे बंद करवा दिए। छत पर खड़ी होकर पास-पड़ोस को चीख-चीखकर सुनाने लगीं, 'दुधमुँहे सपोले को मैंने दूध पिलाकर पाला था। आज मेरी ममता को डस लिया। कैसे-कैसे अरमान पाले थे चंदर के ब्याह के। न जाने कौन जात-कुजातिन उठा लाया।'

''तमाशबीनों की खिड़कियाँ खुल गईं। मैंने न तो माताजी की कुपित वाणी की परवाह की, न पड़ोसिनों के कटाक्षों की और न पतिदेव की वर्जनाओं की। जाकर दरवाजा खोल, आरती कर वर-वधू को बैठक में बैठाया। चाय-नाश्ता खिला अपनी बनारसी साड़ी और अपना सबसे भारी जेवर दस तोले का कंगन लाकर चंदर की बहू के हाथों में पहना दिया, 'अपनी बेबस जेठानी की सौगात सँभालकर रखना।' और मैंने उनकी पत्नी को गले लगा भरे मन से विदा किया।

''तत्पश्चात् माँ-बेटे खूब गरजे-बरसे। पेट-जाये भी कहाँ पीछे रहे। लेकिन मैं भी अब आघातों को सहकर वज्र बन गई थी।

''दरअसल, चंदर भैया को खबर मिली कि फलाँ होटल में अवैध शारीरिक व्यापार होता है तो उन्होंने छापा पड़वाया। उसी दिन एक विधवा माँ की आरती नाम की लाचार बेटी ने वहाँ रिसेप्शनिस्ट की नौकरी आरंभ की थी। पुलिस उसे भी पकड़ ले गई। चंदर भैया की अनुभवी दृष्टि ने सहसा भाँप लिया कि युवती निर्दोष है। उसे छुड़ाकर स्वयं उसके घर पहुँचाने गए तो माँ फूट-फूटकर रोने लगी कि इसे अब कौन ब्याहेगा। और चंदर भैया ने आरती से बाकायदा ब्याह कर लिया। है न जीजी, गर्व करने योग्य कृत्य। परंतु माताजी ने उनका बहिष्कार कर दिया। इस गृह के कपाट उनके लिए सदा के लिए बंद हो गए। वह यदा-कदा समाचार भेजते

रहते। अपनी जुड़वाँ कन्याओं के जन्म का समाचार भेजा, फोटो भेजा; परंतु इधर से मौन ही रहा। एक-एक कर मेरे तीनों पुत्रों का विवाह माताजी की देखी-भाली कन्याओं से हो गया। मैं एक औपचारिक सास के अतिरिक्त कुछ भी नहीं हूँ। समधियाने में पूज्य माताजी सादर प्रतिष्ठित हैं या फिर भोले-भाले सज्जन पुरुष मेरे पति। बहुएँ भी इन्हीं दोनों के साथ सहज हैं। मेरी उपस्थिति से तो असहज हो उठती हैं।

धीरे-धीरे मेरे और मेरे पति के दांपत्य संबंध मधुर हो रहे थे कि एक दिन रात्रि के साढ़े बारह या एक बजा होगा, पुलिस की जीप रुकी और एक वरिष्ठ अधिकारी ने दरवाजा खटखटाया। किसी भयावह आशंका से सभी जाग उठे।

समाचार दुःखद था। चंदर भैया की गाड़ी की भयंकर दुर्घटना हो गई। पति-पत्नी मृत्यु-शय्या पर थे तथा दोनों किशोर पुत्रियाँ सही-सलामत थीं। हम लोगों को बुलवाया था।

''कठोर हृदय तो नहीं पसीजे, परंतु मैं तुरंत ही जाने को उद्यत हो उठी। पतिदेव की आँखों में झाँककर पूछा, 'आप चलेंगे या मैं जाऊँ?'

''पतिदेव का करुण हृदय अनुज को देखने को व्याकुल था। वह प्रत्युत्तर देते उससे पूर्व ही गर्जना हुई, 'भोले की तबीयत ठीक नहीं है, वह नहीं जाएगा।'

''बेटों से आशा करना व्यर्थ था। चली गई। एक सप्ताह पश्चात् लौटी तो चंदर भैया एवं उनकी पत्नी के समस्त कार्य पूर्ण कर उनकी दोनों शोक-संतप्त पुत्रियों को संग लेकर। आरती के पीहर में कोई था नहीं और अपना पैतृक आवास छोड़ पुत्रियाँ कहाँ जातीं। क्या उम्र के इस नाजुक दौर में मैं उन्हें एकाकी छोड़ देती!''

''चंदर नहीं रहे, हमें खबर भी नहीं। ऐसा सीधा-सच्चा इनसान, न जाने भगवान् को अपने पास बुलाने की इतनी जल्दी क्या थी। सच में, अच्छे लोगों की ऊपर भी आवश्यकता है।'' माँ ने पल्लू से आँखें पोंछीं। दीप्ति ने भी सजल नेत्रों को साफ किया।

''दीदी, आज भी याद है, दुःखी-क्लांत हम तीनों जब घर पहुँचे तो दरवाजे पर ही बड़े साहबजादे ने रोक लिया, 'किसी ऐरे-गैरे के लिए इस घर में कोई जगह नहीं है।'

''मैं क्रोध से उबल उठी, 'तुम चुप करो, शैलेश! जितना यह घर तुम्हारा है उतना ही इन दोनों का भी है। ये दोनों तुम्हारी बहनें हैं, ऐरी-गैरी नहीं।' और धमधमाती घर में घुस गई।

''उनके कक्ष खुलवा उन्हें प्रतिस्थापित किया। अकृपालु परिजनों की तीक्ष्ण

व मर्मभेदी वाणी से आएदिन मेरा और चंदर भैया की पुत्रियों का छेदन होता ही रहता। आपके भोला भैया फिर मुझसे विमुख हो गए। मेरे परिभाव की परिणति ही नहीं थी।

''नित्य प्रति के त्रास एवं परिवाद से अंततः हम लोगों को मुक्ति मिल ही गई। एक धनी मारवाड़ी छात्रा मेरी प्रिय शिष्या थी। उसके पिता ने जब यह संस्थान खोला तो मुझे इसके सर्वोपरि पद पर आसीन किया और मैंने सहर्ष स्वीकार कर लिया।

''अपनी आत्मा की परितुष्टि के लिए तथा वचन-निर्वाह एवं प्रत्यय के निमित्त मुझे अपने गृह का परित्याग करना पड़ा।

''चार वर्षों से यहाँ हूँ। छोटी सी गृहस्थी सुचारु ढंग से चला रही हूँ। दोनों बेटियाँ पिता के समान ही बुद्धिमती हैं। इंजीनियरिंग, मेडिकल में हैं। महीने में दो बार आगरा जाती हूँ। मेरे कर्तव्यों की इतिश्री हो जाएगी तो लौट जाऊँगी। तब तक मेरे पति को भी मेरी आवश्यकता अनुभव होने लगेगी। अभी भी कुछ समय से उनके नेत्रों में अनुराग एवं याचना देख मैं शिथिल पड़ने लगी हूँ। मैं चाहती हूँ कि वह मेरे संग रहें, परंतु वह वृद्धा माँ को इस उम्र में एकाकी छोड़ना नहीं चाहते।''

''यह तो सही है, राधा, कि तुम अपना दायित्व निर्वाह कर रही हो; परंतु भोला के प्रति अपने दायित्व को तो मत भूलो।''

''माना कि दीदी, पति के प्रति कर्तव्यों की इति कभी नहीं होती और पति ही क्यों, मैंने तो फल की कामना किए बगैर सभी के प्रति अपने कर्तव्य-पालन किए हैं। लकवाग्रस्त श्वसुर की अथक सेवा की। दो बार टाँग फ्रैक्चर से ग्रसित सास की सेवा। बेटे निस्संदेह सासजी के अंकुश और आश्रय में रहे, भले ही मैं कितनी ही निरंकुश कहलाई, किंतु उनकी पढ़ाई-लिखाई में मैंने ढील कदापि नहीं होने दी। माना कि प्रणय, प्रीत एवं ममत्व के बंधन अटूट होते हैं, परंतु स्नेह के बंधन भी तो परिक्लांत नहीं होते।

''चंदर भैया को मैंने अनुज की भाँति स्नेह दिया था और उन्होंने भी मुझे आदर-सम्मान एवं सहयोग दिया था। उस ऋण से मैं उऋण हो जाऊँगी, तभी मुझे चैन आएगा।

''मुझे तो कर्म करते रहना है, चाहे फल की प्राप्ति हो या नहीं—कर्मण्येवाधिकारस्ते।''

और माँ ने राधा मामी को गले लगा लिया।

□

उतरन

अंजना कपड़ों की अलमारी खोल नए-पुराने कपड़े छाँट-छाँटकर इधर-उधर रख रही थी। दूर कुरसी पर पतिदेव अमल बैठे ताजा समाचार-पत्रों का घोटा लगा रहे थे। अमल के अखबार-मंथन का यह व्यसन अंजना के प्रात: के दो घंटे चाट जाता है। देखा जाए तो यही तो वह समय है जब अमल की व्यस्त दिनचर्या में से कुछ अनमोल क्षण अंजना के हिस्से आ पाते हैं। पारिवारिक समस्याओं को सुलझाने तथा घर-बाहर के असंख्य महत्त्वपूर्ण निर्णयों पर विचार-विमर्श करने का यह अनमोल अवसर वह नहीं गँवाना चाहती। परंतु प्रात: की चाय पीते-पीते ही वह खो जाते हैं अखबारों की अपनी दुनिया में।

और अंजना आखिर करे भी क्या करे, जुड़वाँ बेटियाँ तो जल्दी-जल्दी ब्याहकर ससुराल चली गईं। एकाकीपन से भरी अंजना यद्यपि बहुत अधिक मिलनसार, खुशमिजाज, सुगृहिणी है। सदैव ही नाते-रिश्तेदारों एवं मित्र-परिचितों से घिरी रहती है। पति के उच्चतम पद की गरिमा को स्थिर रखने के लिए अनेक समाज-सेवी संस्थाओं की सक्रिय सदस्या भी है।

परंतु अमल तो अपना कैरियर ग्राफ उन्नत करने की प्रक्रिया में वर्कहोलिक जैसे हो गए हैं। न घर की किसी बात में दखल और न ही परामर्श। अंजना सही मायने में सभी निर्णय स्वयं लेती है।

अंजना की जुड़वाँ बेटियाँ प्रिया-रिया सदैव ही उसका उपहास उड़ाती रहती हैं कि मम्मी तो घर की निरंकुश रानी हैं। जाने क्या-क्या सफेद करती रहती हैं और डैडी बेचारे ऐसे भोले-भंडारी हैं कि घर में क्या हो रहा है, जानते ही नहीं।

प्राय: बेटियाँ ही उन्हें उकसाती रहती थीं, 'देखिए न डैडी, आप तो मम्मी को सारी सैलरी दे देते हैं और मम्मी तो बस कंजूसी से खर्च करती हैं। हमें नए सूट खरीदने के पैसे भी नहीं देतीं।'

और वह हँसकर बच्चों के हाथ पर रुपए रख देते।

बहरहाल, अंजना के भोले-भंडारी उसके जरखरीद गुलाम तो अवश्य हैं, परंतु ऊपर से भोले-भाले दिखनेवाले पतिदेव की रोमांटिक छवि विवाह के तीस वर्षों के पश्चात् भी धूमिल नहीं हो पाई है। रात्रि की नीरवता एवं एकांत में वह अभी भी अभिसारिका बन उठती है और पति उन्मत्त प्रेमी। भले ही कामना का ज्वार शादी के शुरुआती दौरवाला न रहा हो, परंतु उच्च पदासीन पतिदेव अपना मानसिक तनाव अंजना के साहचर्य में ही दूर कर पाते हैं। कभी कार्य में व्यस्त अंजना को चुपचाप आलिंगनबद्ध कर उसे नवविवाहिता-सी बीरबहूटी बना देते हैं। बेटियाँ-दामाद सभी जानते हैं उन दोनों का प्रगाढ़ प्रेम।

फिर भी पति का गृहस्थी के प्रति एकदम निर्लिप्त रहना उसे कभी-कभी दुविधा में डाल देता है।

अब आज ही लो, प्रिया की ननद का विवाह है तो क्या उपहार देना है, किसे ब्याह में जाना है, कैसे जाना है! अब यह तो निर्णय लेना ही है और पतिदेव हैं कि हूँ-हाँ में ही प्रत्युत्तर सरका रहे हैं।

यही सोचकर अलमारी में सेंत-साँतकर रखी साड़ियाँ, कपड़े वगैरह निकालकर रख ही रही थी कि देखा, अनायास ही पतिदेव का सिर अखबार के ऊपर से झाँका—"क्या कर रही हो"कपड़ों का?"

"कुछ नहीं। बस, जरा देख रही थी कि जो आप पिछली बार मुर्शिदाबादी सिल्क के कुरते का कपड़ा और विष्णुपुर की बालूचिरी साड़ी लाए थे तो सोच रही हूँ कि प्रिया की ननद को यह भेज देते हैं और साथ में सोने के टॉप्स दे देते हैं। और यदि चाहें तो एक हजार रुपए का ड्राफ्ट भी लगा देते हैं।"

अंजना ने अमल की दिलचस्पी देखी तो उत्साहपूर्वक जबान की फ्रंटियर मेल छोड़ दी। परंतु बात शेष होते ही देखा कि पतिदेव उसकी योजना को सुन ही नहीं रहे हैं। वह तो 'फाइनेंशियल टाइम्स' की महत्त्वपूर्ण सुर्खियों में डूबे हैं।

अलमारी ठीक कर कपड़ों का छोटा-मोटा ढेर हाथ में लेकर उठी तो पाँव और घुटने एकदम ही अकड़ गए। मुँह से उफ निकल गई, गिरते-गिरते बची। अपने को सँभाल, कपड़ों का ढेर लेकर ज्यों ही दरवाजे से बाहर जाने लगी, पतिदेव पुनः गुर्रा उठे, "ये कपड़े कहाँ ले जा रही हो?"

"कहाँ मतलब? अरे भाई, यह अलमारी ठसाठस भरी है, दूसरी अलमारी में जमा दूँ।"

"हूँ।" और पतिदेव अपनी दूसरी प्रिय हॉबी 'मोबाइल फोन' की प्रक्रिया में अटक गए।

प्रात: की दिनचर्या इसी प्रकार उठा-पटक में व्यतीत होती।

परंतु न जाने क्यों, जब से अंजना प्रिया की डिलीवरी के पश्चात् वापस दिल्ली आई है, अमल को विचलित-सा देख रही है। बिलकुल भी सहज नहीं है। खैर, अंजना तो जब से प्रिया के पास से वापस आई है, नवजात नाती के क्रिया-कलापों, शैशव की बाल-सुलभ हरकतों को, नानी बनने के अनुभवों को पति के साथ बाँटना चाहती है।

परंतु नन्हे मियाँ की कारगुजारियाँ अपने व्यस्ततम पति को कब सुनाए।

यह सत्य है कि राजनीतिक उथल-पुथल का प्रभाव अमल जैसे उच्च पदस्थ अधिकारी पर अवश्य पड़ता है। हो सकता है, वही कोई समस्या हो या फिर दो वर्ष पश्चात् होनेवाली सेवानिवृत्ति की पूर्व योजना उनके विचारों में हो, जो भी हो परंतु अमल इतने गुपचुप तो न थे। साथ ही चिड़चिड़े से हो गए हैं।

कल स्नान कर निकले तो झींकने लगे, "यह क्या सारे घर में कपड़े-ही-कपड़े फैले रहते हैं। कहीं मैले कपड़े तो कहीं सूखे कपड़े, कहीं गीले कपड़े तो कहीं प्रेस के कपड़े और कहीं धोबी के कपड़े। इतने कपड़े खरीदोगी और फिर उठाकर दे दोगी नए-के-नए किसी को।"

वह तिलमिलाकर चुप लगा गई।

न जाने अमल को क्या हो गया है! पहले तो स्वयं ही नए-से-नए कपड़े खरीदकर लाते थे, अब कपड़े देखकर बिदकते हैं।

एक दिन प्रिया-रिचा का जब फोन आया तो बेटियों के सम्मुख भी यही समस्या रखी तो वे भी उलटे उसी पर चढ़ पड़ीं, "रियली मम्मी, आप कपड़ों पर बहुत पैसा बरबाद करती हैं। अब हम लोग नहीं हैं तो इतना कपड़ा क्यों फैला रहता है?"

"लो, ये बेटियाँ तो पापा से भी दो हाथ ऊपर हैं।"

परंतु बेटियों को क्या बताए, बात सिर्फ कपड़ों की ही तो नहीं है। दो माह के अंतराल ने प्रेम की ऊष्मा ही शीतल कर दी है। जब तक वह कार्य समाप्त कर बिस्तर पर आती है तब तक पतिदेव का खर्राटों का महोत्सव आरंभ हो जाता है।

प्रति माह तृतीय बुधवार को अंजना की किटी पार्टी होती थी। इस बार अंजना ने अपने घर पर ही आयोजित की थी, जिससे कि नानी बनने की मिठाई भी खिला सके सबको। सरकारी कॉलोनी में सभी सेक्रेटरी स्तर के अफसरों की

पत्नियाँ थीं। माह में एक बार मिलतीं, थोड़ा-बहुत मनोरंजन, थोड़ी समाज-सेवा और बहुत कुछ साड़ी-ज्वैलरी प्रदर्शन होता, स्वादिष्ट व्यंजनों का परिवेशन होता, चर्चाएँ होतीं और महिलाएँ तरोताजा हो वापस घर लौटतीं।

प्रति माह किटी पार्टी विभिन्न ठिकानों पर होती, तंबोला खेला जाना, विदेशी कटलरी कट ग्लासों और क्रिस्टलों की नुमाइश लगती। सभी जानते थे कि भले ही मेजबान कितना ही यह जताने का प्रयत्न करे कि यह फलाँ मामाजी लाए थे या यह मेरे डैडी ने स्विट्जरलैंड से भेजा है, वगैरह-वगैरह। परंतु यह सभी जानते थे कि यह सब दीपावली अथवा नववर्ष के तोहफे हैं, जिन्हें बढ़ा-चढ़ाकर बताया जा रहा है।

अत: बुद्धिमान अंजना कभी भी इन वस्तुओं का प्रदर्शन करती ही नहीं, वह तो विशेषकर अपने हाथ से कढ़े मेजपोश, कुशन कवर या कभी गुजराती तो कभी राजस्थानी शैली में अपनी बैठक सुसज्जित कर प्रशंसा की पात्र बनती।

आज भी वह नौकरानी रम्मो को साथ लेकर कुशन कवर बदलवा रही थी कि पतिदेव ऑफिस जाते-जाते ठिठक गए, ''क्या सारे दिन कपड़ों में घुसी रहती हो। तुमने तो मेरी कमाई का पचहत्तर प्रतिशत भाग कपड़ों की खरीदारी में ही निकाल दिया।''

वह चाहती तो पति की झुँझलाहट का कुछ-न-कुछ प्रत्युत्तर तो दे ही सकती थी। यह भी भला कोई बात हुई, रम्मो और ड्राइवर की उपस्थिति में उसे अपमानित कर चलते बने।

परंतु उसे शीघ्रता थी कि पतिदेव जल्द-से-जल्द खिसकें तो वह पानी में भीगे दहीबड़े निचोड़कर दही में डाले और शाही टुकड़े के ऊपर चाँदी के वर्क सजाए।

खैर, तीस महिलाओं की किटी पार्टी रौनक, उल्लास से संपन्न हो रही थी, विभिन्न समूह एवं विषय चर्चा के बन गए थे। किसी की साउथ सिल्क को ओल्ड फैशंड, किसी की क्रेप सिल्क को इन बताया जा रहा था, तो किसी के डायमंड टॉप्स झिलमिला रहे थे तो किसी के हैदराबादी पर्ल बहुत कॉमन बताए जा रहे थे। श्रीमती बनर्जी का मोटा बँगला कलाकृति का नमूना दस तोले का जड़ाऊदार कंगन बहरहाल आज की किटी में हीरो की भूमिका निभा रहा था। सभी दिलोजान से उसपर फिदा थीं।

आज की किटी पार्टी में श्रीमती कपूर का फेयरवेल भी था, क्योंकि उनके मियाँजी इसी जनवरी में सेवानिवृत्त हो रहे थे। सभी उनके इर्द-गिर्द थीं। दो माह

पूर्व रिटायर हुए गांगुली की पत्नी रूमा ने चर्चा छेड़ दी पतियों की; उनके स्वभाव, विचारों और कारगुजारियों की। यह उन सभी का प्रिय विषय था, अतः सामूहिक चर्चा आरंभ हो गई।

रूमा गांगुली श्रीमती कपूर के कंधे पर हाथ रखते हुए बोलीं, ''आज से आपका जिंदगी नष्टो समझो माने आज से तो तोमारा जेल-यात्रा आरंभ।''

''क्यों दीदी, ऐसा क्यों?'' खत्राणी सौंदर्य की परिभाषा, नाजुक, कोमल सी शोभा कपूर नजाकत से बोलीं।

''ऐसा-वैसा क्या नई है, समझो एटा पति मानुष रिटायर्ड हुए और बाड़ी का कोना-कोना पर निगाह।''

रूमा गांगुली की बँगला-मिश्रित हिंदी की मिठास से सभी हँस पड़ीं।

श्रीमती वंदना कमलाक्षा फौरन टपकीं, ''अइयो, हम तो ये नहीं जानता जी कि यह वर्कहोलिक लोग अपना समय कैसे काटेगा। कब्बी चैन से बैठेगा बी कि नई, ई अम्मा।''

''इन्हें क्या चैन से बैठना, उलटे कोई-न-कोई काम निकाल लेना है और हमारा सुख-चैन स्वाहा करना है।'' चुग अपने पंजाबी अंदाज में बोलीं।

तभी अंजना झल्लाकर बोली, ''ठीक कह रही हैं आप, आजकल न जाने हमारे मियाँजी को क्या हुआ जा रहा है। वह तो रिटायर्ड होने से पूर्व ही लगता है, भविष्य की रिहर्सल कर रहे हैं। सारे दिन कपड़ों पर ही निगाह रहती है। नए-नए कपड़े इतने क्यों बन रहे हैं, पुरानी उतरन क्यों दी जा रही है। मैं तो छिपाकर उतरन देती हूँ। बस, पहले तो कहते थे कि कपड़ा तनिक सा भी घिसे, उतारकर किसी को दे दो। और अब यह हाल है।''

''ओह नो! आई थिंक दीज आर द सिंपटम्स ऑफ एंड्रोपोज।''

सभी महिलाएँ मुँह दबाकर हँसीं। पटना की लाल मिर्च-सी तीखी नीरा त्रिपाठी की बड़ी बेटी जब से डॉक्टर हुई है, वह डॉक्टरी जबान में ही बात करती हैं।

खैर, विभिन्न चर्चाओं में किटी पर्व का हँसी-खुशी समापन हुआ।

अंजना की सुघड़ाई की खासी तारीफ हुई। अपनी नौकरानी रम्मो को भी आज उसने अपना नया-सा ही एक-दो बार का पहना सूट दे दिया था, अपनी पुरानी ऊँची एड़ी की चप्पलें भी दे दी थीं। वैसे भी रम्मो ने उसके सर्वेंट क्वार्टर में रहने के बाद बहुत सलीका सीख लिया था। अब तो लगती ही नहीं कि तीन-तीन बच्चों की माँ है और अकर्मण्य पति की पत्नी है। सच पूछो तो अंजना ही उसकी

गृहस्थी की गाड़ी ठेल रही है।

और रम्मो भी पल-पल पर उसे दुआएँ व आशीष देती है। चुस्त-दुरुस्त भोले-निश्छल स्वभाव की रम्मो सभी कार्य स्वच्छता एवं चुस्ती से निपटाती है।

रम्मो आज भी सब आयोजन निपटाकर ड्राइंगरूम ठीक-ठाक कर रही थी। थकी-हारी अंजना बेडरूम में लेटी टी.वी. देखकर थकान मिटा रही थी कि अमल धड़धड़ाते कमरे में घुसे। चेहरा लाल-भभूका हो रहा था। टाई की नॉट खींचते झल्लाना आरंभ कर दिया।

"क्या हुआ जी? ऑफिस में कुछ बात हुई?"

"हूँ।" कहकर बाथरूम में घुस गए।

अंजना ने चुप रहने में ही अपनी भलाई समझी।

ड्राइवर और रम्मो को छुट्टी दे, खाना मेज पर लगा पतिदेव को बुलाने गई तो देखा, पाजामा-कुरता पहन माथे पर बाँहें रख पतिदेव पलंग पर लंबायमान हैं।

धक रह गई अंजना। लगता है, आज दफ्तर में अवश्य ही किसी सांसद, मंत्री या फिर किसी भूतपूर्व नेता के बिगड़ैल पुत्र से ही बहसबाजी में उलझ गए। एक तो इनकी ईमानदारी और कर्मठता ने इन्हें एकदम मुँहफट बना दिया है। अरे भाई, कुछ तो सीखें दुनियादारी। अपने साथियों क्या जूनियरों के घर जाकर देखें, क्या भरे हुए हैं! एक हमारा है। सच में सत्यवादी हरिश्चंद्र बन मेरी तो नाक में दम किए हैं।

यों ही मन-ही-मन झल्लाती अमल के पास पहुँची। बरबस ही जबान में चाशनी लिपटाई, "क्या बात है, तबीयत तो ठीक है? क्या मैं सिर दबा दूँ?"

"नहीं भाई, कुछ नहीं है। मुझे शांति से लेटे रहने दो।" अंजना तुनककर दूर बैठ गई।

"क्या बात है, आप इतने ऑफ क्यों हैं? आज आपको बताना पड़ेगा कि जब से मैं वापस आई हूँ, आप उखड़े-उखड़े से क्यों हैं? ढंग से बात भी नहीं कर रहे हैं।" अंजना ने पलंग पर दूसरी ओर पलटकर सुबकते हुए कहा।

अमल घबराकर एक झटके से उठकर बैठ गए। स्नेह से दुलारते हुए बोले, "मेरी बात तो सुनो, अंजना! ऐसा कुछ नहीं है। ऑफिस का टेंशन है। आजकल प्राइवेट सेक्रेटरी खन्ना काफी परेशान कर रहा है। सेक्रेटेरिएट की गोपनीय खबरें इधर-उधर पहुँच रही हैं।

"और हाँ, तुमसे नाराज हूँ तुम्हारी उतरन के कारण। पहले तो तुम केवल प्रिया-रिया के कपड़े ही रम्मो को देती थीं और अब अपने कपड़े ही दे देती हो। और

वह जो मुझे बेहद पसंद है या मैं खरीदकर लाया हुआ हूँ। मुझे तो अब तुम्हें हाथ लगाते डर लगता है, न जाने कौन तुम्हारे कपड़ों में लिपटा हुआ हो। वैसे भी इन नौकरानियों में मालकिन की उतरन पहनते ही उनके जैसा अंदाज आ जाता है।''

''बस, इतनी सी बात? ये सब मेरे मनपसंद कपड़े अवश्य हैं, परंतु इन्हें पहनकर घिस चुकी हूँ अनेक-अनेक बार। ऊँह, इतनी सी बात है और आप हैं कि...''

''इतनी सी बात नहीं है। तुम्हारे पीछे उतरन की गलतफहमी में दो-तीन बार दुर्घटना होते-होते टली। और आज तो हो ही जाती, यदि रम्मो पलटकर नहीं देखती तो।''

अंजना ने हक्का-बक्का हो गौर से अपने भोले-भंडारी को देखते हुए परिहास में कहा, ''दुर्घटना टल गई या हो गई?''

''तोबा-तोबा!'' अमल ने लाल हो आए कानों को हाथ लगाते हुए कहा।

किंतु अंजना जानती है कि अमल के कान कब लाल होते हैं। लगता है, छोटी-मोटी दुर्घटना तो हो ही गई है।

वाह री उतरन! आखिर कमाल दिखा ही गई!

□

त्रिनेत्र को चुनौती

भगवान् शंकर को विवाह के लिए बाध्य करने के लिए जब कामदेव ने पंचशर से उनके वक्षस्थल को भेद दिया तो क्रोध में त्रिनेत्र खुल गए और उस क्रोधाग्नि में कामदेव भस्म हो गए; परंतु रति के अनुग्रह पर पुनः जीवित तो हो गए, पर अनंग ही रहे। आज भी अंग-विहीन हो वह शंकरजी को चुनौती देते रहते हैं कि दृष्टिगोचर हुए बगैर ही वह मनुष्यों को अपने पंचशर से बेधते रहेंगे।

इसी प्रसंग को लेकर लिखी गई एक हास्यात्मक, भावनात्मक मनोरंजक कहानी।

कभी सुना था कि भोले शंकर का तीसरा नेत्र भी है, जो क्रोध में आने पर ही प्रकट होता है और अपनी क्रोधाग्नि से समस्त ब्रह्मांड को भस्म कर देता है। परंतु यह क्या, कामदेव को भी तो भस्म किया था, फिर वह क्यों किसी-न-किसी पर सवार हो न उम्र देखते हैं, न समय, न ही परिवेश।

ऐसा भान होता है कि पल-प्रतिपल वह भोले बाबा को उकसाते रहते हैं कि लीजिए, मैं अनंग हुआ तो क्या, आप मेरा कुछ भी बिगाड़ नहीं सके और न कभी मेरा अहित करने में सफल हो सकेंगे। जब मैं अंगीय था तो केवल आप ही मेरे बाणों से घायल हुए, परंतु अब तो अंग-विहीन हो अनंग बन समस्त ब्रह्मांड को कँपाता रहूँगा। कई बार तो किसी-न-किसी पर यूँ सवार हो जाते हैं कि स्थिति हास्यास्पद हो जाती है। ऐसा ही एक दिलचस्प किस्सा है जया के बड़े भैया का।

जया अपने सरकारी विशाल बँगले के बाह्य बरामदे में बैठी सामने दीवार पर टँगी भोले शंकर की तसवीर के त्रिनेत्र को देखती सोच रही थी, जहाँ किसी श्रद्धालु चित्रकार ने अत्यंत दक्षता से शंकरजी का त्रिनेत्र दरशाया था। जया के नेत्र तसवीर पर थे और हाथ में था जया की बड़ी भाभी का विस्तृत पत्र। आज कितने बरसों पश्चात् अपनी प्रिय भाभी की हस्तलिपि देखकर वह पुलकित हो रही थी।

परंतु उस पत्र को पत्र कहना सरासर मूर्खता होगी, वह था शिकायतों का पुलिंदा, जिसमें बड़े भैया के फिर किसी नारी-रत्न से उलझ जाने की किस्सागोई को अत्यंत बढ़ा-चढ़ाकर लिखा गया था। उसमें पिछले वे सभी किस्से भी थे जो हम सब भाई-बहनों की दृष्टि में टाँय-टाँय फिस्स हो चुके थे, परंतु भाभीजी के दृष्टिकोण से वे अभी तक महत्त्वपूर्ण थे। उनके हिसाब से इस बार स्थिति अति गंभीर है और जया एवं उनके पति दिनकर को तुरत-फुरत मामला रफा-दफा करवाना चाहिए। वे लोग वहाँ आएँ और स्थिति का जायजा लें।

शिकायतों के इस बड़े पुलिंदे में भाभीजी ने क्रोध में आकर अपने उन स्वर्गवासी स्नेहशील सास-ससुर को भी नहीं बख्शा था, जिन्होंने उन्हें पुत्री जैसा स्नेह एवं पुत्रवधू योग्य मान दिया था। और न ही अपने कुशाग्र बुद्धिमान स्नेहिल योग्य इंजीनियर पति को। हाँ, बड़े भैया थोड़े रोमांटिक किस्म के तो प्रारंभ से ही हैं, तो कौन नहीं होता? उनके हिसाब से तो सदैव ही वह बड़े भैया द्वारा त्रस्त होती रही हैं।

विद्रूपता से जया मुसकरा उठी, हमारी पचास बरस की भाभीजी में परिपक्वता नाम मात्र को भी नहीं है। माता-पिता की इकलौती संतान और गृह की प्रथम वधू होने के नाते सदैव प्रमुखता पाती रही हैं। बड़े भैया भी शुरू-शुरू में उन्हें छुई-मुई बनाकर रखते। दोनों में उम्र का फासला कम था, अतः दोनों में ही परिपक्वता की कमी थी। कालांतर में दोनों दो-दो बेटों के माँ-बाप भी बने। कंपनी के कार्य से यूरोप, अमेरिका सभी जगह सपरिवार घूम आए। परंतु जहाँ या जब भी भाभी को अपनी स्थिति गौण लगती अथवा बड़े भैया का ध्यान उनकी ओर से तनिक सा भी हटा तो भाई साहब से रुष्ट हो उनपर न जाने कितनी तोहमत लगा देतीं—यह खर्चा पूरा नहीं देते, बच्चों की पढ़ाई नहीं देखते, मुझे मायके नहीं जाने देते, फलाँ मित्र पत्नी की अधिक प्रशंसा करते हैं आदि-आदि। बहरहाल, हम सभी के बीच भाभीजी ने बड़े भैया को एक खलनायक की सी छवि से साकार कर दिया, लिहाजा भैया को सबकी डाँट पड़ती, फिर भाभीजी कई रोज फूली-फूली फिरतीं। बड़े भैया थे अलमस्त स्वभाव के, दोनों ही खर्चा करने में बेजोड़ रहे हैं। वैसे खर्च करने का तरीका दोनों का भिन्न है। जहाँ बड़े भैया बड़े-से-बड़े शोरूम में उत्कृष्ट वस्तु खरीदने में विश्वास रखते हैं वहीं भाभीजी प्रतिदिन छोटे-मोटे साप्ताहिक लगनेवाले हाट-बाजारों में घूमने की शौकीन। दोनों की तकरार बढ़ती जाती थी। पैसे से सदैव खाली ही रहे। दोनों पक्षों के माता-पिता सदा ही उन दोनों की सहायता को तत्पर रहते। मकान भी अच्छा सा बनवाया। सबने समझाया—इतना महँगा सामान अभी नहीं लगाओ, परंतु बड़े भैया के कान पर जूँ नहीं रेंगी। वह

कर्जदार हो गए। परंतु खर्चों में कोई कटौती नहीं। न भाभीजी को एहसास है और न भैया को। जब तक पापा-मम्मी थे, वही बेचारे चिंतित होते रहे। भाभीजी हाथ झाड़कर एक ओर हो जातीं और भैया ही अपराधी ठहराए जाते।

भाभीजी अनायास ही न जाने कैसे घर-गृहस्थी से विमुख हो धार्मिक पथ की ओर मुड़ गईं। जिसका प्रभाव बच्चों की कच्ची उम्र पर भी पड़ा, परंतु संस्कार अच्छे थे वह सँभल गए। अब तो दोनों ही इंजीनियर बन जाएँगे एक-दो वर्ष में। परंतु बड़े भैया तो भाभीजी के सत्संग महिमा के कारण उपेक्षित ही हो उठे। उनका सामाजिक दायरा न के बराबर रह गया। जहाँ बड़े भैया और भाभीजी पार्टी, पिकनिक किंग समझे जाते थे, अब भाभीजी को ऐसे समारोह निरर्थक एवं ओछे प्रतीत होते। अब ऐसे सुअवसरों पर भाभीजी की महिमामयी सत्संगी सखियाँ जुटतीं, धर्म-कर्म, ज्ञान-विज्ञान एवं मोक्ष पर चर्चा होती। प्रसाद के नाम पर समोसे, कचौड़ी, रसगुल्ले उड़ते और तन-मन से शुद्ध हो अपने-अपने पापों का तर्पण कर सब अपने घर चली जातीं।

आरंभिक दिनों में भैया ने भी बहुत उत्साह दिखाया। नया-नया नाश्ता मँगवाते, ढंग से दरी-कालीन बिछवाते। दरअसल शहर के गण्यमान्य व्यक्तियों, धनी-मानी व्यवसायियों की पत्नियाँ जो आती थीं।

परंतु जब यह शौक व्यसन बन गया तो बड़े भैया को उलझन होने लगी। सुबह, दोपहर, सायं, रविवार—कोई दिन, प्रहर नहीं देखा जाता तो बड़े भैया दबी जुबान जब-तब जया और उसके भाई-भावजों, यहाँ तक कि माँ से भी फरियाद करते तो उन्हें फटकार दिया जाता कि कोई गलत कार्य में नहीं लगी हैं। तुम्हीं थोड़ा सामंजस्य बैठाओ।

बेचारे चुप मार जाते। एक बार जब जया से भी कहा तो उसने भी भाभी का ही पक्ष लिया। यह नारी सुलभ प्रवृत्ति है कि नारी को नारी के दर्द की पहचान होती है और शायद कई बार सही न होने पर भी नारी सबकी सहानुभूति अपनी ओर खींच लेती है। यही जया की भाभी के साथ भी हुआ।

भैया थोड़े दिलफेंक स्वभाव के तो आरंभ से ही थे, वैसे बेचारे भोले-भंडारी थे, परंतु तनिक सा भी किसी कन्या-रत्न ने मुसकरा के देख भर लिया नहीं कि बस हो गए फिदा। कामदेव उनपर जल्दी ही मेहरबान हो जाते थे, यह बात दूसरी है कि इस कारण काफी जहमत उठानी पड़ती। उनकी इस कमजोरी का लाभ भी उनकी सहकर्मी और अधीनस्थ महिला कर्मी एवं मित्र पत्नियाँ खूब उठातीं। भैया हास्य के पात्र और भाभीजी के कोप-भाजन बनते। बात आई-गई हो जाती।

भाभीजी अलबत्ता सदैव सशंकित ही रहतीं और इस बार तो उन्हें लग रहा है कि भैया बिलकुल ही नूतन गृहस्थी बसाने चल पड़े हैं। क्यों लग रहा है? क्या 'गीता' का ज्ञान और गुरुजी का सत्संग उन्हें मोह-माया बंधनों में अभी भी जकड़े हुए है?

"मेम साहबजी, आपका फोन।"

चपरासी की पुकार ने उसकी विचार तंद्रा को भंग किया।

चार दिन दिनकर और जया माननीय मंत्रीजी के दौरे के कारण अति व्यस्त रहे। जया भाभी के पत्र की बात भी व्यस्तता के क्षणों में भूल ही गई। कल रविवार है। पूरा दिन आराम से सोएँगे, सोचकर ही बिस्तर पर जो धराशायी हुई तो सुबह जब आँख खुली तो देखा, पर्यंक का पार्श्व खाली है। चौंककर उठी तो देखा, बॉलकनी में बैठे हुए दिनकर बासी अखबार के पन्ने पलट रहे हैं। पास जाकर बोली, "हो गई आपकी भोर! आप तो आज देर तक शयन करने वाले थे।"

"अरे यार, सोचा था देर तक सोऊँगा। पिछले सप्ताह की थकावट से सारा शरीर टूट रहा है; परंतु सवेरे छह बजे आपके छोटे भ्राताजी ने फोन खड़खड़ा दिया।"

"अरे, तो क्या पप्पू का फोन आया था? क्या बोला?"

"तुम्हें पूछ रहा था। सात बजे फोन करेगा।"

"अच्छा, आप तो बाथरूम जाइएगा। चाय मँगवाती हूँ।" जया अधीर हो उठी।

"अब तो आपके भ्राताजी का संदेश ही सुनकर जाएँगे।" दिनकर कुरसी पर पैर फैलाकर बोले।

"हाँ, न जाने क्या बात हो गई। सुबह-ही-सुबह फोन क्यों किया?"

"अरे, सब दिल्ली जैसे शहर में पास-ही-पास तो रहते हैं। लड़-झगड़ पड़े होंगे परस्पर।"

"चुप रहिए, मेरे भाई लोग ऐसे नहीं हैं। 'रामायण' के पात्र हैं चारों—बब्बू, गब्बू, छब्बू और पप्पू।" जया आँखें तरेरकर बोली।

"चलो, यह तो अच्छा है, रामायण के पात्र हैं। 'महाभारत' के होते तो पाँचवें पांडव का नाम जोड़ने के लिए 'दब्बू' नामकरण करना पड़ता।"

"चुप रहिए, ये तो प्यार के नाम हैं, उनके नाम तो बड़े खूबसूरत हैं।"

जया ठिठोली करते-करते रुक सी गई, "जरा रुकिए।"

जया ने बड़ी भाभी का पत्र लाकर दिनकर के हाथ पर रखा, "भाभीजी का शिकायतों का पुलिंदा।"

“कोई दिलचस्पी नहीं।” कहकर दिनकर उठ गए।

इतवार का दिन सोने, खाने, आने-जानेवालों में निकल गया। सोमवार को दफ्तर से आकर दिनकर ने फुरसत के क्षणों में पूछा, “कोई फोन आया क्या दिल्ली से?”

“न तो फोन ही आया और न ही मैं कर पाई।”

दिनकर की मुखमुद्रा देख जया अवश्य जान गई कि दिनकर के अंतस में उथल-पुथल है। वह चुपचाप उठे और कंप्यूटर खोला, फिर जया को पुकारा।

पप्पू की लंबी-चौड़ी ई-मेल थी। जया चश्मा लगा कुरसी खींचकर पास ही बैठ गई।

ई-मेल का संक्षिप्त जवाब दे दिनकर अपने कार्य में व्यस्त हो गए और फिर सो गए। जया ने दिनकर को चादर ओढ़े हुए देखा कि पतिदेव तो गहन निद्रा में डूब खर्राटे भर रहे हैं। सच में कितनी शांति है मुख पर! यह नहीं कि उन्हें चिंताएँ नहीं हैं। घर-बाहर दफ्तर सभी की चिंताएँ उन्हें सताती हैं; परंतु धैर्य से ही वह समस्या का समाधान खोजते हैं। जैसे आज ही उससे अधिक वही इस विषय में चिंतित रहे। लेकिन जया ही अधिक उद्वेलित थी। जबकि जानती थी कि ऐसी समस्याओं का समाधान उसके पास नहीं है।

बत्ती बुझा लेट गई। पप्पू की ई-मेल की एक-एक पंक्ति अँधेरे में भी नेत्रों के समक्ष है कि बड़े भैया एवं भाभी के झगड़ों से जवान बच्चे उपेक्षित अनुभव कर रहे हैं। बड़े भैया पहले ही उधार में डूबे हैं, अब मकान की ऊपरी मंजिल बनवा रहे हैं। भाभीजी का संकीर्तन, सत्संग और भी अधिक बढ़ गया है।

जया को नींद नहीं आ रही थी। उठकर बालकनी में टहलने लगी।

वहाँ मन नहीं लगा तो पूजागृह में जाकर स्वर्गवासी माँ व पिताजी की तसवीर के समक्ष खड़ी हो गई। अपनी मम्मी की तसवीर के समक्ष खड़ी हो उसके नेत्र भर आए। अभी तो एक वर्ष ही पूर्ण हुआ है मम्मी को गए। वह बेचारी बड़े भैया के लिए सदैव चिंतित रहीं, उनके लिए उनके अंतस में वात्सल्य एवं ममता का सुप्त स्रोत रहता जिस कारण वह उनकी कोई भी आलोचना, चाहे वह भाभीजी द्वारा हो अथवा किसी के द्वारा, सहन नहीं कर पाती थीं। प्रतिवाद करने का उनका स्वभाव नहीं था, अंदर-ही-अंदर घुटती अथवा रोतीं। बड़े भैया जैसा हीरा इनसान ढूँढ़े से भी नहीं मिलेगा। बस एक बड़ी खराबी उनमें थी कि किसी वस्तु को या तो गंभीरता से नहीं लेते थे या फिर किसी को अति गंभीरता से ले लेते। रुपए-पैसे के मामले में सदैव ही उनकी जेब खाली रहती।

इतने बड़े प्रतिष्ठान में इंजीनियर, घर सुसज्जित सामानों से लैस। बिना किसी योजना के धन व्यय का व्यसन, पति-पत्नी का आपसी असामंजस्य। यही कारण था कि ऊँची तनख्वाह, पद-प्रतिष्ठा, कुशाग्र और गुणवान् होने पर भी वह हम भाई-बहनों के मध्य हास्य का पात्र ही बने रहे। कभी भी बड़े भैया बड़प्पन का गौरव न पा सके। अब जबकि मम्मी-पापा नहीं रहे तो उन दोनों को ही बड़प्पन का एहसास होना चाहिए। पापा की मृत्यु के बाद दस बरस तक मम्मी रहीं; परंतु भैया एवं भाभीजी ने उनकी जिम्मेदारी को नहीं समझा।

जया बिछौने पर आकर लेट गई तो स्वप्न-जगत् बाल्यावस्था के माधुर्य प्रसंगों से भरपूर दिखाई दिया।

प्रातः पतिदेव ने झिंझोड़कर जगाया, ''उठो, चाय आ गई।''

''आज बहुत देर तक सोती रहीं?'' दिनकर ने पूछा।

''हाँ, सपनों में भैया-भाभीजी की समस्या का समाधान खोज रही थी।'' जया धीरे से बोली।

''गलत कर रही थीं। यथार्थ का समाधान यथार्थ के धरातल पर ही खोजो।'' दिनकर ने अखबार पर निगाह गड़ाए हुए कहा। जया चुपचाप चाय पीती रही। वाद-प्रतिवाद की इच्छा नहीं थी।

दिनकर के जाने के बाद काफी देर तक उनकी बात का अर्थ खोजती रही, अन्य भाई-भावजों से बात कर सार वही निकला कि आजकल बड़े भैया का कहीं चक्कर है। हालाँकि भाभीजी ने ही एक दुःखी कन्या को भैया से मिलवाया, भैया ने उसकी नौकरी लगवाई। उसे भाभीजी का शुक्रगुजार होना चाहिए। अब वह ही भाभीजी का घर तोड़ रही है। जया विचलित हो उठी। पतिदेव अत्यंत व्यस्त इस विषय में कुछ भी कथा-कहानी सुनने में कोई रस नहीं लेते। बेटियाँ ब्याह गईं, बेटा अमेरिका में, किससे चर्चा करे।

खैर, कार्यवश पतिदेव दिल्ली टूर पर चले तो जया भी संग चल दी। सोचा कि रक्षाबंधन तक रुक जाएगी। माँ की मृत्यु के पश्चात् पहली राखी है। एक वह समय था जब सावन में पीहर जाने की ललक में पतिदेव से रूठना-मनाना भी हो जाता था। बच्चे छोटे थे तो दो-दो माह रह आती थी, अब तो वह ललक बरसों से खत्म हो गई। लेकिन भई, ये आजकल की लड़कियाँ तो बस दो-चार दिन मैके टिकीं कि अपने घर जाने की जिद लगा लेती हैं। सावन तीज, रक्षाबंधन यह सब तो रस्में बस हम पीढ़ीवाले ही रख रहे हैं। अब बेचारी बेटियाँ रक्षाबंधन पर आकर भी क्या करें, उनका भैया तो दो वर्ष से विदेश में ही बैठा है।

गाड़ी में रास्ते भर दिनकर सोते हुए ही आए, परंतु जया अपने भाइयों से मिलने मात्र की कल्पना से आज इस उम्र में भी पुलकित हो उठी थी, यह उसके मुखड़े की रौनक ही बता रही थी।

रक्त-संबंध अथवा मानवीय रिश्तों को क्या झटके से उखाड़ फेंकने में अब तक कोई सफल हुआ है! फिर भाभी ने तो बड़े भैया से रिश्ता ही तोड़ लिया, वही रिश्ता जिस पर दांपत्य की नींव खड़ी है। गृहस्थी रूपी संस्था की इमारत उसी संबंध पर खड़ी है। किंतु भाभीजी के धर्मानुसार यह सब शारीरिक मोह अब इस वयस में वर्जित है। उनके अनुसार अब तो धर्म-चर्चा का समय है। यदि ऐसा ही है तो अपने बच्चों का मोह, गृहस्थी का मोह, सुरक्षित छत के साए में रहने का मोह क्यों नहीं छोड़ पातीं? फिर तनिक सा भी पति के अन्य कहीं आकर्षित होने से विचलित क्यों हो जाती हैं? यह तर्क प्रायः ही भाभीजी के सन्मुख रखने की इच्छा होती है, परंतु जया की विदुषी भाभी को तर्क में कोई पराजित नहीं कर सकता।

जया सायं तक अचानक ही जब गब्बू के यहाँ पहुँची तो सभी प्रसन्न हो उठे। मम्मी गब्बू के ही साथ अंत तक रहीं और वैसे भी जब पापा-मम्मी मेरठ थे तो गब्बू ही सपरिवार उनके संग रहता था। दिल्ली में भी मम्मी ने पापा की मृत्यु के पश्चात् अपना ठिकाना गब्बू के यहाँ बनाया। अतः उसी घर को वह पीहर का दरजा देती हैं। सायंकाल बड़े भैया ने सदा की भाँति संपूर्ण परिवार का सहभोज रखा।

जया के विवाह के पैंतीस वर्ष बीत जाने पर आज भी बड़े भैया दिनकर की खातिर-तवज्जो वैसी ही करते हैं एक जश्न की तरह। हलका-फुलका ड्रिंक और हलकी-फुलकी बातें वह दिनकर के साहचर्य में करते। अपनी कंपनी की उन्नति के नए आयाम, अर्थव्यवस्था के विषय में तो चर्चा होती ही, परंतु कभी-कभी हँसी-मजाक भी हलका-फुलका हो जाता। पहले भाभीजी भी इन सब में हिस्सा लेती थीं, परंतु अब तो वह कई वर्षों से इस प्रकार की सांसारिक चर्चाओं से दूर ही रहती हैं।

घर वापस लौटकर गब्बू के घर ही बैठक जमी बड़े भैया की समस्या के हल के लिए। तीनों भाई एवं उनकी पत्नियाँ एकमत से बड़े भैया के अवगुणों को दरशा रहे थे। सभी के अनुसार वह अनुज-वधुओं के साथ भी कभी-कभी हलका-फुलका मजाक कर बैठते हैं, जो उनके बड़प्पन को शोभा नहीं देता।

दिनकर तटस्थ निर्विकार सब सुनते रहे। उनकी सभी इज्जत करते हैं, अनायास ही सबको ज्ञात हुआ कि जीजाजी को यह सब अरुचिकर प्रतीत हो रहा है तो सबने चुप्पी साध ली।

''बोल चुके तुम सब लोग या अभी कुछ कहना शेष है ?'' दिनकर ने उनकी ओर देखकर कहा।

दो मिनट की चुप्पी के पश्चात् बोले, ''यह कैसा एकपक्षीय निर्णय है तुम लोगों का, जो अपने ही रक्त-संबंध को दोष देते तुम भूल रहे हो कि यदि तुम बड़े भैया के संस्कारों एवं आचरण पर एक उँगली उठा रहे हो तो अन्य चार तुम्हारे संस्कारों पर भी गड़ रही हैं।

''हमारी आदरणीया भाभीजी के सत्संग ने उन्हें विचारों की परिपक्वता, ईर्ष्या, राग-द्वेष से मुक्ति भले ही न दिलाई हो, परंतु अपनों को अपने से दूर कैसे किया जाता है, यह अवश्य ही सिखा दिया है।

''काश! वह अपने पति को लेश मात्र भी समझ पातीं।

''क्या तुम सबने उन्हें समझा नहीं। क्या तुमने सोचा कि उनका पालन-पोषण बाल्यावस्था में तुम सबसे भिन्न परिवेश में हुआ था ?

''एक समृद्ध ननिहाल में दस वर्ष तक इकलौते राजकुमार की तरह पल्लवित बड़े भैया ने गंभीर रेल दुर्घटना में उस ममता और वात्सल्य की मूरत को खो दिया जिन्हें वह अपनी माता समझते थे। यही नहीं, यह त्रासदी उनकी नन्ही आँखों के समक्ष हुई और वह इस त्रासदी से हजारों-लाखों के मध्य अकेले ही बच गए। तो क्या तुम सोचते हो कि हृदयाघात के अतिरिक्त उनके मस्तिष्क में अथवा शरीर के किसी अन्य अंग में कोई आघात नहीं लगा होगा ? क्या उसका प्रभाव ताजिंदगी बालक के ऊपर नहीं पड़ता होगा ? तुम लोग भावना-विहीन हो चुके हो।

''दुर्घटना के पश्चात् उन्हें आना पड़ा अपने माता-पिता के घर, जहाँ अन्य छोटे भाई-बहनों का पहले से ही साम्राज्य था, भिन्न परिवेश में रहे जहाँ उन्हें स्नेहशील माता-पिता भी दूर-दूर लगे। हो सकता है, एकाकी बालपन ने उन्हें स्वार्थी बना दिया हो; परंतु क्या उनके कोई भी स्नेह के पल तुम सबकी आँखें नम न करते ? सदैव वह सबकी मदद को तैयार रहते हैं भले ही उसका प्रतिदान उन्हें नहीं मिले।

''कुशाग्र मस्तिष्क मेधावी इंजीनियर शायद परिवार में अपना स्थान बनाने के लिए ही कुछ-न-कुछ नवीन आविष्कार करते रहे हों। पढ़ाई-लिखाई में अव्वल आने का प्रयत्न करते रहे हों। खैर, तुम लोग सब छोटे हो, क्या समझोगे ?''

दिनकर एक मिनट मौन रहकर भर्राए गले से फिर बोले, ''उन्हें आवश्यकता है एक सहचरी की, जो उनका दुःख-सुख बाँट सके। भाभीजी ने अभी तक लेना ही सीखा है, कुछ देना नहीं। क्या दिया उन्होंने अपने पति को भावनात्मक तौर

पर? बड़े भैया के विरुद्ध उनके छोटे भाई-भावज, उनके बच्चे और यहाँ तक कि अपने बच्चों को भी कर दिया है। क्या वह सब उन्हें वह सम्मान देते हैं जिसके वह अधिकारी हैं। यह सत्य है कि अंदर-अंदर घुल-घुलकर भाभीजी अपने दैहिक आकर्षण को विलीन कर चुकी हैं और हीन भावना से ग्रस्त हैं। परंतु वह यह नहीं जानतीं कि केवल यौनाकर्षण ही सबकुछ नहीं है। सहचारिता 'कंपैनियनशिप' ही दांपत्य और सामाजिक जीवन के आधार होते हैं इस उम्र में।"

सब सिर झुकाए सुनते रहे।

"पत्नी गाँव-गाँव, गली-गली अपने धर्म का प्रचार करे तो 'देवी' और पति यदि किसी असहाय की मदद करे या कार्यवश हँस-बोल भी ले तो चरित्रहीन, यह कहाँ का न्याय है। यह तो उनके अच्छे संस्कार हैं वरन् कोई और होता तो पत्नी की इतनी उपेक्षा से घर छोड़ देता।

"नहीं, मुझे तुम समझदारों से ऐसी उम्मीद नहीं थी।

"बड़े भैया अपनी हद जानते हैं। वह ऐसी अवांछनीय हरकतें कभी नहीं करते। यदि उन्हें बड़ी भाभी और तुम सबका सहयोग मिला होता। मम्मी-पापा रहे नहीं। अपनी बात वह किससे कहें। चतुर सरीखी भाभीजी ने स्वयं ही अपना एक समूह तैयार कर लिया है। अब तुम लोगों से कहना व्यर्थ है।"

"नहीं, नहीं, जीजाजी आप तो हमारे बड़े हैं। आपकी बात सही है, किंतु…"

"किंतु-परंतु की अब कतई गुंजाइश नहीं रही।" दिनकर उठते हुए बोले।

एक-एक गिलास पानी पीकर सभा बरखास्त हुई।

दिनकर वापस चले गए। जया राखी तक रुक गई।

भाभीजी के साथ भाई साहब की जासूसी में रत रही।

जया से राखी बँधवाकर भैया ने पाँच सौ का एक नोट उसके हाथ में रखा और शीघ्रता से जाने को उद्यत हुए।

"भैया, क्या खाना नहीं खाएँगे?" जया ने पूछा।

"नहीं-नहीं, आज एक जरूरी कार्य है, शाम को मुलाकात होगी। तुम लोग एंज्वॉय करो।"

भैया झटपट बाहर निकल गए। अब तक निर्विकार खड़ी भाभीजी के अंतस का लावा फूट पड़ा, "देख लिया न, मैंने कहा था न कि आज आपके भैया उसके साथ पार्क होटल में लंच ले रहे हैं, परंतु आप लोग मान ही नहीं रहे।"

"तो चलिए न, हम लोग भी पार्क होटल में ही लंच ले लेते हैं। वहाँ का मैनेजर तो पप्पू का दोस्त है। भई पप्पू, जल्दी ही टेबल बुक कराओ पार्क होटल में।"

सबको होटल जाने का यह प्रस्ताव पसंद आया।

हमारी सत्संगी पाक-साफ विचारोंवाली भाभी रानी, जिन्होंने होटल, सिनेमा सबको त्याग रखा है, वह भी झटपट गाड़ी में बैठ गईं।

होटल के द्वार पर ही बेचैन कदमों से चहलकदमी करते बड़े भैया दिख गए।

"अरे, तुम लोग यहाँ?" भाई साहब लपककर जया की ओर उन्मुख हुए।

"हाँ, आज मेरा ही प्रस्ताव था होटल में खाना खाने का। अच्छा हुआ, आप भी मिल गए।" जया मुसकराकर बोली।

"नहीं-नहीं, मैं तुम लोगों का साथ नहीं दे पाऊँगा। लेकिन यह तीज-त्योहार के दिन होटल में खाना?" भैया विचलित हो उठे। "अरे भई, घर में खीर-पूड़ी, हलवा, मालपूआ बनातीं, यह क्या? मम्मी कितना कुछ करवाती थीं।"

भैया के नेत्रों में हलका सा वेदना-मिश्रित जल भर आया।

"यह मेरा ही सुझाव था होटलवाला। सबको आराम मिलेगा।"

"तो भई, पार्क ही क्यों? ताज जाते! ओबेराय, रेडिसन, अशोका कहीं भी जाते, यहाँ क्यों चले आए?"

"यहाँ का खाना दरअसल अच्छा है।" गब्बू की पत्नी बोली।

सबकी दबी खिलखिलाहट भी वातावरण में गूँज रही थी।

"अच्छा-अच्छा, अंदर चलो।"

फिर सब लॉबी में एकत्रित हो बैठ गए और भैया की हड़बड़ाहट का आनंद उठाते रहे।

भैया ने अत्यंत प्रयत्न किया कि वे लोग अंदर लंच रूम में चले जाएँ; किंतु वे लोग वहीं लॉबी में जमे रहे। बड़े भैया और वह सभी बेसिर-पैर की बातें करते रहे, कोई विशेष टॉपिक नहीं जम रहा था कि तभी भाभीजी ने निकट बैठी जया का ध्यान होटल के मुख्य द्वार की ओर आकर्षित किया। जहाँ से एक साँवली-सलोनी, साधारण सी आत्मविश्वास से परिपूर्ण युवती एक मझोले कद के आकर्षक युवक के संग चली आ रही थी। हाथों में बड़ा सा फूलों का बुके था।

"अरे सर, आप यहाँ बैठे हैं। अरे नीरूजी, आप भी यही हैं। सुनो श्याम, यही हैं मेरे फैन, फ्रेंड एंड फिलॉस्फर। यही हमारे विभाग के वरिष्ठ अधिकारी हैं। सच पूछो तो मुझे सर ने सहारा नहीं दिया होता या मेरी समय-समय पर मदद नहीं की होती तो आज हमारा परिवार सड़क पर होता। मेरा पासपोर्ट बनवाना, पिताजी की पेंशन बनवाना, और भी न जाने क्या-क्या।

"इन सबका श्रेय नीरूजी को जाता है। उन्होंने ही सर से आग्रह कर मेरी

नौकरी लगवाई, मैं तो घर-घर जाकर कंप्यूटर देखती थी। नीरूजी के घर एक-दो बार कंप्यूटर ठीक करने आई तो उन्होंने मेरी मदद का वादा किया था।

''सर ने अपनी कंपनी में लगाया जिस कारण हमारे परिवार में आय का स्रोत बना, छोटे भैया को भी अब तो अपनी ही कंपनी में नौकरी दिलवा दी है, तभी तो मैं तुम्हारे साथ विवाह के लिए राजी हुई हूँ। वरन् पिताजी की आकस्मिक दुर्घटना ने पूरे परिवार को तोड़ दिया था।''

सहसा वह जया और उसके भाई-बहनों की ओर उन्मुख हुई।

''सच में आपके भैया जैसे भाई पर हर किसी को गर्व होगा।''

''यह मेरे विवाह का कार्ड है, २० अगस्त को विवाह है और २५ अगस्त को ही हम लोग अमेरिका चले जाएँगे, क्योंकि श्याम की नौकरी वहीं पर है।''

सब हक्का-बक्का सा बैठे रहे। वह चली गई। भाभीजी की फटी-फटी आँखें, सब भाई-बहनों के अवाक् खुले मुख, बड़े भैया की झेंपी मुसकराहट और लाल-पीले गुलाबों से महकता-खिलता गुलदस्ता देख जया सोच रही थी कि अनंग अब न जाने किस पर सवार हो त्रिनेत्र को चुनौती दे रहे होंगे।

□

कलियुग की नर्मदा

"अरे नर्मदा बुआ, आपने तो कितना सुंदर लहँगा-दुपट्टा गोटे किनारी से सजाया है! और यह राजपूतनियों की पोशाक 'बेस' भी तो आप कितना सुंदर सिलती हैं! बुआ, आपकी उँगलियों में कितना हुनर छिपा है। इतना तो हम लोग लाखों रुपए खर्च करके भी नहीं सीख पाए। ये डिजाइनें तो एकदम नवीन और मौलिक हैं। है न, संगीता?" नंदना ने अपनी सखी की ओर उन्मुख होकर कहा।

"हाँ, बिटिया, पचास बरस से तो हम नर्मदा बाई को देख रहे हैं। रानी साहेबा दरबार में लाई थीं। इनका हुनर देखकर आज तक इनके सुई-धागे के चमत्कार से सभी धन्य हैं। पहले राजदरबार में कपड़े सीती थीं, अब इतना बड़ा सेंटर चलाती हैं। दूर-दूर से विदेशी आकर लेकर जाते हैं। तेरी माँ और दादी के ब्याह का जोड़ा भी तो नर्मदा बाई के हाथों बना था।"

अपने चौड़े, ऊँचे, धवल चाँदनियों से सज्जित तख्त पर विराजमान नंदा की ठसकेदार छियासी वर्षीया परदादी की खनकदार आवाज कानों में गूँजी। और फिर शायद विगत की सुखद रुपहली यादों के भँवर में डूब गई।

"नर्मदा बुआ, जरा नंदना को कुछ खिला-पिला दीजिए न, विवाह की चहल-पहल और तैयारियों में ही घूम रही है। दो बार तो शॉपिंग करने दिल्ली, जयपुर जा चुकी है और इसकी शॉपिंग ही नहीं खत्म हो रही है। एक हफ्ते बाद तो फिर…"

हाथ में मिल्क शेक का गिलास तथा प्लेट में बेटी के मनपसंद चीज पकौड़े रखे नंदना की माँ नयना रो पड़ी।

"अरे नयना बेटा, तुम भी। यह तो वही बात हुई जैसे मथुरा की बेटी गोकुल जा रही हो। दो कदम पर ससुराल है, बचपन से साथ-साथ खेले-कूदे, रोज-रोज का उठना-बैठना।" नंदना की दादी उसकी माँ के कंधे पर हाथ फिराती हुई बोलीं।

"हाँ, लेकिन शादी के पंद्रह दिन बाद तो अमेरिका ही उड़ जाएगी।" नयना की उदास वाणी ने महफिल को भी गमगीन कर दिया।

"क्या ममा, आप भी कहाँ का राग अलाप रही हैं। चलूँ जरा ई-मेल चेक करूँ, कई दिन से ई-मेल भी नहीं भेजी, फोन भी नहीं किया है।"

"अरे, अब परसों तो आ ही रहा है सोनू।" परंतु नंदना माँ की बात अनसुनी कर पलंग से कूदकर अपने कंप्यूटर रूम में घुस गई और उसके संपन्न गृह की तीन पीढ़ियों की स्त्रियाँ हँसती-खिलखिलाती उसे लाड़ से देखती रहीं। एक ओर बैठी नर्मदा बाई अपनी दो सहायकों के साथ बैठी मनोयोग से दहेज में दिए जानेवाले रिश्तेदारों के जोड़ी की कलात्मक पैकिंग कर उनपर सुंदर-सुंदर छंद लिख रही थी।

नंदना की दादी-परदादी रिश्तेदारों के नाम जोड़-जोड़कर लिखा रही थीं—"नर्मदा बाई, हमारे माथुर कायस्थों में ही है यह रिवाज। अच्छा लगता है, जब रिश्तेदार अपनी-अपनी तीयल हाथ में लेते हैं। सुंदर मढ़े हुए मेजपोश में लिपटे कलावे और गोटे से बँधे दो पंक्तियों के दोहों से सजे कपड़े देख उनका मन-मयूर नाच उठता है।"

नंदना की प्रिय छोटी चाची कविता कागज-पेन लेकर दोहे बनाती-बनाती बोलीं, "वह दिल्लीवाली थीं, अत: काफी 'सोफेस्टेकेटेड' समझी जाती हैं। नंदना के पिता राजस्थान के जोधपुर शहर के एक अति सम्माननीय व्यक्ति हैं। नंदना के घराने में तीन पीढ़ियों से डॉक्टरी का पेशा हो रहा था। उसके पूर्व उसके परदादा के पिता को जोधपुर महाराज मथुरा से जोधपुर लाए थे। वह एक प्रसिद्ध वैद्य थे, उन्हें उन्होंने राजवैद्य की उपाधि से सुशोभित किया तथा उसके पश्चात् उनका पूरा खानदान राज चिकित्सक का सम्मान पाता रहा। नंदना के पिता मेडिकल कॉलेज के प्रिंसिपल, सुप्रसिद्ध हृदय रोग विशेषज्ञ तथा वर्तमान राजघराने के विशेष कृपापात्र और उनके निजी चिकित्सक भी हैं।

"एक प्रभावशाली और सुप्रसिद्ध घराने की इकलौती पुत्री बारह चचेरे-ममेरे भाइयों की दुलारी बहन नंदना भी कोई कम रूपवती-गुणवती नहीं है। ग्रेजुएट कर निफ्ट से फैशन टेक्नोलॉजी में डिप्लोमा कर अपनी अधूरी शास्त्रीय संगीत शिक्षा को पूर्ण कर रही थी। अनेक फैशन पत्रिकाओं में टेक्सटाइल एवं डिजाइनों से संबंधित लेख लिखकर प्रसिद्ध हो चुकी थी। बड़ी-बड़ी संस्थाओं से नौकरी के ऑफर भी आए, परंतु वह तो अब विवाह के पश्चात् विदेश जाने के सपने देख रही है।

सगाई के बंधन में तो एक वर्ष पूर्व ही बँधी थी, परंतु प्रीत के बंधन में वह

बचपन से ही बँध गई थी।

सोनू के पिता का माथुर परिवार भी खानदानी था, परंतु वे लोग अनेक पीढ़ियों पूर्व आए थे और राजपूतानी रस्मो-रिवाजों में ही घुल-मिल गए थे। उनके परिवार के अनेक व्यक्ति राजनीति में भी सक्रिय रहे हैं, ऊँची पदवियों पर हैं। सोनू के पिता सुप्रसिद्ध वकील हैं तथा राजघराने से सोनू के परिवार के भी अटूट संबंध रहे हैं। दोनों घरानों की मित्रता रिश्तेदारी की डोर में बँध गई, जब सोनू और नंदना की सगाई हुई। सोनू से बड़ी एक बहन ब्याही जा चुकी थी। सोनू ने आई.आई.टी. से गोल्ड मेडल प्राप्त कर इंजीनियरिंग की डिग्री ली। कंप्यूटर इंजीनियर बन बंगलौर में कार्यरत था, परंतु सगाई के तुरंत बाद कंपनी के कार्यवश अमेरिका जाना हुआ। छह माह पश्चात् वापस आना था; परंतु उसने तो नौकरी छोड़ वहीं पी-एच.डी. करने का निश्चय किया और एक महत्त्वपूर्ण संस्थान में कार्यरत भी है। अब एक वर्ष पश्चात् विवाह के लिए आ रहा था, नंदना को भी साथ ही ले जाएगा।

रात-रात भर दोनों कंप्यूटर पर चैटिंग करते हैं। सोनू ने तो कह भी दिया है कि मैं तुम्हारे बगैर नहीं रह सकता। जल्दी से शादी हो जाए और तुम साथ आ जाओ, परंतु यहाँ आकर बोर-वोर मत चिल्लाना, क्योंकि तुम यहाँ कुछ कार्य नहीं कर सकतीं और न ही पढ़ सकती हो। क्योंकि तुम्हारा अपना वीजा नहीं है और मेरी व्यस्तता चरम पर है। तुम्हें भी यहाँ आकर संघर्ष करना पड़ सकता है, एकाकीपन भोगना पड़ सकता है।

प्रेमोन्मत्त नंदना ने भी कह दिया है—मुझे आगे पढ़कर क्या करना है! शीघ्र ही तुम्हारा प्रतिरूप पा लूँगी। जैसा भी होगा, संघर्ष करूँगी। अब एक सप्ताह बाद तो विवाह की तिथि है ही। विवाह की रौनक और ताम-झाम जोरों पर है।

कार्तिक की सुहावनी शारदीय बयार एवं शीतल धूप ने नंदना को और भी रोमांटिक बना रखा है। उसकी निफ्ट की सखियाँ दिल्ली से आई हुई हैं। रिश्ते की बहनें, चाचियाँ, मामियाँ आदि उसे हरदम घेरे रहती हैं; परंतु वह अपनी बाल सखी सोनू की फुफेरी बहन संगीता से ही अंतरंग है, वही उसके साथ हरदम रहती है।

राजकुमारी-सी नंदना का ब्याह भी राजकुमारियों की भाँति ही हो रहा है। अनेक होटलों में, पार्कों में, रिसोर्टों में चार दिन के संगीत, कव्वालियों और सांस्कृतिक कार्यक्रमों तथा बारात के रिसेप्शन की तैयारियाँ चल रही हैं। रिश्तेदारों के अतिरिक्त डॉक्टरों और प्रतिष्ठित अतिथि देश के बड़े शहरों से पधार रहे हैं।

सोनू ने भी लिखा है कि उसके भी एक मित्र का परिवार आएगा। उसके साथ सोनू और उसके मित्रों के लिए 'उम्मेद भवन' के कमरे बुक हैं। आज प्रातः से ही

गृह के विशाल आँगन में चहल-पहल है कि सोनू आने वाले हैं आज। परदादी ने आज गीतों के लिए बुलावा भेजा है। गृह का विशाल आँगन धवल चाँदनियों से पटा पड़ा है। बेले, मोरगों की कलियों की लड़ियाँ यहाँ-वहाँ लटकी हुई हैं। आम्र पल्लव और गेंदे के पुष्पों की बहार है।

ढोलक, तबले, बाजे की संगत पर नंदना की मामियाँ, चाचियाँ और रिश्ते की महिलाएँ तो हैं ही, उसके ससुराल पक्ष की भी नृत्य-संगीत में पारंगत भद्र महिलाएँ आई हुई हैं। नंदना की सास तो स्वयं रेडियो आर्टिस्ट हैं। बहरहाल महफिल गरम है। बाहर बन्ने-बन्नियों के गीतों से आँगन गुंजायमान है और भीतर सात भाइयों की इकलौती बहन नयना के घर (प्रथम) एवं अंतिम भात पहनानेवाले सातों मामा सामनेवाली कोठी में ठहराए गए हैं। नंदना की परदादी के साथ बेटे व रिश्तेदारों की लंबी फेहरिस्त बनवा रहे हैं, जिससे कि रिश्तेदारों का कोई भी घर नहीं छूटे।

उसके पापा हैरान-परेशान, व्यथित-से अपनी प्रिय झूला कुरसी पर यों बैठे हैं मानो उनका हृदय कोई चीरकर लिये जा रहा हो। हँसी-मजाक करके भी उन्हें समझा रहे थे कि जब बेटी के बाप बने हो तो दिल पर शिला रखने का अभ्यास भी करो। चाचा और सभी भाई जगह-जगह की व्यवस्थाओं की देखभाल में लगे हुए थे। कुल मिलाकर गहमा-गहमी का आलम था; परंतु न जाने क्यों, इस उत्सव की उत्सव मूर्ति उदास खोई-खोई सी हाथ में मोबाइल लिये कंप्यूटर पर बैठी थी।

आँगन में परदादी अपनी भारी-भरकम कमर को मटकाकर मनोयोग से नाच रही थीं—

"मोरी पतली कमर, मोरा नाडा झब्बेदार।"

सब हँस-हँसकर लोट-पोट हो रहे थे।

"मेरी हरियाली बन्नी, मेरी शहजादी बन्नी…"

किसी ने गीत छेड़ा और किसी की पुकार गूँजी—

"अरे भाई, बन्नो रानी हैं कहाँ?"

"चाची, अब तो बन्नी के लिए गाइए।"

"मेरी हरियाली बन्नी, मेरी कंप्यूटरवाली बन्नी, मेरी ई-मेल बन्नी, मेरी मोबाइल बन्नी…"

सभी हँसी-मजाक में लगे थे। संगीता उठकर ढूँढ़ती-ढूँढ़ती उसके पास पहुँची।

"बाहर चल नंदना, ऐसे क्यों बैठी है?"

"संगीता, मेरा दिल बैठा जा रहा है। एक सप्ताह से सोनू की कोई खबर ही

नहीं है। कहीं कुछ अनहोनी तो नहीं हो गई ?''

विचलित नंदना ने संगीता का हाथ पकड़ते हुए कहा, ''तुम्हारे घर तो फोन आया होगा।''

''अरे, तू तो बस यों ही...''

''आपके शहजादे बन्ने साहब भारत की धरती पर पधार चुके हैं। अभी-अभी घर पर खबर आई है और रात्रि का भोज वह आपके साथ ही लेंगे।'' न जाने किस अदृश्य कोने से संगीता के बड़े भाई समीर ने प्रकट हो नाटकीय अंदाज में कहा।

नंदना झेंपकर लजा गई। वैसे भी समीर के नेत्रों में न जाने क्या भाव रहता है कि नंदना उससे निगाह मिलाने से कतराती है। संगीता एवं समीर दोनों ही सोनू की विधवा बुआ के बच्चे हैं। पाँच माह की संगीता और चार बरस के समीर को साथ ले पीहर की देहरी पर असमय ही विधवा हो खड़ी हो गई तो सोनू के पिता ने ही आश्रय दिया, पढ़ाया-लिखाया और अध्यापिका बनाया। अब तो वह उस कन्या विद्यालय की प्रधानाचार्या थी, परंतु रहती वह सोनू की कोठी के आधे भाग में ही।

समीर सभी का चहेता तथा अति कर्मठ युवक है। जोधपुर से इंजीनियरिंग पास कर कंप्यूटर बनाने की एक छोटी सी फैक्टरी लगाई है। सोनू से बस एक माह ही छोटा है। सच पूछो तो सोनू तो आरंभ से लाड़-प्यार-दुलार में नाजुक मिजाज और कुछ-कुछ दुलराया सा हो गया, परंतु समीर अपने मामा का दायाँ हाथ है। उनकी अनेक समस्याओं को सुलझानेवाला एक भावनात्मक विचारोंवाला युवक। थकी हुई नंदना ने चैन की साँस ली। तकिए पर सिर रखते ही उसे नींद ने आ घेरा। न जाने कब तक सोती रहती, परंतु अपने जनक के वात्सल्यपूर्ण स्पर्श से अलसाई उठ बैठी और अपने पिता के गले से झूल गई—''पापा...ऽऽ...'' माँ के हाथ में भोजन की ट्रे थी। उन्होंने कमरे की सिटकनी बंद की। नंदना की सौम्याकृति, माँ का शांत-सलोना मुखड़ा प्रसन्नता से दिप-दिप कर रहा था। इस एकांत में तीनों अति निकट थे।

रात्रि काफी हो चुकी थी। वे लोग इसी प्रतीक्षा में थे कि सोनू की फ्लाइट के जोधपुर आने की सूचना आ जाए।

फोन की घंटी बज उठी—''अंकल, फ्लाइट बहुत लेट है। लगभग एक बजे तक आएगी। आप लोग आराम से सोइएगा। मैं उन लोगों को उम्मेद पैलेस पहुँचा दूँगा।''

नंदना जब सोई तो अपना मोबाइल ऑन ही रखा। देखना, आते ही फोन करेगा। कल जब मिलेगा तो झगड़ा तो अवश्य ही होगा। एक तो एक वर्ष पश्चात् आ रहे हैं और ऊपर से एक माह से औपचारिक वार्त्तालाप चल रहा है।

गहरी नींद से उठी तो धूप चढ़ आई थी। आँगन में शायद नाश्ते का कार्यक्रम चल रहा था। मोबाइल उठाया, मुसकरा उठी—सोनू का लंबा-चौड़ा मैसेज था कि वह जोधपुर आ गया है। जल्दी ही मिलेगा। कुछ आवश्यक बातें भी करेगा। बाहर मोटर साइकिल की आवाज सुन खिड़की से झाँका तो समीर था।

आँगन में बैठे उसके पिता से बातचीत कर शीघ्र ही चला गया।

"अरे नंदू, समीर के साथ सोनू नहीं आया! यहाँ तो बहू उसके लिए खास नाश्ता बनवा रही है।" नंदना की दादी उसके पिता के कंधे पर हाथ रख बोलीं।

"तुम भी क्या, बहूजी, जानती नहीं, राजस्थानी माथुरों का नियम-कायदों का घराना है। अब तो नौशा तुम्हारे दरवाजे पर तोरदा की रस्म निभाने के बाद ही अंदर आएगा।" परदादी ढेरों मटर का अंबार छिलवाते-छिलवाते बोली।

"ठीक है अम्मा, मुझे रमेश से मिलने जाना है। अभी अम्मा, समीर आया था लिवाने। नाश्ता तैयार है तो दो-तीन टोकरों वगैरह में लगवा दो, ले जाऊँगा। वहाँ मेहमान बहुत हैं।" नंदना के पिता डॉ. शिव कुमार अपने साथ दो-तीन नौकरों को ले टोकरे लदवाकर चल दिए।

खिड़की से नंदना पापा का उत्साह देख रही थी। सुदर्शन व्यक्तित्व के उसके लंबे-चौड़े पापा ने लगता था, उत्साह में अपने सारे जीवन की पूँजी लुटा दी है। कभी भी चेहरे पर शिकन न डालनेवाले पापा आजकल कितने सोच-विचार में लगते हैं। रुपए-पैसे की उन्हें कोई कमी नहीं, बेटी के ससुराल की भी कोई चिंता नहीं। उनके बालसखा की पुत्रवधू बन रही है बिटिया। जामाता यदि अमेरिका में है तो क्या, सोने-सा दामाद उनकी बेटी का मनपसंद जहीन, सुदर्शन वर पाकर कोई क्यों न प्रसन्न होगा।

परंतु अपने दिल का क्या करें, नंदना उनके जिगर का टुकड़ा है। नंदना अनेक पूजा-मन्नतों के पश्चात् हुई थी। दुर्गा माँ की उपासना से गोद में आई बेटी का नाम उन्होंने दुर्गा माँ का ही एक नाम 'नंदना' रखा और संयोग से देखिए, नंदना हुई भी दुर्गाष्टमी के दिन। उसके पश्चात् कोई और संतान नहीं हुई। नंदना की शिक्षा-दीक्षा में कोई भी कोर-कसर नहीं रखी। खानदान में चार पीढ़ियों से एक यही दुर्गा प्रतिमा-सी कन्या पाकर सभी धन्य हुए। परदादी कन्यादान कर पुण्य चाह रही हैं। दादी और माँ दरवाजे पर झूमती बारात और घोड़ी पर चढ़ा

बन्ना देखना चाह रही हैं।

नंदना की सुघड़ माँ ने उसका दहेज मनोयोग से तैयार किया था। सुंदरी, आधुनिक, संस्कारी नंदना प्रत्येक पोशाक में सजती है, अत: सभी पोशाकें तैयार थीं। नर्मदा बाई हाथ में लगाने के लिए उबटन-तेल व सिर में लगाने की मेहँदी ले आई।

"चलो बिटिया, थोड़ा उबटन करवा लो।"

"अरे बुआ आप, आप यह भी करती हैं!" नंदना आश्चर्य से बोली।

बाहर बीदणियाँ नाच-गा रही थीं!

'चिरमी रा डाला चार...'

'सागर पाणीसा लाऊसा निजर लग जाए।'

लाल-पीले घाघरों और ढोल-धमाकों की चकाचौंध थी। बाहर सभी रिश्तेदार एकत्रित थे। अमेरिका, लंदन और जर्मनी से आई नंदना की दोनों मामियाँ वीडियो कैमरा ही ऑन किए फिल्म बना रही थीं।

उबटन की परतों के साथ ही नंदना के दिल की परत-दर-परत भी खुल रही थी। मेरे जाने के बाद मेरी प्यारी माँ का क्या होगा, जो सदैव ही दो-दो सासों से दबी-ढकी ही रहीं। एम.ए. पास माँ सर्वथा परदादी के शासन तले ही दबी रहीं। अब माँ से कहेगी कि वह पापा के साथ लंबी छुट्टी पर घूमने जाएँ और फिर पेंटिंग के अपने शौक को पूर्ण करें। नहा-धोकर हलका हो बाहर आई तो देखा, कुछ हलचल सी है।

पापा बिस्तर पर लेटे हैं और उनका ब्लडप्रेशर नापा जा रहा है। दोनों चाचा और समीर सिरहाने खड़े हैं। बीदणियाँ जा चुकी थीं। घर की अधिकांश महिलाएँ मेहरानगण के मंदिर में पूजा के लिए गई थीं।

"क्या हुआ, चाचा?" घबराई-सी नंदना पिता के पायताने बैठ गई।

"कुछ नहीं, बस जरा प्रेशर हो गया है, गोली देकर सुला देंगे। उठेंगे तो फ्रेश होंगे।" चाचा हकलाते-हकलाते बोले। सोनू के पिता भी वहीं खड़े थे।

"आप के घर ही तो गए थे पापा, बताइए न क्या हुआ?" नंदना ने अपने भावी श्वसुर की ओर उन्मुख होकर कहा।

"कुछ नहीं बेटा, शोर न करो, पापा को आराम करने दो।"

"पापा, आप बताइए, आपकी आँखों में पानी...पापा, क्या कहीं दर्द है? क्या हुआ?"

"क्या हुआ, क्या हुआ?" कहती नंदना लगभग चीख उठी।

उसके चाचा जानते थे कि नंदना अपनी बात का उचित प्रत्युत्तर चाहती है

और सही बात जाने बगैर टलेगी नहीं।

"नंदना बेटी, औरों से क्या पूछती है, कसूरवार तो मैं हूँ, जो ऐसे कपूत को पैदा किया। खुदगर्ज स्वार्थी इनसान ने विदेश में बसने के लिए वहीं के एक निम्न जाति के गुजराती परिवार की कन्या से विवाह कर लिया। वह गुजराती वहाँ छोटा सा होटल चलाता है। सुना है, वहाँ साहबजादे खाना-पीना खाते थे और उसी होटल के एक कमरे में रहते भी थे। अब चाहते हैं कि उनके गुजरात के पैतृक गाँव में धूमधाम से ब्याह हो। वह बेवकूफ तो यही चाहता है कि धूमधाम व राजसी ठाट-बाट से यहाँ सब रस्में हों। जरा भी नहीं सोचा कि हम लोगों का क्या होगा? तुम्हारे प्रेम और मित्रता को एक झटके में तोड़ दिया। क्या वहाँ का आकर्षण इतना अधिक है? अभी यह बात घर की महिलाओं तक नहीं पहुँची है। मैंने तो कह दिया कि उलटे पाँव लौट जाओ।" सोनू के पिता एक साँस में ही सब कह धम्म से कुरसी पर बैठ गए।

फुफकारती नागिन-सी नंदना ने आग्नेय दृष्टि से समीर को देखा और सबके रोकते-रोकते भी कार में बैठ होटल चल दी। ज्वालामुखी बनी नंदना के पीछे तेजी से मोटर साइकिल पर सवार समीर भी चल दिया। लगभग दोनों ही एक साथ होटल के गेट पर पहुँचे।

"रुक जाओ, नंदना।"

"क्यों रुक जाऊँ! आपने अपने भाई की गलतियों पर परदा डाला है। आप यदि सब जानते थे तो मुझसे आकर कहते, मैं पिता की यह हालत कदापि नहीं होने देती।" क्रोध से नंदना बोली।

"मेरा यकीन मानो नंदना, मुझे भी तभी पता चला है जब चाचाजी को पता चला। सोनू ने तो रात में भी कोई…"

उन दोनों की बातचीत अधूरी ही रह गई। देखा, सामने से सोनू और साथ में जीन-टॉप पहने एक छोटे से कद की कटे बालोंवाली दुबली-पतली साधारण सी युवती चली आ रही थी। छह फीट लंबे-चौड़े सोनू की कमर तक की ऊँचाई में आनेवाली युवती कहीं से भी विदेश की धरती पर पली-बढ़ी नहीं लग रही थी। सोनू सामने बिफरी शेरनी बनी नंदना का दुर्गा रूप देख अचकचा गया।

"टयूंकी, शी इज नंदना।"

"रियली, शी इज वेरी ब्यूटीफुल।"

"यू आर सोन'स बेस्ट फ्रेंड राइट।" टयूंकी ने नंदना की आँखों में झाँकते हुए कहा।

बेहद ही निम्न स्तर के हाव-भाव व नाक-नक्श। सूरत ही नहीं, आवाज भी मोटी और भोंडी-सी थी। क्या सोनू की अक्ल पर पत्थर पड़ गए थे?

नंदना ने अपनी सुराहीदार गरदन झटककर दूसरी ओर कर ली।

"प्लीज लीव अस अलोन फोर फाइव मिनिट्स। (कृपया हमें पाँच मिनट के लिए अकेला छोड़ दीजिए।)"

"ओ.के. श्योर!" और वह चली गई।

नंदना ने तिरछी निगाहों से समीर की ओर देखा। समीर सकपकाकर लॉबी से बाहर हो गया। सोनू इधर-उधर बगलें झाँकने लगा।

अपनी ज्वलंत निगाहों के ताप से सोनू को तप्त करती नंदनी बोली, "अरे, तुम क्या मुझसे शादी न करने का निर्णय दोगे! मैं ही यह शादी तोड़ती हूँ। लो, यह सगाई की अँगूठी। और जानते हो, यह देखो मेरा अमेरिका का वीजा और वहाँ हॉर्वर्ड से एम.बी.ए. करने का स्कॉलरशिप। मैं तो तुम्हें सरप्राइज देना चाहती थी और तुम पराए देश की झूठी समृद्धि देख वहीं बसने के लिए एक युवती को सहारा बना रहे थे। धिक्कार है तुम पर! न जाने मैंने तुमसे प्यार क्यों किया? ऐसा स्वार्थी युवक मेरा जीवनसाथी नहीं हो सकता।"

नारंगी जार्जेट के सूट और हलके-फुलके कुंदन के सेट में सजी, अस्त-व्यस्त लंबे केशों को लापरवाही से झटकारती नंदना की रूप-राशि अनेक विदेशी-देशी पर्यटक निहार रहे थे। वैसे होटल के कर्मचारी-अधिकारी सब नंदना को तो जानते ही थे। सोनू को हक्का-बक्का छोड़ वह तीर-सी बाहर निकल गई और घर वापस आकर सीधे ही अपने कमरे में घुस चिटकनी लगा ली। वहीं नर्मदा बाई बैठी उसकी अटैचियाँ करीने से लगा रही थीं। इन सब कार्यों की जिम्मेदारी को उन्हीं पर छोड़ दिया गया। वैसे भी इस घर के व्यक्तियों ने नर्मदा बाई की समय-समय पर काफी सहायता की है और नंदना से तो उन्हें अनजाना ही स्नेह है।

नंदना ने उनकी ओर नहीं देखा। सीधी जाकर अपने कमरे की उस खिड़की के पास खड़ी हो गई, जहाँ से घर के भीतर की सभी गतिविधियाँ दिख रही थीं। पिता अपने कमरे में सो रहे थे। आँगन में दोपहर के भोजन का प्रबंध चल रहा था। अभी मंदिर से कोई वापस नहीं आया था। वे लोग वापस आएँगी और फिर क्या होगा? उसके नेत्रों के समक्ष अपनी ठसकेदार परदादी, जिन्होंने राजे-रजवाड़ों का युग देखा था, अपनी दादी जो एक विख्यात डॉक्टर की सुसंस्कृत पत्नी थीं और अपनी सौम्या माँ की आकृतियाँ उसके समक्ष घूम गईं।

"हाय, सोनू! तुमने यह क्या किया? क्यों मेरे पिता की प्रतिष्ठा को दाँव पर लगाया? क्यों दी मुझे ऐसी सजा?" और वह खिड़की की ग्रिल थाम फूट-फूट, हिचक-हिचककर रो उठी।

"बिटिया, ऐसा क्या हो गया जो तुम्हारी आँखों में आँसू? बिटिया, यह मायके की देहरी छोड़ने की रुलाई तो नहीं है।" नर्मदा बाई ने गौर से नंदना को देखते हुए कहा।

"ठीक कहती हो, बुआ, अब यह शादी नहीं होगी। सोनू अमेरिका से शादी करके आया है, आज पापा की हालत इसीलिए ऐसी है। बुआ, दादी, अम्मा, मम्मी को जब मालूम होगा तो क्या होगा?" नंदना का रुदन फूट पड़ा।

"और बिटिया, तुम ऐसे युवक के लिए आँसू बहा रही हो। अच्छा हुआ, उसकी असलियत पहले ही जान गईं। सोचो, अगर अमेरिका जाकर सब पता चलता तो? तुम किससे कम हो, ऐसे सैकड़ों सोनू तुम पर न्योछावर और अपनी पढ़ाई-लिखाई, गुण, तेज-प्रताप से दिखा दो कि तुम किसी आश्रय की मोहताज नहीं हो।" नर्मदा बाई अत्यंत रोब और आवेश में आ गईं।

"हाँ-हाँ, बुआ, तुम सबकुछ कह सकती हो, क्योंकि न तो तुम्हारी शादी ही हुई और न ही तुमने किसी से प्रेम किया। न ही तुमने अपने पिता की प्रतिष्ठा को दाँव पर लगते देखा और न ही तुम्हारा आत्मविश्वास आहत ही हुआ कभी। तुम क्या समझोगी मेरा दर्द।" नंदना व्यंग्य से बोली।

"ठीक है, बेटी नंदना! मैं आजन्म कुँवारी अवश्य हूँ, किंतु मैंने भी वह सब सहा है जो तुम आज सह रही हो। जो कोई नहीं जानता वही मैं तुम्हें सुना रही हूँ।

"सभी जानते हैं कि मैं कुँवारी हूँ, ब्याह नहीं किया। यही कारण है कि जोधपुर में सब मुझे बेटी के समान सम्मान देते हैं। बच्चे, युवा, प्रौढ़ सभी मुझे 'बुआ' अथवा 'भुआ' बोलते हैं। बुजुर्ग लोग 'नर्मदा बाई' भी कहते हैं। सभी यह जानते हैं कि पचास बरस पूर्व जोधपुर दरबार में रानी साहेबा आई थीं, यही सही है; परंतु उससे पिछली जिंदगी की भनक किसी को भी नहीं है। जानने की आवश्यकता ही क्या है! जब आज नर्मदा हैंडीक्रफ्ट्स की धूम सर्वत्र है।

"बिटिया, तुम हमेशा कहती थीं कि बुआ तुमने हिंदी इतनी शुद्ध और मीठा बोलना कहाँ से सीखा; जबकि मारवाड़ में तो मारवाड़ी बोली जाती है। तो बेटी, मैं मारवाड़ की हूँ ही नहीं, मैं तो पूर्वी उत्तर प्रदेश के वाराणसी की हूँ, जहाँ शुद्ध और मिठास भरी बोली बोली जाती है। ज्योतिषाचार्य संस्कृत-हिंदी के विद्वान् की पुत्री

थी मैं। सोलह वर्ष तक उस युग की उच्च हिंदी शिक्षा भी ग्रहण की थी। पिता अथाह पैतृक संपत्ति के मालिक थे। मैं उनकी इकलौती लाडली बिटिया थी। मेरे पिता के परम मित्र का बेटा था सोहन। सोहन की माता की मृत्यु के पश्चात् उसके पिता, जो मेरे पिता के मित्र थे, ने सोहन को पिता के आश्रय में दे दिया और स्वयं व्यापार के लिए बर्मा व यूरोप चले गए और वहीं विवाह भी कर लिया।

''सोहन और मैं साथ-साथ पढ़ते-लिखते, उठते-बैठते अंतरंग मित्र बन युवा हुए। सोहन वकालत पढ़ने इलाहाबाद चला गया। मेरी माँ राजयक्ष्मा की रोगिणी थीं। विवाह अपने नेत्रों के समक्ष देखना चाहती थीं। सोहन के पिता भी अब तक बनारस लौटकर बनारसी साड़ी उद्योग से जुड़ गए थे। दूसरी पत्नी से उन्हें पुत्रियाँ-ही-पुत्रियाँ हो रही थीं, सो सोहन पर पुनः उनका दुलार और आधिपत्य उत्पन्न हो गया था। मेरा विवाह सोहन के साथ निश्चित हो गया। विवाह और तिलक की तिथि भी निश्चित हो गई थी। बस, परीक्षा देकर सोहन के आगमन की प्रतीक्षा हो रही थी। हमारा पैतृक ग्राम निकट ही था। दुलहन के समान सजना आरंभ हो गया था कि एक धमाका हो गया। सोहन वकील बनकर आ गया और साथ में लाया अपनी नव परिणीता ग्रेसी, जो सद्यः ईसाई बनी थी। इलाहाबाद में ही अंग्रेजी की ग्रेजुएट शिक्षा प्राप्त कर रही थी। उसके पिता रेलवे में गार्ड थे।

''स्तब्ध पिता तो यह धक्का झेल गए, परंतु माँ का दो माह पश्चात् निधन हो गया। उस युग में भी मेरे पिता मेरे लिए उसी शुभ घड़ी में अनेक वरों में से सुपात्र छाँट मेरा कन्यादान कर सकते थे; परंतु अपनी स्वाभिमानिनी पुत्री की इच्छा के विरुद्ध वह कहीं जा नहीं सकते थे और बेटी, मैंने भी नर्मदा मैया के समान क्रुद्ध हो अपना रुख मोड़ लिया। जब मेरा जन्म हुआ तो माँ से सबने कहा भी था कि नदी के नाम पर कन्याओं का नाम नहीं रखना चाहिए; लेकिन मेरा जन्म नर्मदा मैया की आराधना से ही हुआ था, इसीलिए नाम नर्मदा रखा गया—कुमारी नर्मदा बाजपेयी।

''मेरे पिता का ज्योतिष व ग्रहों की गणना से विश्वास हट गया। अपनी सारी संपत्ति बेच, गाँव और शहर के मकान कन्या विद्यालय को दान करके हम दोनों बाप-बेटी नर्मदा मैया के समान विपरीत दिशा की ओर मुड़ गए। शिव-तनया नर्मदा ने अपने सतत और तेज से पुण्य-सलिला की उपाधि प्राप्त की थी। सोननद ने जब भद्रा नदी से ब्याह कर लिया तो वह भी पश्चिम की ओर मुड़ गई थी। यही आदर्श तो मेरे समक्ष था, सतयुग की नर्मदा का। हम बाप-बेटी मथुरा-वृंदावन आ गए। वहाँ पिता की देखभाल करती। बेसहारा विधवाओं का आश्रम बनवाया और

ठाकुरजी के वस्त्र तथा अन्य वस्तुओं का उद्योग आरंभ किया। दूर-दूर तक ख्याति फैल गई। भरतपुर की महारानीजी प्राय: वहाँ आती थीं। पिता की मृत्यु के पश्चात् मुझे भरतपुर ले आईं और फिर प्रसिद्धि के अनेक पड़ाव प्राप्त करती मैं जोधपुर राज-दरबार में आ गई। कलात्मक पारंपरिक पोशाकें, कठपुतलियाँ तथा अनेक प्रकार की कलात्मक वस्तुओं का विशिष्ट उद्योग है मेरा सेंटर, जिसकी शाखाएँ-प्रशाखाएँ आज देश भर में हैं। कितनी ही बेसहारा युवतियों, महिलाओं को मैंने कारोबार दे रखा है। आज नर्मदा सुप्रसिद्ध है और बैरिस्टर सोहनलाल का कहीं नामोनिशान भी नहीं है।'' आवेश में रक्तिम हो उठा वृद्धा नर्मदा बाई का तेज उनके मुखमंडल को प्रदीप्त कर रहा था।

''सच बुआ, आप अपने अंतस में इतना दर्द समेटे हैं। बुआ, आप तो एक आदर्श हैं भारतीय नारी का। अब तो मैं अनेक फैशन पत्रिकाओं में आपको प्रसिद्धि दिलवाऊँगी। देखना बुआ, तुम टी.वी. एवं रेडियो पर छा जाओगी। ठीक है बुआ, तुम्हारा आदर्श तो सतयुग की नर्मदा मैया थीं; किंतु बुआ, मैं सतयुग की नर्मदा नहीं हूँ, जो क्रोधित हो एक भौतिकतावादी स्वार्थी महत्त्वाकांक्षी युवक के लिए अपने प्रियजनों के अरमानों का गला घोट दूँ।

''क्या बंद हो जाने दूँ पापा की हृदय गति? क्या परदादी की कन्यादान करने की हसरत मिटा दूँ? क्या दादी, अम्मा और मम्मी की वह ललक, जो मेरी पैदाइश से देख रही हैं दुलहन बनाने की, उस ललक का गला घोट दूँ?

''मेरे चिर-परिचित रिश्तेदार, अपने-पराए, मेरे प्यारे भाई, चाचा, मामा जो इतना व्यय कर इस विवाह महायज्ञ में सम्मिलित होने आए हैं, उन्हें यज्ञ पूर्ण होने से पूर्व ही वापस कर दूँ? नहीं बुआ, नहीं! कदापि नहीं! मेरे अंदर इतना साहस नहीं है। मैं क्रुद्ध हो सारी उमर अपने कँवारपत्र उतारे बगैर नहीं बैठी रह सकती।''

नंदना ने फोन उठा लिया।

''हैलो समीर, मैं नंदना बोल रही हूँ। मेरे प्रश्न का 'हाँ' या 'ना' में प्रत्युत्तर देना। क्या मुझसे ब्याह करोगे? इसी मुहूर्त और तिथि में।'' नंदना ने फोन खटाक से बंद कर दिया।

''बुआ, मैं सतयुग की नर्मदा के समान सतत और तेज कहाँ से लाऊँ, किसे परवाह है मेरे सत, तेज और प्रताप की, मेरे रूप-गुणों की, मेरे पिता की संपन्नता एवं प्रतिष्ठा की। आज अपनी धारा मोड़ने का युग नहीं है। आज आवश्यकता है मुँहतोड़ प्रत्युत्तर देने की और वह मैं अवश्य ही दूँगी।

''मेरी डोली सोनू के दरवाजे उतरेगी। बारात उसी दरवाजे से चढ़कर यहाँ

आएगी। बुआ, मैं इसी शहर में रह फैशन एवं डिजाइनों में नाम कमाऊँगी और फिर विदेशों में भी प्रसिद्धि प्राप्त करूँगी। बुआ, तैयारी करो सायंकाल के आयोजनों की। समीर अपनी माँ, बहन तथा अन्य रिश्तेदारों के साथ मुझे सगाई की अँगूठी पहनाने आ रहा है। एक सप्ताह तक इस शहर में मेरे ही विवाह की धूम है और रहेगी। क्यों भागीदार बनाऊँ किसी और को इस चकाचौंध एवं रौनक भरे वातावरण का।''

और नर्मदा बाई 'कलियुग की नर्मदा' के मुखड़े पर छाया आत्मविश्वास देख गद्‌गद हो उठीं।

□

किलकारी

किलकारियों से सुमना का घर गूँज रहा था। सुबोध किट्टी को गोद में लेकर उछाल-उछालकर त्रिलोक के समस्त सुखों का अनुभव कर आनंदानुभूति के सागर में गोते लगा रहे थे। किट्टी की किलकारियों से घर-आँगन गुंजायमान था।

सुबोध बेटी को किलकारी मारते देख महातृप्ति का अनुभव कर ही रहे थे कि सुमना की फरमाइश से चौंक उठे, ''सुनिए जी, आप बनारस टूर पर जा रहे हैं तो वहाँ से लकड़ी की चूल्हा-चक्की की पिटारी जरूर लाइएगा किट्टी के लिए।''

''अपनी किट्टी के लिए! यह तो अभी छह माह की ही है। क्या चूल्हा-चक्की चलाएगी? नहीं, मेरी बेटी आई.ए.एस., आई.एफ.एस. अफसर बनेगी। उसे मैं चूल्हा-चक्की में थोड़े ही न झोंकूँगा।''

सुमना मुसकरा उठी।

''अपनी बेटी को चूल्हा-चौके में नहीं झोंकेंगे और दूसरे की बिटिया! वह तो चूल्हे-चौके में ही झोंके जाने योग्य है।''

सुबोध को बनारस जाना था, सो चले गए।

और युवा सुमना सद्यः-मातृत्व के आह्लाद में डूबी अपने दो कमरे के फ्लैट की बालकनी से मुंबई महानगरी के कोलाहल का अवलोकन करती अपने अतीत की वीथिकाओं में विचरने लगी। उस बाल्यकाल में जहाँ नन्ही सुमना को बगैर मचले ही मिल जाते थे अपने मनपसंद के खेल-खिलौने।

पिताजी रेलवे में नौकरी करते थे, प्रायः ही दौरों पर रहते। कभी बनारस के लकड़ी के खिलौने तो कभी जयपुरी कठपुतलियाँ, कभी मेरठ के नौचंदी के खरीदे खिलौने तो कभी लखनऊ की मिट्टी की रंगीन फलों से सजी प्लेट।

भाँति-भाँति के छोटे-मोटे खिलौने मिट्टी-काठ के होते, परंतु उन्हीं घरेलू खिलौनों के अंबार से गुड्डे-गुड़ियों का ब्याह रचाती नन्ही सुमना युवा हो ससुराल

भी आ गई—अपनी नवीनतम गृहस्थी उसी मनोयोग से सजाने, जैसे कभी घर-गृहस्थी का अनोखा काल्पनिक संसार रचाकर खेल खेला करती थी।

सखियों के संग घर-गृहस्थी का खेल खेलती सुमना सदैव ही कुशल गृहिणी का पार्ट अदा करती और पक्की गृहस्थिन बन चूल्हा-चक्की सँभालती। खेल-खेल में ही बड़ी हो कॉलेज जाने लगी, परंतु छोटे-छोटे बरतन-खिलौनों का मोह नहीं त्याग पाई। उसे अभी भी स्मरण है कि एक बार उसके पिता जब पहली बार दौरे पर मुंबई जा रहे थे तो माँ समेत सभी उन्हें घेरकर बैठ गए। सबने अपनी फरमाइशें यों रखीं मानो पिताजी विदेश जा रहे हों। मथुरा जैसे धार्मिक शहर के पुराने मुहल्ले में रहनेवाले प्राणियों के लिए मुंबई फिल्म नगरी उत्सुकता का केंद्र थी।

जहाँ माँ ने उस समय के फैशन के अनुरूप नई चाल की साड़ियों की फरमाइश की वहीं भाइयों ने टेरीलीन व टेरीकॉट की कमीजों की। छोटे बिट्टू ने हाथ से उड़ानेवाला हवाई जहाज लाने की फरमाइश की। यहाँ तक कि गृह की पुरानी महरी ने भी माँ से कहा, 'बऊजी, बाबूजी से कहकर हमारे लिए दिलीप कुमार, मधुबाला की फोटो मँगाय देओ। बड़ो अच्छो खेल करो ए 'मुगले आजम' में। सुनै करें, मुंबई में ही ई रहबै करे हैं।'

और सुमना रानी, जो चारों भाइयों की बड़ी बहनजी सत्रह बरस की बी.एस-सी. प्रथम वर्ष में पढ़ने-लिखनेवाली सबसे समझदार थीं, उन्होंने लजाते-लजाते पिता से फरमाइश की, 'पापाजी, आप मुंबई जा रहे हैं। जानते हैं इंडेन गैसवालों ने गैस के चूल्हे का सिलेंडर समेत छोटा सा मॉडल चूल्हा बनाया है। वह वहाँ मिलेगा तो ले आइएगा।'

फरमाइश शेष होने से पूर्व ही चारों चंचल भ्रातागण हो-हो कर हँस पड़े।

पापा ने उसका सिर सहलाते-दुलारते हुए अवश्य ही ढूँढ़कर लाने का आश्वासन भी दिया। हाँ, माँ अवश्य ही खीझ उठीं, 'क्या है ? यह लड़की न जाने कहाँ-कहाँ से सुन लेती है। अभी घर में तो गैस का चूल्हा आया नहीं और यह है कि खेल खिलौना का चूल्हा मँगा रही है। आप तो जी, कोई नई डिजाइन की साड़ी और मराठिनों जैसा मंगलसूत्र लेकर आइएगा।''

पिता मंद-मंद मुसकराते रहे और सुमना मुँह बनाकर खिसक गई।

एक सप्ताह के लंबे दौरे से जब पापा का आगमन हुआ तो सबके उपहार छोटी सी चमड़े की अटैची से यों निकले मानो भानमती के पिटारे से निकल रहे हों।

कभी शरबत, कभी पानी और कभी मठरियों व अचार की प्लेट थमाती सुमना की उत्सुक दृष्टि अटैची पर बारंबार पड़ती रही; परंतु पिता के अटैची बंद

करते ही उचटती सी मान भरी दृष्टि पिता पर डाल तन्नाकर तीर-सी कमरे से बाहर निकल अपने पलंग पर औंधी जा पड़ी और फूट-फूटकर रोने लगी। सच में पापा ने भी अब समझ लिया है कि उनकी बिटिया के गुड़ियों से खेलने के दिन हवा हो गए और अब तो उसे मंगलसूत्र तथा बनारसी साड़ी पहनाकर विदा करना है। अपनी काल्पनिक विदाई की कल्पना मात्र से ही वह फफक उठी।

अनायास ही माता-पिता और भाइयों के कोलाहल से जो पलटी तो देखा कि गैस का चूल्हा पिता के हाथ में रखा चमचमा रहा है और साथ में छोटा सा कुकर व बजाज मिक्सी का मॉडल भी।

सुमना का चेहरा खिल उठा और सारा घर महक उठा।

सुमना ने जब अपनी हमउम्र सखियों को अपनी नवीनतम उपलब्धियाँ दिखाने का प्रयत्न किया तो कुँवारे रंगीन स्वप्नों में खोई सखियों की प्रतिक्रिया कुछ उदासीन ही रही।

एक-दो ने उपहास भी किया कि अरे, यह उम्र तो छिप-छिप के प्रेमपत्र पढ़ने-पढ़ाने की है, एक-दूसरे को दिखाने की है, न कि गुड्डे-गुड़ियों के खेल-खिलौने दिखाने की।

बहरहाल, घर की बैठक में एकमात्र शीशे की अलमारी में वह वस्तुएँ सजाई गईं। अड़ोस-पड़ोस में चर्चा का विषय भी बनीं। छोटे भाई यदा-कदा गा-गाकर चिढ़ाते—हमारी दीदी तो गैस पर खाना बनाएगी, कुकर चढ़ाएगी, मिक्सी चलाएगी।

पुराना मध्यम वर्गीय गृहस्थों का मुहल्ला था। पुरातनपंथी तरीका था भोजन बनाने का। मुहल्ले की बुजुर्ग दादी माँ प्रायः ही आकर कह जातीं, 'दुलहन, अब तो बिटिया को दहेज में कुकर, गैस और मिक्सी देकर ससुराल भेजने की तैयारी करो।'

बीस वर्ष की होते-होते सुमना विवाह-बंधन में बँध गई। दहेज में गैस, कुकर, मिक्सी सभी कुछ मिला, किंतु नहीं मिला तो एक ऐसा रसोईघर, जहाँ वह यह सब सजाती-सँवारती। उसकी दिल्ली शहर की आधुनिक ससुराल में यह सब पहले से ही था।

सुबोध की पोस्टिंग तब दिल्ली में ही थी। वह सास के साथ ही रहती, अतः उन्होंने यह कहकर कि जब भी अपनी गृहस्थी की शुरुआत करो, तभी अपना सामान प्रयोग में लाना। सो दहेज की सभी वस्तुएँ और माँ का दिया कभी शौक-चाव से खरीदा गृह-सज्जा एवं रसोईघर का सामान बंद ही पड़ा रहा। विवाह के उपरांत बेटे राहुल का जब जन्म हुआ तो वह किलक उठी। पतिदेव से चाव से

बोली, "सुनिए, अब जब मैं मथुरा जाऊँगी तो अपनी शीशे की अलमारी से सभी खिलौने उठा लाऊँगी।"

पतिदेव खी-खी कर हँस पड़े, "तुम भी क्या गजब करती हो, मेरा शेर बेटा क्या लकड़ियों के खिलौनों से खेलेगा! यह तो हवाई जहाज चलाएगा, मोटर गाड़ियाँ दौड़ाएगा।"

और हुआ भी यही। राहुल के खेल-खिलौनों के कोलाहल से वह दिन भर त्रस्त रहती। कभी तो फुटबाल उछाल शीशे धराशायी किए जाते, कभी मोटरगाड़ियों की रेस लगा-लगाकर कान के परदे फाड़े जाते। पूरा घर गुंजायमान रहता राहुल के विचित्र खेल-खिलौनों से।

सुमना की हसरतें दिल-की-दिल में दबी जा रही थीं। न तो गृहस्थी के शौक पूरे कर पा रही थी और न ही बचपन के खेल-खिलौनों के चाव।

किंतु, उसके सब्र का पैमाना छलकने से पूर्व ही सुबोध पदोन्नत हो मुंबई हेड ऑफिस में पोस्ट हो गए। सुमना खुशी से झूम उठी और उसकी खुशी दोहरी हो उठी, जब उसे अपने उदर में नवांकुर के खिलने की सुगबुगाहट भी मिलने लगी।

अब तो प्रायः ही झालरदार फ्रॉक पहने, चमकीला रिबन लगाए, गुड़िया का ब्याह रचाती नन्ही-मुन्नी के सपने उसे दिखाई देते। उसे तो बस इस बार परी-सी बिटिया ही चाहिए। नहीं चाहिए शरारती पुत्र-रत्न।

अपनी गृहस्थी सजाने-सँवारने का जब उसे अवसर प्राप्त हुआ तो ढाई प्राणियों की गृहस्थी में उसे अपने रसोईघर में बरतन बहुत ज्यादा लगे। उन्हें यों ही सजा वह छोटे-छोटे गुड्डे-गुड़िया से कुकर, कड़ाही आदि खरीद लाई। जब भी बाजार जाती तो छोटा सा टी-सेट, छोटी-छोटी स्टील की कटोरियाँ व डिब्बे खरीद रसोईघर सजा डालती।

ईश्वर की अनुकंपा से उसकी मनोकामना पूर्ण हुई और उसकी गोद में जीती-जागती गुड़िया भी आ ही गई और आज जब उसके सपने साकार करने का समय आया तो पतिदेव का कथन है कि उनकी बेटी गुड़ियों का घर-संसार नहीं रचाएगी।

खैर, कोई बात नहीं, जब गुड़िया को लेकर मायके जाएगी तो अपनी बाल्यावस्था के सभी खेल-खिलौने उठा लाएगी। उसकी शीशे की अलमारी तो यों ही सुरक्षित होगी वहाँ। यद्यपि दो वर्ष से उसका जाना वहाँ नहीं हुआ है। छोटे भाई के विवाह में और भतीजी के जन्मोत्सव में गई तो गृह-सज्जा वैसी ही पुरातन थी।

गुड़िया लगभग आठ माह की हो चली थी, राहुल की दीपावली की छुट्टियाँ

थीं, अत: बड़े चाव से मथुरा पहुँची। उतावली सुमना रिक्शा रुकने से पूर्व ही लगभग कूद पड़ी और तुरंत ही दौड़कर भीतर पहुँची। परंतु यह क्या? उसका प्राचीन दरों-दीवारोंवाला घर अब आधुनिक टाइलों, शीशों और परदों से सुशोभित हो गया था।

बैठक कहा जानेवाला कक्ष ड्राइंगरूम की परिभाषा में परिवर्तित हो आधुनिक शो-केस से सज्जित हो गृह की शोभा बढ़ा रहा था और उस शो-केस में सज्जित थीं आधुनिक कलाकृतियाँ। मायके की प्रगति देखकर कौन ब्याहता पुत्री प्रसन्न न होगी, वह भी हुई; परंतु बैठक की वह छोटी सी शीशे की अलमारी और उसमें बरसों से सँजोए खेल-खिलौने लुप्तप्राय देख उसके सीने में हूक-सी उठी।

"अरे माँ, आपने तो घर को एकदम ही बदलवा दिया।"

"तुम्हारे पापा ने रिटायरमेंट का सारा पैसा समझो इसी टीम-टाम में लगा दिया। अब सारी उमर तो यहीं रहे, आगे भी रहना है तो आराम से रहें।"

"छुन्नू की बहू जब भी तीज-त्योहार पर आती है तो उसे असुविधा होती है। मुन्नू बंगलौर में हैं। आएदिन तो अमेरिका की दौड़ लगती है। कहीं अमेरिकी बहू ले आए तो राम ही जाने।" माँ रसोईघर से चाय की ट्रे लेकर आते-आते बोलीं।

"अच्छा तो अपनी बहुओं के लिए ही बनवाया है यह सब।" सुमना मुँह फुलाकर बोली।

"बहुएँ क्या! बेटियाँ क्या! तुमसे कितना कहा कि भई, गुड़िया का जापा यहाँ करा लो, नहीं! मम्मी वहाँ असुविधा होगी, अच्छा भई, अब सवा माह की हो गई आ जाओ। नहीं माँ, थोड़ी बड़ी हो जाए तो आऊँगी इन्फेक्शन का डर रहता है।"

माँ सही वक्त पर सही जवाब देने में माहिर हैं और सुमना निरुत्तर हो गई।

सुमना काफी समय पश्चात् मायके आई थी, अत: स्वच्छंद हिरणी-सी विचरने लगी। दोनों बच्चों को माँ-पापा और अनुजों के हवाले कर मित्र-परिचितों, सखी-सहेलियों, पास-पड़ोसिनों से मिलती-जुलती रही, सुप्रसिद्ध मंदिर-देवालयों के दर्शन किए, मथुरा के प्राचीन छत्ता बाजार से पारंपरिक वस्तुओं की खरीदारी भी की; परंतु उसका चित्त अटका रहा खिलौनों की अपनी अलमारी में ही।

वह तो अपनी गुड़िया के लिए बरसों से सहेजी अपनी दौलत लेने आई थी। उसे क्या पता था कि उसका अमूल्य खजाना यहाँ नदारद होगा।

माँ से बारंबार अपनी विगत संचित पूँजी के विषय में प्रपेषणा करने का विचार बनाती, परंतु अनजाना सा संकोच उसे घेर लेता। संभवतया विवाहोपरांत कन्या यथार्थ में ही स्वयं को पितृकुल से पृथक् ही समझ लेती है, तभी तो बात-

बेबात मचलनेवाली सुमना अपनी अमूल्य थाती के विषय में खोजबीन करने में क्यों असमंजस में है।

अंततः उसने लौटने से दो दिन पूर्व माँ से पूछकर अपनी जिज्ञासा शांत कर ही ली, ''माँ, मेरे वे सब पुराने खिलौने-बरतन, गुड़िया-गुड्डे सब कहाँ गए?''

माँ तन्मयता से बैठी गुड़िया की फ्रॉक में गोटा टाँक रही थी, बेपरवाही से बोली, ''अरे वह! कुछ तो जब अलमारी बनी थी तब बहू ले गई थी अपनी डॉली के लिए और कुछ पड़े होंगे वहीं कहीं।''

''डॉली को क्यों दिए? इतने समय से साज-सँभालकर रखे थे कि मैं ले जाऊँगी, किंतु अब तो...'' संवेदनशील सुमना बालिका-सी ठुमक उठी। वाक्य शेष होने से पूर्व ही कंठ अवरुद्ध हो उठा।

''भई, तेरा जवाब नहीं। दुनिया की बुआएँ भतीजे-भतीजियों को ले-देकर खुश होती हैं और यह है कि लकड़ी, मिट्टी के पुराने-धुराने खिलौनों के लिए तरस रही है। अरे, मुंबई नगरी में रहती हो। एक-से-एक मॉडर्न खिलौने खरीदकर बच्चों को दो।'' माँ ने सुई-धागा डिब्बे में रखते हुए कहा।

कार्य की व्यस्तता में अपनी लाडली का मुखड़ा नहीं देख पाईं, परंतु भीतर से बाहर आते पिता ने सुमना की करुण अपमानित मुखश्री का अवलोकन कर लिया था। अतः तपाक से बोले, ''अरे, तेरी माँ को कुछ होश भी है। जब अगले महीने मुंबई तेरी गृहस्थी देखने आऊँगा तो ले जाऊँगा। मैंने ही सारे खिलौने काठ की संदूकची में भरकर ऊपर टाँड़ पर रखवा दिए थे।'' पिता ने उसके सिर पर दुलार से हाथ फेरते हुए कहा।

सुबोध लेने आए। वह मुंबई के लिए विदा हो गई। माँ ने गुड़िया का छोछक बहुत लाड़-चाव से तैयार किया। पिता को विशेष रूप से आधुनिकतम खेल-खिलौने खरीदवाने आगरा, दिल्ली भेजा। ढेरों कपड़े, चाँदी की रुनझुन पायलों से लेकर सोने के कड़े-छल्ले सभी कुछ दिए गए; परंतु उदास सुमना का हृदय तो अपनी धरोहर में ही अटका रहा। फिर भी ओस की बूँद-सी एक आस बची थी कि जब पिताजी मुंबई आएँगे तभी काठ का बक्शा लाएँगे।

सुमना के पिता मुंबई आए तो अवश्य, किंतु अपनी लगातार खाँसी से त्रस्त होकर लस्त-पस्त हालत में सीधे ही टाटा मेमोरियल कैंसर अस्पताल पहुँचे और वहीं चार माह गले के कैंसर की असफल चिकित्सा करा अपनी इहलीला शेष कर गए। सुमना ने पिता की अथक सेवा की और असमय निधन ने उसे विह्वल कर दिया। पिता की लाडली सुमना इतना अवश्य सोचती कि पिता की दी हुई वस्तुएँ

उसके निकट होतीं तो वह पिता को अपने आस-पास ही विद्यमान पाती; परंतु अब वह यह विषय उठा व्यथित माँ के परिताप को बढ़ाना नहीं चाहती थी।

सुमना अपनी गृहस्थी में रम गई। सास-ससुर भी अब उसके पास ही आकर रहने लगे थे। सास ने झुँझलाकर गुड्डे-गुड़ियों से बरतनों को एक ओर कर फैसली साइज बरतन निकाल लिये थे।

पाँच बरस की किट्टी सदैव लड़कों की तरह के कपड़े पहनती, अपने भाई के आगे-पीछे घूमती, उन्हीं ऊटपटाँग खिलौनों से खेलती।

मन-ही-मन कुढ़ती सुमना भरसक प्रयत्न करती कि बिटिया की आसक्ति गुड़ियों का ब्याह रचाने में हो; परंतु सब व्यर्थ।

अंततः उसकी हसरत पूर्ण होने की उम्मीद जाग उठी। हुआ यों कि सुबोध एक ट्रेनिंग के सिलसिले में लंदन गए और वहाँ से लाए खूबसूरत वॉकी-टॉकी डॉल। किट्टी रानी को वह इतनी भाई कि भाई का बैट-बल्ला छोड़ वह गुड़ियों की ओर अनुरक्त हो गई।

नित्य-प्रति नवीन रूपों की पुतुल खरीदी जाने लगीं। बाबी का पूरा संसार ही खरीदा गया। छोटे से ब्रश से सुनहली रेशमी लटों को सँवारा जाता, शैंपू एवं पाउडर की खुशबू से उसकी तथाकथित बेटियाँ महकती ही रहतीं। यानी किट्टी रानी डॉल्स की एक्टीविटीज में तन-मन-धन से लग गई। परंतु गुड़िया का ब्याह रचाने के नाम पर एकदम भड़क गई।

"क्यों करूँ मैं अपनी प्यारी-प्यारी डॉल्स की शादी? छिह! कितने डर्टी गुड्डे हैं।"

बहरहाल, आइडिया वहीं ड्रॉप किया गया। किट्टी रानी श्वेता बन किशोरी बनी और फिर युवा बन इंजीनियरिंग की कुशाग्र छात्रा भी बनी; परंतु गुड़ियों के छोटे-छोटे कपड़े, जूते-मोजे उसे बरबस आकर्षित करते और वह तुरंत खरीद लेती। हॉस्टल से अवकाश में आती तो एक-एक गुड़िया और उसके सामान का हिसाब माँगा जाता।

सुमना खीझ जाती, टूटी-फूटी, पुरानी-धुरानी गुड़ियों व उनके कपड़े-लत्ते से दो बक्से पटे पड़े थे। तबादले की नौकरी थी, बक्से भी साथ चलते।

और एक दिन श्वेता नकुल नारायण बन जब श्वसुर-गृह की ओर प्रस्थान करने लगी तो सुमना दहेज के साथ वह सारी चिर संचित अमूल्य धरोहर के बक्से भी जब रखवाने लगी तो संवेदनचित्त सुबोध भर्राए कंठ से बोल उठे, "मेरी किट्टी की ये अनमोल निशानियाँ तो मेरे पास रहने दो।"

और सुमना भी रो पड़ी।

विवाहोपरांत किट्टी का मायके आना हुआ तो सुमना कह उठी, "अब तो तू यह सब जमा-पूँजी अपने संग अपने घर ही लिये जा।"

"क्यों, क्या यह घर मेरा नहीं है ? आप सहेजकर मेरे कमरे में रख दीजिए। जब भी घर आऊँगी, इन्हें देखूँगी तो लगेगा कि मेरी अहमियत इस घर से जरा भी कम नहीं हुई है।"

सुमना निरुत्तर हो गई।

दो वर्ष होते-होते किट्टी रानी भी एक सुपुत्र की माँ बन गई। शुभ समाचार पाकर सुमना भागी-भागी जब दस दिन पश्चात् पहुँची तो देखा, सुंदर सी नर्सरी सजी है। रंगीन अलमारियाँ विविध रंगों के वस्त्रों से शोभित हैं। नाना प्रकार के खिलौने, विविध आकार-प्रकार के टेडी बियर रखे हैं। कॉट, झूला, गाड़ी सभी कुछ है। ऐसा प्रतीत होता था मानो गुड्डे-गुड़िया का संसार रचा गया हो। वह हैरान हो गई सूक्ष्मतर कपड़ों, मोजों, जूतों, नैपकिन आदि देखकर।

"अरे! यह सब भी अब बाजार में मिलता है क्या?"

"एकदम तेरी बॉबी डॉल जैसे कपड़े, जूते, मोजे हैं।" सुमना चहकती हुई बोली।

"हाँ, मम्मी, अब तो पहले दिन से नए कपड़े ही पहनाए जाते हैं। पुराने कपड़ों से इन्फेक्शन होने का डर रहता है।"

सुमना चुप लगा गई। वह बेचारी तो यह सोचकर पुराने पाजामे, कुरते, धोती में से कपड़े सिलकर लाई थी कि कम-से-कम बच्चे की कोमल नरम त्वचा को आराम मिलेगा। परंतु वह क्या जानती थी कि ये सब पारंपरिक तौर-तरीके यहाँ मिसफिट हो जाएँगे।

बच्चे को स्पर्श करने से पूर्व अल्कोहल से हाथ धोए जाते। सच, आज की पीढ़ी कितनी सजग है! आश्चर्यचकित सुमना हक्का-बक्का बच्चा पालने के आधुनिक तौर-तरीके देख रही थी, जहाँ सद्यः मातृत्व का बोझ ढोते जच्चा पहले दिन से बच्चे की साज-सँवार सुघड़ता से कर रही थी। नए-नए बने पिताश्री रात-रात भर जागकर अति निपुणता से बच्चे को पोषित कर रहे थे। युवा माता-पिता कितने शौक व चाव से आत्मनिर्भर हो बच्चे का पालन-पोषण कर रहे थे।

आधुनिक पीढ़ी कितनी समझदार है, स्वयं ही अपनी समस्याएँ सुलझाती है। जो समझ नहीं आता वह बेबी केयर की ढेरों अंग्रेजी पुस्तकों से पढ़कर समाधान कर लेती है।

सुमना गर्व से फूल उठी अपने बेटी-दामाद की योग्यता पर। घर वापस आकर सभी मित्र-परिचितों को बताया कि हमारे बच्चे कितने सतर्क हैं बच्चा पालने में। हम लोगों ने तो बस यों ही पाल लिये थे जैसे-तैसे।

परंतु कुछ ही दिनों में उन लोगों की कलई खुलने लगी। फोन पर प्रायः ही छुटके की शिकायतें होतीं—मम्मी आज नाक बंद है, आज दूध नहीं पी रहा या सारी रात रोता रहा, वगैरह-वगैरह।

सुमना भी कह उठती, ''बेटा, अब हम क्या बताएँ? तुम्हारी किताबों में ही दिया होगा इन सभी समस्याओं का हल।''

सुमना को भी हँसी आती है कि आरंभ से ही गुड्डे-गुड़ियों को सजाने-धजाने की शौकीन किट्टी को सजीव गुड्डा मिल गया तो साज-सज्जा तो पूरी कर ली; किंतु शायद उन दोनों ने यह नहीं सोचा था कि यह निर्जीव गुड्डा नहीं है, जीता-जागता सजीव गुड्डा है। इसकी अपनी समस्याएँ भी होंगी जो समय के साथ-साथ उभरेंगी।

बच्चा अब लगभग छह माह का हो चला था। करवट लेने लगा। पहचानकर मुसकराने भी लगा था। सुमना अन्नप्राशन में गई तो गोल-मटोल नाती को देखकर नयन जुड़ा गए। जन्म के समय का दुबला-पतला शिशु अब गुलगोथना, चपल-चंचल, हँसमुख बेबी हो गया था।

परंतु फिर भी वही आलाप—प्रायः ही यह सूचना आती कि मम्मी, चुनमुन तो आजकल हँसता ही नहीं है। जब देखो, दुःखी चेहरा बनाए रखता है।

कभी फोन आता, ''ममा, चुनमुन की भौंहें चढ़ी रहती हैं। लगता है जैसे टेंशन में ही रहता है।''

सुमना हँसते-हँसते लोटपोट हो जाती कि आजकल के बच्चे चाहते हैं कि बच्चे रबर की भाँति खींचकर बड़े कर दिए जाएँ या फिर शांत गुड्डे-गुड़ियों की तरह खिलौने ही बने रहें।

किंतु जब एक सप्ताह से लगातार यही समाचार दोहराया जाने लगा कि चुनमुन हँसना-मुसकराना ही भूल गया, तो सुबोध भी घबरा गए। वह भागी-भागी दिल्ली पहुँची। बाहर बगीचे में ही श्वेता गोद में चुनमुन को लिये खड़ी थी। गोल-मटोल चुनमुन के मुखड़े पर एक दुःखद भाव व्याप्त था।

सुमना ने लपककर उसे गोद में उठा लिया। चुनमुन की कमर के नीचे का हिस्सा मोटा गद्दीदार लगा। जुलाई-अगस्त की उमस भरी गरमी और चुनमुनजी डटे-शटे पाँवों में मोजे-जूते, सिर पर टोपी लगाए एकदम गुड्डा जैसे लग रहे थे।

''देखिए ममा, इसके चेहरे से हँसी ही गायब हो गई है। लगता है, किसी ने कुछ कर दिया है।''

''इह ! इतनी पढ़ी-लिखी मॉडर्न होकर अनाप-शनाप सोचती है।'' सुमन ने श्वेता को झिड़का।

चुनमुनजी की टोपी नीचे गिर गई। तुरंत आया को टोली डिटॉल के टब में डालने का निर्देश हुआ। किट्टी ने बैग से ब्रश निकालकर चुनमुन के बाल सँवारे, जैसे कभी बचपन में अपनी गुड़ियों के सँवारती थी। तभी कुछ हलकी सी आवाज हुई, ''क्या हुआ ?''

''कुछ नहीं, मम्मी, नैपी टाइमर बजा है।'' श्वेता ने हँसते हुए कहा और नैपी बदलने लगी।

''नैपी टाइमर! यह क्या कमर में बँधा रहता है ? चुभता होगा।'' सुमना फुसफुसाई। यह बात सत्य थी कि चुनमुन अपनी नानी को देखकर मुसकराया भी तो बस बरबस ही। दुःखी भाव मुख पर व्याप्त ही रहा।

''ला, मुझे दे।''

सुमना ने चुनमुन को गोदी में लेकर उसके जूते-मोजे, यहाँ तक कि नैपी वगैरह सब खोल डाली और उतारकर कच्ची जमीन पर छोड़ दिया। चुनमुन मुसकराया और फिर हाथ उठा-उठाकर हँसने लगा।

''मम्मी···ई···ई···ई···यह क्या कर रही हैं ? जर्म्स चढ़ जाएँगे।'' श्वेता की कंपित ध्वनि में घबराहट थी।

''अरे, कुछ नहीं होगा।'' कहते हुए सुबोध ने चुनमुन को गोदी में उठाया और हवा में उछाल दिया।

और चुनमुन की किलकारी से श्वेता का घर-आँगन गूँज उठा।

□

शाप-मुक्त

सड़क के अंतिम छोर पर बना लाल-लाल ईंटों का वह बड़ा सा हवेलीनुमा आधुनिक बँगला राहगीरों के आकर्षण का केंद्र था। जहाँ आस-पड़ोस में औसत दर्जे के मध्यम वर्गीय गृहस्थों के घर बने हुए थे वहीं छह मकानों की जगह में बनी वह कोठी बगीचों से हरी-भरी एवं रंगीन फव्वारों और खूबसूरत कमलों से घिरे तालाब से सज्जित थी।

ऊँचे-तगड़े एल्सेशियन कुत्तों का जोड़ा, सफेद पॉमेलियनों की जोड़ी, फाटक के बाहर बैठा दरबान, यह सब हम मध्यम वर्गीय मुहल्ले के बच्चों के लिए उत्सुकता का केंद्र था। आते-जाते बच्चे फाटक की दरार से अंदर झाँकते और कुत्तों की भौं-भौं के साथ दरबान को आता देख भाग खड़े होते। वैसे यह बच्चों का प्रिय खेल था। अतः इस खेल की पुनरावृत्ति दिन में कई बार होती। कभी-कभार किसी कार के आते-जाते कोठी के विशाल लौह-पट्ट खुलते तो भीतरी मोहक सज्जा देख राहगीरों के नेत्र जुड़ा जाते। यों तो देहरादून जैसे शहर में अन्य विशाल कोठी-बँगले भी थे, परंतु ऐसी नयनाभिराम सज्जा नहीं थी। वैसे भी पुराने मोहल्ले और लंबे से पतले पुराने बाजार को पार कर यह छोटी सी कॉलोनी बनी थी, अतः विकसित नहीं हो पाई; परंतु इसकी विशेषता यह थी कि यहाँ से मसूरी की पहाड़ियाँ स्पष्ट दिखाई देती थीं।

कोठीवालों से अभी तक किसी का मेल-मिलाप न होने के कारण रहस्यात्मकता बरकरार थी, शायद हम मोहल्लेवालों से उनका स्तर भिन्न था और कहीं ऊँचा भी, यही कारण रहा हो कि परिचय अपरिचय ही बना रहा।

पुरुष वर्ग सब नौकरी-पेशा थे, प्रातः के गए सायं आकर काम-धंधे से थके-हारे से लगते। वैसे किसी परिचय के मोहताज नहीं थे। बाल और किशोर वर्ग विद्यालयों-महाविद्यालयों में व्यस्त। शेष बचीं महिलाएँ, जो सभी गृहस्थिनें थीं।

घरेलू कार्यों के पश्चात् उनका मनोरंजन आस-पड़ोस में बैठकर चर्चा में होता था। दिन-प्रतिदिन की गोष्ठी में कोठीवालों की चर्चा चलती। सभी कोई-न-कोई उनसे संबंधित खोज-खबर लाने का असफल प्रयत्न करतीं।

कोठी में नौकर-चाकर सभी उनके अपने थे, अतः महरी और महाराजिनों से प्राप्त होनेवाला यह सूत्र भी महिलाओं के हाथ से बरबस निकल गया था। ऊँची चारदीवारी एवं ऊँचे फाटक के कारण भीतर भी ताकाझाँकी हो नहीं सकती थी, अतः कोठी के पड़ोस में बसे वकील साहब ने अपनी पत्नी की इसी परेशानी को मद्देनजर रख ऊपर दो मंजिले पर कमरा बनवाया और फिर महिला गोष्ठियाँ दोपहर को वहीं जमतीं; परंतु दुर्भाग्य यह रहा कि कोठी की अटपटी बनावट के कारण घर की पिछली दीवारें ही दिख पातीं या फिर घर के सेवक, बाग-बगीचे और उसमें झूमती डालियों से गुलाब।

खैर, एक दिन सभी ने एकमत से उन कोठीवालों को अभिमानी, असभ्य घोषित कर सभा विसर्जित की; परंतु उसके दूसरे दिन ही उनका भ्रम टूटा जब रविवार की प्रातः नौकरानी के संग एक खूबसूरत गोल चेहरेवाली गोरी, तन्वंगी, लंबी दो चोटियाँ किए हुए एक किशोरी तथा उसका हाथ पकड़े आठ-नौ बरस की एक खूबसूरत नायलॉन का झालरदार फ्रॉक पहने जूते-मोजे से सज्जित कटे बालोंवाली बालिका आस-पास के घरों में अपने गृह में होनेवाले धार्मिक अनुष्ठान का निमंत्रण देने स्वयं निकलीं तो सरल प्रतिवेशी कृतज्ञता से दोहरे हो गए।

हमारे घर जब यह निमंत्रण-मंडली पहुँची तो हम सभी भागकर भीतरी कक्ष में छिपे परदों की दरारों से उस खूबसूरत जोड़ी की सज्जा निहारने लगे। माँ ने हमें बुला हमारा परिचय डॉ. शर्मा की उन दोनों बेटियों से कराया। यही परिचय हमारा कुसुम दीदी और कुमकुम से हुआ। उस धार्मिक अनुष्ठान में सभी पड़ोसी इकट्ठा हुए और गृहस्वामी एवं गृहस्वामिनी की विनम्रता एवं उनके आचार-व्यवहार से प्रभावित हो वापस आए। इस अनुष्ठान के पश्चात् परिचय-सूत्र तो बढ़ा, परंतु मित्रता इतनी नहीं बढ़ पाई जितनी कि अन्य सभी में परस्पर थी। कारण, उनका स्तर वास्तव में हम सबसे भिन्न था। उनका उठना-बैठना शहर के गण्यमान्य व्यक्तियों से था। वह एक प्रतिष्ठित अनुभवी डॉक्टर थे, जो विदेशों में रहकर प्रचुर धन अर्जित कर यहाँ बस रहे थे। उनका क्लीनिक शहर के बीचोबीच अत्याधुनिक उपकरणों से सज्जित अभी तैयार हो रहा था। डॉ. शर्मा कहीं पूर्वी उत्तर प्रदेश के रहनेवाले थे। विदेश में कई बरसों से थे। उससे पूर्व रेलवे में डॉक्टर थे। वहीं से नाइजीरिया गए। दक्षिणी अफ्रीका, यूरोप आदि स्थानों पर रहे। वहीं से एक बार

अपनी बड़ी पुत्री और पुत्र को देहरादून के प्रसिद्ध विद्यालयों में प्रवेश दिलाने लाए, तभी से इस घाटी की सुंदरता ने उन्हें मोह लिया और उन्होंने यहीं बसने का विचार बना लिया। उनके दो पुत्र एवं दो पुत्रियाँ थीं। पुत्रियों से तो हमारा परिचय हो ही गया था, पुत्र दोनों पुत्रियों के मध्य में थे। वह अभी छात्रावास में ही रहते थे।

डॉ. शर्मा की कोठी का नाम 'कुसुमालय' था, जो संभवत: कुसुम दीदी के नाम पर ही रखा गया था। लगता था, वह अपने पिता की अति दुलारी थीं। महिलाओं की अल्प जानकारी के अनुसार यह सभी कुछ कुसुम दीदी के जन्म के पश्चात् ही डॉ. शर्मा का भाग्योदय हुआ है। डॉ. शर्मा की क्लीनिक प्रारंभ हो चुकी थी। उनकी शोहरत दूर-दूर तक फैल गई थी। उनकी सहृदयता के चर्चे गरीब एवं जरूरतमंदों की जिह्वा पर थे। रात-आधी रात वह कभी भी किसी भी मरीज को देखने जाने में परहेज नहीं करते थे। हमारे परिवार से डॉ. शर्मा के परिवार के प्रगाढ़ संबंध अनायास ही बन गए। कारण यह कि शायद हमारे परिवारों की रुचियाँ समान थीं। मेरे संगीतज्ञ गुरु और मेरी बहन के कत्थक नृत्य गुरु एक ही थे। उनके दोनों पुत्र जब भी छात्रावास से आते, मेरे दोनों भाइयों को बुला भेजते। टेबल टेनिस, बैडमिंटन खेलते। वे लोग हमउम्र थे। मम्मी का आना-जाना भी वहाँ बढ़ गया था। अत: मुझसे पाँच वर्ष बड़ी कुसुम दीदी भी मेरी अंतरंग सखी के समान हो गई थीं।

परंतु मोम की गुड़िया-सी नाजुक, मधुर कंठ की स्वामिनी, कुशाग्र बुद्धि, विनम्र कुसुम दीदी को सभी प्रतिवेशी पसंद करते। वह सभी के हृदय की स्वामिनी थीं। अपने माता-पिता, भाई-बहनों की लाडली और अनुज भाइयों एवं अनुजा की आदर्श थीं। बी.एस-सी. की परीक्षा उत्तीर्ण कर जब एम.एस-सी. फिजिक्स में प्रविष्ट हुईं तो मेरे प्रोफेसर पिता की विद्यार्थिनी बन प्राय: ही आने-जाने लगीं। मेरे पिता के अनुसार, उन जैसी मेधावी छात्रा उनके अध्यापन काल में अभी तक नहीं आई थीं।

कुसुम दीदी की साज-सज्जा लेटेस्ट होते हुए भी सौम्य होती थी। नए-से-नए परिधान सबसे पहले उनके तन पर दृष्ट होते। अनेक गुणों से संपन्न कुसुम दीदी भजन-गीतों से तो सबको मोहती ही थीं, कढ़ाई-सिलाई-बुनाई और गृह कार्यों में भी उन्हें दैव-प्रदत्त प्रतिभा प्राप्त थी। जन्माष्टमी की सुंदर झाँकी सजती, रक्षाबंधन पर हफ्तों पूर्व से रेशम की कलात्मक राखियाँ बनातीं। प्रत्येक त्योहार पारंपरिक ढंग से उनके घर मनाया जाता। पाश्चात्य एवं पूर्व का संगम था 'कुसुमालय', एक ओर साहबी रंग-ढंग तो दूसरी ओर नितांत संस्कारी। तीज पर उनके बागों में

झूले पड़ते, स्नेही भाई फूलों से झूलों की सजावट करते। तीज पर झूले पर बैठ पींग बढ़ाती वे जब गातीं—

'कच्ची नीम की निमोली सावन जल्दी अइयो रे,
बाबुल दूर मत ब्याहियो अम्मा नहीं बुलाएँगी।'

तो हम सब किशोरियाँ इस कल्पना मात्र से ही सिहर उठतीं। परंतु तब क्या ज्ञात था कि एक दिन ऐसा भी आएगा कि बाबुल के निकट ब्याहने पर भी और अम्मा के बारंबार बुलावों पर भी कुसुम दीदी अपने बाबुल से इतनी दूर हो जाएँगी कि वह उनकी एक झलक को भी तरस जाएँगे।

कुसुम दीदी का प्राणप्रिय पीहर उनके लिए मृग-मरीचिका बन जाएगा और वह रेगिस्तान की हिरणी-सी प्यासी तड़पती रह जाएँगी। क्या कोई कल्पना कर सकता था कि पास के मोहल्ले में बसी कुसुम दीदी की ससुराल उनके माँ-बाप, भाई-बहनों के लिए काला पानी से भी दूरस्थ हो जाएगी।

कुसुम दीदी का ब्याह किसी राज्य की राजकुमारी जैसा हुआ था। उनके घर के विवाह भोज, मेवा-मिष्टान्नों का स्वाद बरसों तक अतिथियों की जिह्वा पर रहा। कुसुम दीदी-सी परी सरीखी दुलहन झीना घूँघट डाले जब बारातियों के सम्मुख आईं तो बाराती पलकें झपकाना भूल गए। वैसे भी डॉ. शर्मा के दरवाजे का आतिथ्य स्वीकार कर वे सब अपने को धन्य मान रहे थे।

कुसुम दीदी जब ब्याह योग्य हुईं तो डॉक्टर चाचा-चाची ने अनेक रिश्ते ठुकराए। कभी वर अच्छा नहीं तो कभी घर उनके अनुरूप नहीं; कभी ससुराल दूर शहर में थी तो कहीं भाई-बहनों की फौज अधिक। न जाने उनके दिल में किस प्रकार के समधियाने एवं जमाई की छवि अंकित थी। लगता है, उन्होंने लखनऊ मेडिकल कॉलेज में पढ़नेवाले शेखर शुक्ला को अपना दामाद बनाने का फैसला तभी से कर लिया था जब एक समारोह के सिलसिले में वह मेडिकल कॉलेज में मुख्य अतिथि के रूप में गए और शेखर भैया से मिले। कालांतर में यह जानकर कि वह देहरादून के ही हैं तो डॉ. शर्मा ने उनसे परिचय बढ़ाया और उनके घर कुसुम दीदी का रिश्ता भेज दिया। केमेस्ट्री के हेड डॉ. शुक्ला के संयुक्त परिवार में जब यह रिश्ता पहुँचा तो गृहवधुएँ चकित रह गईं। वैसे भी पुराने मोहल्ले में बना बड़ा सा पुराना तिमंजिला मकान और कहाँ वह 'कुसुमालय' तथा उसमें रहनेवाले लोग। यह रिश्ता उनके लिए किसी भी आश्चर्य से कम नहीं था। कारण! शुक्लाजी का परिवार अति संस्कारी, प्रसिद्ध एवं ऊँची साखवाला होते हुए भी रूढ़िवादिता से

ओत-प्रोत था। तीन पीढ़ियों से हरिद्वार में पुरोहिताई होती थी। प्रो. शुक्लाजी के पचहत्तर वर्षीय पिताश्री ज्योतिषाचार्य, आयुर्वेदाचार्य थे। उनकी ख्याति दूर-दूर तक थी। डॉ. शुक्ला का चार भाइयों का संयुक्त परिवार था। पिता के कठोर अनुशासन में बँधी गृह की शिक्षित बहुएँ घूँघटों में कैद रहतीं। घर में छह पुत्रियाँ और मात्र दो पुत्र थे। एक प्रो. शुक्ला का, दूसरा उनके सबसे छोटे भाई का। शेखर भैया जब डॉक्टर बने तो रिश्तों की लाइन लग गई; परंतु यह रिश्ता देख जहाँ गृहवधुएँ एवं कन्याएँ लट्टू हो गई थीं वहीं पुरुष वर्ग ऊपर से निस्संदेह, निर्विकार एवं तटस्थ रहने का प्रयत्न कर रहे थे; जबकि दिल तो उनका भी बल्लियों उछल रहा था। परंतु पिताजी की देख-रेख में खानदान, कुल-गोत्र देखे गए; क्योंकि शुक्ला परिवार को अपने खानदान की खाँटी रक्त पर अभिमान था। सभी वैवाहिक आचार-विचार-व्यवहार की वार्त्ताएँ सुचारु रूप से हुईं और विवाह की तिथि तय हो गई तो जन-साधारण में ऐसे अटपटे संबंध को देख तहलका सा मच गया।

दोनों परिवारों में जमीन-आसमान का अंतर। कहाँ महल-सा 'कुसुमालय' और उसकी आधुनिका मोम की गुड़िया-सी स्वच्छंद कुसुम दीदी और कहाँ गली-मोहल्ले के संयुक्त परिवार व पितामह के अनुशासन में जकड़े डॉ. शेखर भैया और उनका 'शुक्ला सदन'। कहाँ डॉ. शर्मा का साहबी ढंग का रहन-सहन और कहाँ शुक्ला परिवार की पुरातनपंथी संस्कारों से शुद्ध गृह व्यवस्था, जहाँ दिन का भोजन भी चौके में ही किया जाता।

परंतु यह सत्य था कि शेखर भैया के खूबसूरत व्यक्तित्व, नम्र स्वभाव और योग्यता को देख डॉक्टर चाचा प्रभावित हुए और उन्होंने अपनी क्लीनिक के उत्तराधिकार के लिए आखिर हीरा ढूँढ़ ही लिया। क्योंकि उनके दोनों पुत्रों का डॉक्टरी में जाने का कोई इरादा नहीं था। शुक्ला परिजन भी जानते थे कि यहाँ विवाह हो जाएगा तो छह-छह पुत्रियाँ ब्याहने का घाटा अवश्य ही पूर्ण हो जाएगा।

यों तो यह सामान्य रूप से तय किया विवाह था, परंतु यह कम लोग ही जानते थे कि शेखर भैया एवं कुसुम दीदी परस्पर एक-दूसरे की ओर आकर्षित थे। उस युग के हिसाब से कुछ प्रेमपत्रों का आदान-प्रदान एवं छोटे भाई-बहनों के सहयोग से चोरी-छिपे तीन-चार मुलाकातें भी हो चुकी थीं। हो सकता है कि डॉक्टर चाचा इस आकर्षण को जानते हों, अतः यह रिश्ता तय किया हो। 'शुक्ला सदन' दहेज से भर गया। नववधू नई चमचमाती गाड़ी से उतरी तो गली-मोहल्ले की स्त्रियाँ मोटरवाली बहू की झलक देखने को बेताब हो गईं। संभवतया उनकी गली में कारवाली बहू सर्वप्रथम आई थी, अतः गली छोटी पड़ी जा रही थी।

स्वयं शेखर भैया की दादी ने कहा, ''घर का कोना-कोना नई बहुरिया ने भर दिया। बहुरिया के रूप की उजास से तो चाँदनी भी शरमा जाए।''

कई रोज तक ब्याह के चर्चे चले और फिर महिलाएँ आगामी खटपट, हंगामे सुनने की आकांक्षा लिये रहीं; परंतु ऐसा कुछ नहीं हुआ। पर जो हुआ वह भी तो मोहल्लेवाले सुनने को तैयार कहाँ थे।

कुसुम दीदी संयुक्त परिवार के ढाँचे में ऐसी ढलीं कि स्वयं उनके माता-पिता को भी विश्वास नहीं हुआ। सभी की चहेती बहू, देवर-ननदों-ननदोइयों की प्रिय भाभी ने जब आपने मिसरी घुले कंठ से रात-दिन भजन, श्लोक सुना कठोर पितामह को भी वश में कर लिया तो घर की पुरातन अनुशासन की डोर स्वयं ही ढीली हो गई और एक दिन पितामह ने घर के आँगन में खड़े हो यह ऐलान कर दिया कि मेरी पढ़ी-लिखी बहू डॉक्टरेट करेगी और लेक्चरर बनेगी। ऐसा ही हुआ। सौम्यता से सजी-धजी रिक्शे में बैठकर कुसुम दीदी कॉलेज जाने लगीं तो मोहल्ले में धमाका ही हो गया। पर यह बात सच थी कि 'शुक्ला सदन' की बहुरिया सभी को प्रिय थी।

शेखर भैया पूर्ववत् योजना के अनुसार डॉक्टर चाचा की क्लीनिक में बैठ यश और धन बटोरने लगे। डॉक्टर चाचा निश्चिंत हो उठे। उनके दोनों बेटे सुयोग्य इंजीनियर बन अमेरिका जा बसे थे। शादी-ब्याह हो गया था। साल में एक बार आते तो घर भर उठता। वैसे भी अभी कुमकुम का ब्याह हुआ नहीं था। कुसुम दीदी पहलौठी का बेटा जन गौरव प्राप्त कर चुकी थीं, तत्पश्चात् एक लक्ष्मी-सी बिटिया भी हो गई। 'शुक्ला सदन' के खिलौने यदा-कदा 'कुसुमालय' भी गुलजार करते रहते। इसी बीच मेरी भी गृहस्थी बस गई। विवाह के पश्चात् जब भी मायके आती तो 'कुसुमालय' एवं 'शुक्ला सदन' अवश्य जाती। बीच में कुछ ऐसा सुयोग बना कि बच्चों की पढ़ाई-लिखाई, हारी-बीमारी के कारण इधर डेढ़ वर्ष जाना नहीं हुआ। छोटी बहन का ब्याह तय होते ही विवाह से काफी दिन पूर्व ही पहुँच गई। भाइयों के विवाह हो चुके थे। घर की आखिरी शादी थी। मेहमान भी अधिक थे। थोड़ी फुरसत पाकर जब कार्ड बाँटने निकली तो सर्वप्रथम 'कुसुमालय' ही गई। मालूम हुआ कि कुमकुम का विवाह भी उसी तारीख का था। डॉक्टर चाचा-चाची काफी बुझे-बुझे से दिखे। घर में विशेष रौनक नहीं थी। यों तो घर मेहमानों से भरा था। साज-सजावट भरपूर थी, फिर भी फीकापन था। कुसुम दीदी का कहीं पता-अता नहीं। कुमकुम से पूछा तो उसकी आँखें भर आईं। किसी आशंका से भर घर वापस आई तो माँ ने ही बताया, ''न जाने कारण क्या है। एक बरस से दोनों

घरों में आना-जाना बंद है। बुढ़ऊ की इत्ती उमर हो गई, न जाने क्या अमरौती खाकर आए हैं कि अभी तक कढ़ियाल काठी बैठे हैं। सुना है, उन्हीं का फरमान हुआ है कि कुसुम दीदी मायके की ओर मुँह नहीं करेंगी।''

''अच्छा!'' अचरज से मेरी आँखें फैल गईं।

''उस घर में तो सभी दब्बू हैं। अब तो शेखर भी अपना लंबा-चौड़ा अस्पताल बनवा रहे हैं। डॉक्टर साहब की क्लीनिक में तो अब मनहूसियत ही टपकती है।'' माँ तो यह बताकर कार्य में लग गई। फिर मेरी हिम्मत कुसुम दीदी के घर कार्ड बाँटने जाने की नहीं हुई।

सुना, कुसुम दीदी के देवर का ब्याह भी हो गया है। वह भी डॉक्टर है। शेखर भैया के नर्सिंग होम में ही बैठता है। डॉक्टरनी बहू आ गई है। घर भी अलग बसा 'शुक्ला सदन' को अँगूठा दिखा दिया है। बेचारी कुसुम ही सीधी, संस्कारी और सुशील हैं, जो घर की एकता बनाए हैं। शेखर हैं महादब्बू और अकृतज्ञ। अपने सास-ससुर के सम्मान की रक्षा भी नहीं कर सके। यही सब परिचितों का एकमत था। जिस 'कुसुमालय' से उन्हें प्रतिष्ठा मिली उसी से मुख मोड़ लिया।

कुसुम दीदी ब्याह में बस थोड़ी देर के लिए ही आईं। सबकी नजर बचा हमारे घर की छत पर चढ़ दूसरी ओर से आती कुमकुम की बारात को छिप-छिपकर देखती घुटती रहीं। शेखर भैया और उनके परिवारवालों ने जब वापस जाने की गुहार लगाई तो झटपट उतर आईं।

मैं तो ब्याह के पश्चात् वापस अपनी गृहस्थी में मगन हो गई। माँ के विस्तृत पत्रों से मोहल्लेवालों, नाते-रिश्ते, परिचितों के समाचार मिलते रहते। कुसुम दीदी का वृत्तांत अवश्य होता। डॉ. शेखर का नर्सिंग होम खूब चमक रहा है। धन दोनों हाथों से बटोरा जा रहा है। कुसुम दीदी ने नौकरी छोड़ दी है। कुसुम बहुत कमजोर हो गई हैं। बुढ़ऊ और घर के अन्य सदस्यों पर धन व वैभव की परतें चढ़ गई हैं, वगैरह-वगैरह।

यह सच ही था। बीच में एक-दो बार मैं देहरादून गई तो कुसुम दीदी से मिलना हुआ। देखकर लगा, कुसुम दीदी के स्वर कहीं खो गए, उनकी तूलिका कहीं टूट गई। उनके समस्त गुण घर के बुजुर्गों की सेवा-शुश्रूषा एवं ब्याही ननदों के जापों, छोछक, आने-जाने एवं उनकी खातिरदारी में ही सिमटकर रह गए थे। शेखर भैया को लगता है, पैसा कमाने का नशा-सा चढ़ गया था। व्यस्त रहते थे, पत्नी के मर्म को पहचान नहीं रहे थे या फिर पहचानकर भी अनजान बने हुए थे।

समय तो आगे ही बढ़ता जाता है, कभी ठहरता नहीं। यही तो हुआ, कुछ

वर्ष जिंदगी को छूकर निकल गए। जब तक माँ-बाप थे तब तक देहरादून भी आना-जाना लगा रहता था। अब वह भी नहीं रहे। पुराना मकान भी बिक गया। दोनों भाई मुंबई, कोलकाता और छोटी बहन दिल्ली में ही बस गए थे। मेरे पति की नौकरी उत्तर प्रदेश सरकार की थी। पल-पल के स्थानांतरणों ने यायावर बना दिया था। यदा-कदा देहरादून के समाचार पुराने संपर्कों से मिल जाते। पिछले दिनों सुना अट्ठानबे बरस में अनेक कष्ट भोगकर कुसुम दीदी के ददिया ससुर चले गए। कुसुम दीदी का बेटा इंजीनियर बन गया और उनकी बेटी का विवाह भी अच्छे घराने में हो गया। चलो, अच्छा हुआ। उन्हें अपनी सेवा एवं कर्तव्य-निष्ठा का प्रचुर फल प्राप्त हो गया।

परंतु डॉक्टर चाचा एवं चाची ने आखिर क्या गुनाह किया है, जो कुसुम दीदी का परिवार उनसे विमुख हो गया? और इस प्रश्न का उत्तर आखिर मुझे मिल ही गया।

कुछ ऐसा सुयोग बना कि चार वर्ष के बाद देहरादून जाना हुआ। मेरे बड़े पुत्र का चुनाव एन.डी.ए. में हुआ। उसको एकेडमी में छोड़ने के लिए जब गई तो एक हफ्ता तो बेटे के संग ही व्यस्त रही। जब अवकाश मिला तो ड्राइवर को निर्देश दे अपना पुराना शहर घूमने निकल पड़ी। अपने स्कूल, कॉलेज, बाजार से होते हुए अनायास ही गाड़ी मैंने अपने चिर-परिचित मोहल्ले की ओर मोड़ने का निर्देश ड्राइवर को दे दिया। वैसे तो पूरा शहर ही बदला-बदला सा लगा, परंतु मेरे मायके की सड़क तो अपरिचित सी हो उठी थी। पुराने मकान तोड़ बड़ी-बड़ी बिल्डिंगें बन गई थीं। स्वयं हमारा घर भी जिसने खरीदा था उसने चार मंजिली अट्टालिका बना ली थी; लेकिन डॉ. शर्मा की कोठी वैसी ही आकर्षक और अपनत्वपूर्ण थी। सहसा न जाने ऐसा प्रतीत हुआ कि पिछले कुछ वर्षों से बेरौनक हुई डॉक्टर चाचा की हवेली पुनः गुलजार हो गई है। जहाँ कुछ पुराने घर उघड़े-उघड़े से थे वहीं उनकी कोठी चमचमाते रंग-रोगन से सज्जित थी। सोचा, कहीं किसी और ने तो नहीं खरीद ली; लेकिन 'कुसुमालय' तो वैसा ही संगमरमर के पत्थर पर खुदा हुआ था। लगता था, उनके बेटे अमेरिका से वापस आ गए हों। परंतु सुखद आश्चर्य!

घर का गेट खोल कुसुम दीदी एवं शेखर भैया बाहर आ रहे थे। दोनों कितने प्रसन्न लग रहे थे। तो क्या आपसी सुलह हो गई? दादाजी के स्वर्गवास के पश्चात् लगता है, गृह व्यवस्था बदल गई; लेकिन कहीं ऐसा तो नहीं कि चाचा-चाची न रहे हों और जैसा कि लोगों का कहना था कि झगड़ा 'कुसुमालय' हथियाने का है, तो कहीं वही तो सत्य नहीं हो गया?

'कुसुमालय' देखकर किशोरावस्था की स्मृतियों ने नेत्र तरल कर दिए और मन नहीं माना तो दूसरे दिन वापस जाने का कार्यक्रम स्थगित कर 'शुक्ला सदन' पहुँच ही गई।

यह क्या वही 'शुक्ला सदन' है ? यह तो आद्योपांत ही बदल गया। आधुनिक विशाल भवन में परिवर्तित हो गया है। दो मिनट ठिठकी खड़ी थी कि आवाज सुन चौंकी। "आपको किससे मिलना है।" सामने की खिड़की से आवाज आई।

ऊपर दृष्टि की ही थी कि "अरे सुजाता, तू! कितने बरस बाद याद आई तुझे!"

चहकती-खिलती कुसुम दीदी अपने आधुनिक सुसज्जित ड्राइंगरूम में ले गईं। चारों ओर उनके नवविवाहित पुत्री-दामाद के रंगीन चित्रों से दीवारें पटी पड़ी थीं। घर की खुशहाली ही बता रही थी कि कुसुम दीदी तन-मन-धन तीनों से ही तृप्त हैं।

परंतु मैं तो जिस मकसद से आई थी उसे तो अवश्य ही पूर्ण करूँगी। न जाने कितने प्रश्न मेरी कौतूहल जिह्वा पर आकर ठहर गए थे। कुसुम दीदी ने खाने-पीने का भव्य प्रबंध कर लिया। घर में शांति सी थी।

फुरसत में बैठी तो प्रश्न जिह्वा से बाहर निकल ही आए, "कुसुम दीदी, आज इतने वर्ष पश्चात् आपको जब 'कुसुमालय' से निकलते देखा तो अनेक प्रश्न आपसे पूछने को जी चाह रहा है। दीदी, कृपया आप मेरे प्रश्नों का ईमानदारीपूर्वक प्रत्युत्तर अवश्य दें।"

"बोल, क्या पूछना चाहती है तू ?"

"प्रश्न वही है दीदी, जो आपने अनेक नेत्रों में उमड़ते देखे होंगे। उस रहस्य का उद्घाटन कर दीजिए जो अनेक वर्षों से जन-साधारण के लिए कौतूहल का विषय बना रहा है। सच बताइए दीदी, आपका प्राणप्रिय मायका इतने बरस आपसे क्यों छूटा रहा और अब पुनः 'कुसुमालय' की ओर आपका रुख कैसे हो गया ?"

मैंने दीदी के दोनों हाथ थाम लिये। दीदी दो मिनट मौन रहीं, फिर हँसकर बोलीं, "जानती हूँ, सुजाता! तू सुने बिना यहाँ से टलेगी नहीं। आजकल की सामाजिक पत्रिकाओं में तेरी रोचक कहानियाँ खूब पढ़कर सराह रही हूँ। बड़ी लेखिका बन रही है। कहीं मेरे पर ही तो नहीं कोई कथा-वस्तु तैयार कर ली है।"

"हाँ-हाँ, क्यों नहीं! तुम किसी कथा नायिका से कम तो नहीं हो!"

"तो सुन, जो कोई नहीं जानता वही मैं तुझे सुनाऊँगी। जानती हूँ, तू ईमानदारी से सुनेगी—विवाह के पश्चात् ससुराल में मायके से विपरीत वातावरण होते हुए भी

मैं ससुराल में सबकी लाडली, प्यारी बनी रही। रेनू और रजत दोनों ही घरों के दुलारे थे। मम्मी-पापा के प्राण उनमें बसते थे तो यहाँ भी उनकी किलकारी सुने बिना किसी का सवेरा नहीं होता था। दस वर्ष किस प्रकार उड़ गए आभास ही नहीं हुआ। घर की सभी बेटियाँ ब्याही जा चुकी थीं। एकमात्र देवर शरद डॉक्टर बना तो लड़कीवाले घर की दहलीज से सटकर बैठ गए। दिन-रात कुंडलियों का मिलान होता। दादाजी की शर्त थी ऊँचा खानदान, शुद्ध ब्राह्मण रक्त और शरद की शर्त थी डॉक्टर पत्नी। सबकुछ ठीक-ठाक कर दिल्ली की ही एक युवा सुंदर, डॉक्टर अच्छे खानदान की कन्या से विवाह तय हुआ। सगाई भी हो चुकी थी। विवाह में एक माह शेष था कि तभी एक हादसा हो गया। शरद की होनेवाली पत्नी राशी की छोटी बहन राखी, जो अभी केवल बारहवीं कक्षा में ही पढ़ती थी, उसने घर से भाग क्रिश्चियन बन एक क्रिश्चियन लड़के से विवाह कर लिया।

''माता-पिता बेचारे क्या करते। बेटी-दामाद को स्वीकारने के अतिरिक्त उनके पास चारा ही क्या था। वैसे भी उस ईसाई परिवार से उनके घरेलू संबंध थे और वह लड़का भी कुछ अच्छी जगह था यही गनीमत थी; परंतु छोटी बहन की बेवकूफी ने बड़ी बहन का तो क्या अनर्थ किया, पर सबसे बड़ा अनर्थ मेरा ही हो गया।

''हुआ यों कि जब समाचार दादाजी के पास उड़ता-उड़ता पहुँचा तो वह भड़क उठे और रिश्ता तोड़ने का एलान कर दिया। फिर राशी के बौखलाए माता-पिता दौड़े-दौड़े देहरादून आए। पितामह के कक्ष में जब वह याचना करने पहुँचे तो सौभाग्य कहो या दुर्भाग्य, उनके कक्ष में उन लोगों के अतिरिक्त तुम्हारे शेखर भैया और मेरे सास-ससुर ही थे। दादाजी ने गरजदार आवाज में कहा, ''ऐसे खानदान से हमारा कोई वास्ता नहीं, जहाँ ईसाई, म्लेच्छ संग बैठकर खाएँ-पिएँ।'' और भी न जाने क्या-क्या उन लोगों को दादाजी सुनाते रहे अपने शुद्ध खानदान के विषय में, और उन्हें अपमानित करते रहे।

''राशी के विनम्र पिता सिर झुकाए रहे, पर माँ क्रुद्ध सिंहनी-सी बिफर पड़ी, 'आप हमें न जाने क्या-क्या कह रहे हैं। आपके घर तो स्वयं ही वर्णसंकर संतानें पल रही हैं। हमारा छोटा जँवाई तो ईसाई ही सही, कम-से-कम उसके विषय में हमें ज्ञान तो है और आपकी पौत्र-वधू, उसके विषय में जानते हैं? क्या जानते हैं आप? नहीं जानते कि यह डॉ. शर्मा की अपनी संतान है ही नहीं। न जाने कहाँ से उठाकर लाए और अर्ध-विक्षिप्त पत्नी की गोद में डाल दिया, हो सकता है, कोई यवन दुहिता ही हो।'

''उनके पति उन्हें चुप कराते रहे, परंतु सुजाता, वह कन्या के माता-पिता

अवश्य थे तो क्या दादाजी के अपमानजनक अपशब्द खून का घूँट पीकर सुन जाते। दादाजी और हम सब सकते में आ गए। पूरे कमरे में सन्नाटा छा गया। दस मिनट के पश्चात् दादाजी की आवाज गूँजी, मानो अंधकूप से आ रही हो, ''ठीक है। हमें दो दिन की मोहलत दीजिए, हम पड़ताल करेंगे। यदि आपकी बात में सत्यता है तो हम उसी तारीख पर बारात लेकर आएँगे जो तारीख तय है।''

''उसके पश्चात् तुम सोच ही सकती हो कि मेरी क्या स्थिति हुई होगी। घर के अन्य सदस्य हैरान-परेशान कि अनायास ही यह क्या हो गया कि दादाजी ने मौन धारण कर लिया। एक दिन पश्चात् पापा-मम्मी को बुलवा भेजा। वह कुमकुम के रिश्ते की बात करने लखनऊ गए हुए थे। सूचना मिलते ही सदैव की तरह फल-फूल, मिष्टान्नों से लदे-फँदे आए।

''परंतु यह क्या! उन्हें बाहरी बैठक में ही रोक लिया गया। मेरे सास-ससुर, शेखर, दादीजी एवं मुझे भीतर बुला कमरा बंद कर लिया गया। अनेक उत्सुक निगाहें बाहर थीं, पर मजाल क्या कि कोई दरवाजे के आस-पास भी नजर आ जाए। दादाजी का उसूल था कि जिसके संबंध में वार्त्ता हो वही उपस्थित हो। पापा से जो सीधा प्रश्न उन्होंने किया तो मम्मी-पापा की दयनीय स्थिति की कल्पना भी तुम नहीं कर सकती हो।'' कुसुम दीदी का गला रुँध गया।

''दीदी!'' मैंने दीदी के हाथों को हलका सा दबाया।

''फिर पापा-मम्मी ने जो सत्य बताया उसके लिए तो कोई भी प्रस्तुत नहीं था।

''पापा रेलवे में डॉक्टर थे। पश्चिम बंगाल के एक वीरान छोटे से कस्बे में रेलवे लाइन पड़ रही थी। वहीं पापा की पोस्टिंग थी। छह-सात रेलवे के क्वार्टर थे। छोटा सा अस्पताल, पापा के अधीनस्थ राशी के पिता थे। रिश्वत का पैसा खाकर पकड़े गए थे। सस्पेंड होते-होते बचे। पापा ने उनकी भरपूर सहायता की। पापा मम्मी को बहुत मानते थे। बरसात के मौसम में बंगाल की नदियाँ उफान पर थीं। पापा थे एकमात्र डॉक्टर, आस-पास मलेरिया की विभीषिका फैली हुई थी। पापा कंपाउंडर साथ में लेकर छोटी-छोटी नावों पर बैठकर ग्राम-ग्राम जा इलाज कर रहे थे।

''आस-पास के क्वार्टर खाली हो गए थे। राशी के पिता भी छुट्टी लेकर अपनी नवविवाहिता को अपने घर छोड़ने जानेवाले थे। दो दिन से पापा का पता नहीं था और उसकी आठ माह की बालिका इलाज के अभाव में मम्मी की गोद में दम तोड़ गई। मम्मी विक्षिप्त-सी उसे गोदी में लिये बैठी थीं। पापा का अता-पता

नहीं। चारों ओर जलमग्न धरती। केवल राशी के माता-पिता ही माँ के सहायक थे। दो दिन पश्चात् पापा जब घर में प्रविष्ट हुए तो उनकी गोद में आठ-नौ माह की एक कन्या थी, जो उन्हें बाढ़ में बहती हुई मिली थी। घर की मनहूसियत देख काँप गए। विक्षिप्त-सी पत्नी मृत बालिका को सीने से चिपकाए बैठी थी।

''पापा ने मम्मी की गोद से मृत बालिका को हटा उनकी गोद में वह कन्या डाल दी। डॉक्टर साहब की कन्या का नाम था कुसुम। वह मर चुकी थी और ईश्वर ने उनकी गोद में जो कन्या डाली उसे उन्होंने कुसुम मान लिया। मम्मी स्वस्थ हो गईं। उनकी इस स्थिति, इस घटना के राजदार थे केवल राशी के माता-पिता। वे भी दूसरे दिन चले गए और उसके पश्चात् पापा का उन लोगों से मिलना भी नहीं हुआ, क्योंकि पापा नौकरी छोड़ अफ्रीका के देशों में चले गए और जब वापस आए तो पुराने परिचय शेष ही हो चुके थे।

''राशी की मम्मी ने मुझे देखते, मेरा परिचय जानते ही समझ लिया था। वह चुप ही रहतीं, यदि उनके स्वाभिमान को कुचला नहीं जाता तो।

''राशी का विवाह वचन के अनुसार हमारे ही घर में हुआ; परंतु उसी दिन से दादाजी ने मेरा मायका, मेरे माता-पिता, भाई-बहन सभी से संबंध समाप्त करवा दिए। शेखर भी नाराज हो पापा की क्लीनिक से हट गए। सबका यही आरोप था कि उन्हें अँधेरे में रखा गया। पहले बता देना चाहिए था। तुम ही बताओ सुजाता क्या सबकुछ जानकर वह लोग मुझे ब्याहते। वही क्या? कहीं भी मेरे लिए श्वसुर कुल के दरवाजे बंद ही रहते।

''दादाजी ने उस दिन के पश्चात् मेरे हाथ का भोजन ही ग्रहण नहीं किया। वह लंबी तीर्थ यात्रा पर निकल गए शुद्ध होने। शरद भैया के ब्याह में भी उपस्थित नहीं थे। बाद में राशी की माँ ने मम्मी-पापा के पास जाकर बहुत क्षमा-याचना की, परंतु तीर तो हाथ से निकल ही चुका था। बस हमारे दादाजी के उसूलों का यह लाभ हुआ कि दोनों ही घर के सदस्यों के लिए यह रहस्य ही बना रहा, जिस कारण बातें बतंगड़ बनने से बच गईं। मेरे सम्मान की रक्षा हो गई।

''परंतु अपनों से दूर कैसे रहा जाता है, इस व्यथा को मैं समझा नहीं सकती। किस-किस प्रकार छिप-छिपकर मैंने अपने प्यारे भाइयों को राखियाँ बाँधी हैं, मैं ही जानती हूँ। पापा-मम्मी उस दिन के अस्वस्थ से रहने लगे। मैं जानती थी, परंतु असहाय थी। क्या करती, मेरे पति भी तो मेरे साथ नहीं थे। डरती थी कि ये लोग नाराज हो गए तो दोनों बच्चों को लेकर कहाँ जाऊँगी। बच्चे ननिहाल जाने को तरसते; परंतु वह क्या जानते थे कि दादाजी ने मुझे और मेरे माता-पिता को दुःखी

मन से श्राप दे दिया था कि हमारा धर्म भ्रष्ट करनेवाले, हमें धोखा देनेवाले कभी सुखी नहीं रहेंगे, एक-दूसरे के लिए तरस जाएँगे, सो तरस रहे थे सभी। मैंने नौकरी भी छोड़ दी। पी-एच.डी. अधूरी रह गई। मन की अवस्था तन पर भी हावी हो गई थी। आएदिन बीमार रहने लगी। शेखर धन-दौलत बटोरते रहे। मन के चिकित्सक तो नहीं थे न, बच्चे बड़े हो रहे थे, उनकी समस्याओं में व्यस्त होती रही। इसके बाद न जाने घर में क्या-क्या होता रहा, पहले दादीजी गईं। इस सबसे भी दादाजी उतना नहीं टूटे, टूटे तो तब जब तीन वर्ष में ही एक-एक कर चारों पुत्र अनायास ही हृदयाघात में चले गए। चार-चार अधेड़ पुत्रवधुएँ आँगन में निराभरण घूमतीं तो उनका हृदय छलनी हो जाता।

"शरद भी अपने परिवार के साथ विदेश जाकर बस गया। दादाजी बिस्तर से लग गए। चार वर्ष बिस्तर पर असहाय पड़े दादाजी बस मेरे ही आश्रित हो गए थे। अब उनकी सेवा का जिम्मा मेरा ही था। चाहकर भी उनके प्राण मन के पिंजरे में कैद थे। मेरे हाथ का बना भोजन अनुरोध कर बार-बार ग्रहण करते, हाथ पकड़ क्षमा-याचना करते रहते और जब एक दिन दोनों हाथों से मृत्यु का वरण करने को आकुल होते-होते थक गए तो पापा-मम्मी को बुला भेजा। रो-रोकर अन्याय के लिए क्षमा माँगते रहे। शेखर और मेरा हाथ पापा-मम्मी के हाथ में देकर वह मुझे शाप-मुक्त कर संतुष्ट हो स्वर्गवासी हो गए और 'कुसुमालय' फिर से आबाद हो गया।"

कुसुम दीदी के घर से आते समय मैं सोच रही थी कि कुसुम दीदी शाप-मुक्त हुईं या फिर वृद्ध पितामह गृह-लक्ष्मी का दिल दुखाने में, माता-पिता के ममत्व को चोट पहुँचाने और भाई बहनों के स्नेह की डोर काटने के अपराध में वह भी तो कहीं-न-कहीं जाने-अनजाने शापित हुए ही होंगे।

यह निर्णय मैं सुधी पाठकों पर छोड़ती हूँ कि शाप-मुक्त कौन हुआ ? कुसुम दीदी या अपने मृत आत्मीयों की याद में असहाय पड़े अपाहिज पल-पल मृत्यु की कामना करते वृद्ध पितामह। कौन ? आखिर कौन ?

□

नैहर का नेह

"यह किसकी चिट्ठी पढ़ रही हो, माँ?"

"तेरी नानी की चिट्ठी आई है। बहुत दिनों से लखनऊ नहीं गई न, सो लिखा है आने को।" मीरा ने चिट्ठी मोड़ते हुए कहा।

"पहले अच्छा था, तुम लोग छोटे-छोटे थे, महीना-महीना भर रहकर आती थी मायके। फिर स्कूलों में आए तब भी खैर ठीक ही रहा। महीना तो लगकर रह ही लेती थी। सच, थोड़े दिन तो घर-गृहस्थी के झंझटों से निवृत्त हो ही जाती थी। अब तो कॉलेजों, यूनिवर्सिटी में कोई समय ही नहीं रहा है परीक्षाओं का। एक की परीक्षा समाप्त हुई नहीं कि दूसरे की परीक्षा आधी-अधूरी बीच में ही अनिश्चित काल के लिए बंद। कोई कहीं जाए भी तो कैसे?"

"कहाँ माँ, तब भी तो जाने की तिथि तक तुम्हारा कार्यक्रम डाँवाँडोल हो जाता था। बुआ लोग आ जाती थीं। उनके जाने के बाद ही आपका नंबर आ पाता था। कभी-कभी कितना हंगामा हो जाता था। पापा चाहते थे, आप बुआ लोगों के साथ रहें, वह भी छुट्टियों में ही आ पाती थीं। आपका मुँह फूल जाता और वहाँ जाती तो भाभियाँ अपने मायके जाने को तैयार रहतीं और उनका मुँह फूल जाता। पर आपको आज तक समझ नहीं आता कि पापा कितना कहते रहे हैं कि गरमियों में किसी हिल स्टेशन पर हफ्ता भर रहकर तरोताजा हो आते हैं, परंतु नहीं, आपका तो हिल स्टेशन है लखनऊ और बुआ लोगों का है जयपुर।"

"अच्छा-अच्छा, चुप कर, बहुत बड़ी-बड़ी बातें करना सीख गई है।

"मुँह फूल जाता था, ऊँह! ऐसे मुँह फूलता तो हो जाता ससुराल में गुजारा, कैसे-कैसे दिन देखे हैं ससुराल में।" वह बड़बड़ाती रही और नंदनी हँसती हुई छत पर भाग गई।

नंदनी हँसी-हँसी में कितना कटु सत्य उजागर कर गई। सच में किसी ने सच

ही कहा है—बच्चों के पेट में दाढ़ी होती है। इनका निरीक्षण भी सूक्ष्म होता है। हर बात देखते-परखते हैं और फिर तराजू में तौलकर सटीक बात किस समय कही जाए, यह इस पीढ़ी को आता है।

मीरा चिट्ठी रखकर अपने बचपन में खो गई। जब वह भी तो नंदनी ही जितनी चंचल थी, शायद उससे भी कहीं अधिक चंचल व अल्हड़। जब भी ननिहाल जाने का समय आता, वह भी तो बहुत प्रसन्न होती थी। तीनों बहुओं का परिवार था, उसकी माँ बीच की थी। दादी का घर में शासन चलता। उनका हिसाब-किताब रहता कि कौन बहू कब आएगी। एक-एक बहू तीन-चार माह से पहले नहीं आती थी पीहर से। घर-गृहस्थी तब तक दूसरी बहुएँ देखतीं। कई बार तो बच्चों की यदि पढ़ाई-लिखाई है तो बच्चे भी घर में छोड़ दिए जाते ताई, चाची, दीदी के संरक्षण में। बहुएँ अपनी पीहर जाने की बारी की प्रतीक्षा करतीं। बेटियाँ भी आतीं तो उन्हें भी यह व्यवस्था मालूम रहती। कभी कोई भाभी न भी मिली तो नाराजगी नहीं रहती। वरन् भाभी से मिलने वह उनके पीहर हो आती। वहाँ वह हाथोहाथ ली जाती।

उसकी ताईजी का पीहर तो उसी शहर में था। वह चार माह पीहर रहतीं और बीच में वहीं से कभी-कभी ससुराल मिलने आतीं। कभी किसी के बच्चे किसी की ननिहाल हो आते। यह थी संयुक्त परिवारों की प्रथा। रिश्तों में मधुरता थी, बचपन सरल था। यह नहीं कि तब दुराव-छिपाव नहीं था, बहुत था; परंतु फिर भी एक आत्मीयता थी, एक मर्यादा थी और थे कुछ नियम, जिनके तहत ससुराल के नियम, कायदे-कानून में बँधी बहू-बेटियों को कुछ समय स्वतंत्रता व आराम मयस्सर हो जाता।

दीदी की मृत्यु हुई, दादाजी पहले ही गुजर चुके थे। धीरे-धीरे जमाने की हवा घर में घुस आई। ताई ने दादी जैसा शासन चलाना चाहा, वह माँ व चाची को रास नहीं आया। चाची प्रायः ही बीमार रहने लगीं, लिहाजा घर के काम-काज को लेकर आएदिन चख-चख होने लगी। मीरा के पिता की पदोन्नति हुई और उनका तबादला देहरादून हो गया। तब तक रिश्तों में इतनी कड़वाहट भर गई थी कि बच्चों को नए स्थान व परिवेश में पहुँचने का उत्साह बढ़ गया। सोचा, अब माँ बहुत प्रसन्न रहेंगी। रोज-रोज की किच-किच, ताऊजी से घूँघट व ताई का रोब, चाची के नखरे सब खत्म।

परंतु माँ को व ताई, चाची को गले मिल रोते देखा तो पूरा परिवार एक माला में गुँथा नजर आया। मानो बिखरे मोती तागा खिंचने से दूर-दूर हो गए थे। डोर

ठीक कर दी गई थी। माला फिर करीने से गुँथ गई। अपने नए फैशन के ऊँची सैंडल न पहनने देनेवाली कम्मो जीजी व श्रृंगार की शौकीन विम्मो जीजी, जिनकी नेल पॉलिश अपने नाखूनों पर पोतने पर मीरा को न जाने कितनी बातें सुननी पड़ी थीं। सूजी आँखें लिये लाल सुंदर मखमली ऊँची एड़ी के नए सैंडल लिये खड़ी थी और विम्मो जीजी लाल नेल पॉलिश की शीशी—'ले बिट्टी, अपने जन्म दिन पर जब यह नई सैंडल पहनियो तो नेल पॉलिश भी लगा लियो; पर ज्यादा मत लगाइयो नाखून खराब हो जाएँगे।' अपने एकाकी भावी जन्मदिन की याद कर बिट्टी रानी यानी कि वह फूट-फूटकर रोने लगी। तभी चाची की लाडली नीरा अपनी विलायती गुड़िया छाती से चिपकाए आई, 'मत रो मीरा, हम दोनों मिलकर गुड़िया से खेलेंगे। तू मत जा, यहीं रह जा।'

अपनी इस विलायती गुड़िया को नीरा किसी को छूने नहीं देती थी। यह उसके मामा विलायत से लाए थे; परंतु आज वह भी उसे गुड़िया से खेलने का आमंत्रण दे रही थी। मीरा को बचपन की घटनाएँ याद कर बरबस ही हँसी आ गई। अब तो समय कितना आगे बढ़ गया। ऊँची एड़ी के सैंडल पहननेवाली कम्मो जीजी के पैर गठिया से हरदम सूजे रहते हैं। उनके छोटे बेटे के विवाह में जब बरेली गई तो देखा, उनसे चला-फिरा नहीं जाता था। धन-वैभव ने जिज्जी की काया को ठसाठस कर रखा था। दो कदम चलती तो हाँफ जाती। उनका सारा काम मीरा ने ही जाकर सँभाला। श्रृंगार की शौकीन विमो जिज्जी असमय ही विधवा हो गईं। दो वर्ष पूर्व जीजाजी हार्ट अटैक से चल बसे। जिज्जी को कितना प्यार करते थे, सजा-धजाकर रखते। पिछले वर्ष अपनी छोटी बेटी का विवाह करने आई तो उन्हें निराभरण देख वह रो पड़ी और गुड़िया की शौकीन नीरा तो अब स्वयं ही लंदन में बीस वर्ष से बैठी है। कहती है, बहुत सी गुड़िया इकट्ठी कर ली हैं, परंतु ये दोनों भूत तो बस-कार, पिस्तौल-बंदूक जैसे खिलौनों से ही खेलते हैं।

उसके दो बेटे थे, बेटी की बहुत चाह थी। जब भी आती है, नंदिनी के लिए अब तक सुंदर-सुंदर गुड़िया लाती है। नंदिनी हँसती है, माँ, यह नीरा मौसी क्या थोड़ी खिसकी हुई हैं जो अभी तक गुड़िया लाती हैं? अब वह नंदिनी को क्या समझाए, शायद वह उसकी माँ को बचपन से गुड़िया न खेलने देने का प्रायश्चित्त कर रही हो। माँ की चिट्ठी आती है तो पूरे खानदान का शजरा खुल जाता है। बड़े मामा नहीं रहे या छोटे मामा की बेबी पैंतीस वर्ष की हो गई। मामी को कोई लड़का ही पसंद नहीं आता या ताऊजी के दोनों बेटे अब ताऊ-ताई को अपने पास रखते हैं बारी-बारी। चाची बिस्तर से लग गई हैं। उनके बेटे राजू की बड़ी बहू तेज

है। माँ का खत वर्णनात्मक, आलोचनात्मक तथा सभी रसों से पूर्ण होता, तभी तो वह उसे कई-कई बार पढ़ती। माँ अभी तक सत्तर वर्ष की उम्र में भी अधिक सामाजिक व व्यावहारिक हैं। पत्रों का आदान-प्रदान उस पीढ़ी के लोग आपस में नियमित रूप से करते हैं। अब तो बस फोन घुमाना ही रह गया है। आगे की पीढ़ी का तो भगवान् ही मालिक है। ई-मेल व इंटरनेट की पीढ़ी है, यह तो एकदम मशीनी तथा भौतिकवादी है। मीरा के चारों भाई, ताऊजी के दोनों बेटे तथा चाची के छोटे राजू की फौज के बीच यदि बाहर का कोई भी बच्चा आ जाता तो मुँह की खाता। कप्तान होते थे विपिन दादा। सबसे बड़े थे। उनका कहा सब बच्चे आज तक मानते हैं। ब्याह-शादी, गमी-मातम में एकत्रित होते हैं तो उनकी सलाह से ही कार्य होता है। जब वे लोग देहरादून पहुँचे तो कुछ भी अच्छा नहीं लगता। स्कूल-कॉलेजों में विपिन दादा का संरक्षण रहता। क्या मजाल जो कोई हमारे घर के लड़कों की ओर आँख भी उठाता। मीरा की भी स्कूल में विम्मो जीजी के कारण धाक थी। कम्मो जीजी तो अब कॉलेज पहुँच गई थीं, परंतु अपने मधुर स्वर के कारण वह अध्यापिकाओं में अभी भी बहुत लोकप्रिय थीं, अत: कमला की बहनों के नाम से इन सबका भी उद्धार हो जाता था; परंतु यहाँ भाइयों की जमकर रैगिंग हो रही थी। हमेशा अकड़कर रहनेवाली मीरा भी स्कूल की दब्बू छात्राओं में से एक बन गई थी। पिताजी गुमसुम से रहते। सदैव ताऊ पर ही महत्त्वपूर्ण फैसला छोड़ देनेवाले पिताजी किसी भी विषय में अपना कुछ भी निर्णय नहीं ले पाते। चाचा से भी उनकी अच्छी पटती थी। दोनों में दो वर्ष का ही अंतर था। दोनों की ताश मंडली एक ही थी। यहाँ आकर नए दोस्त बनाना भारी पड़ रहा था।

गृहस्थी की गाड़ी भी अकेले खिंचनी मुश्किल हो रही थी। अम्मा वैसे तो प्रसन्न थी। आजादी किसे प्रिय नहीं होती; परंतु कार्य के अत्यधिक बोझ के कारण सदैव झल्लाई रहतीं। नए नौकर-चाकर चार दिन ही टिकते। तब याद आती घर की बूढ़ी नाइन, महरी, जो काम न होने पर भी घर में घुसी रहती थीं। तीज-त्योहार पर तो अम्मा और भी बिसूरतीं—हाय-हाय कैसे होगा, वहाँ तो जिज्जी सब पूजा की तैयारी कर पुजापा भी बना लेती थी। छोटी महावर कितना अच्छा लगाती थी। हम बच्चों को दादी से, ताई से तीज-त्योहारों की कहानियाँ सुनने का शौक लग गया था। माँ को कहानियाँ याद नहीं थीं। बीच-बीच में भूल जातीं। हम लोग बहुत चिढ़ाते। गुड़ के गुलगुले भी इतने नरम नहीं बनते जितने ताई बनाती। वहाँ तो इन गुलगुलों की कितनी झीना-झपटी मचती थी। यहाँ माँ खीजती थोड़े से ही बनाती और मारे-मारे फिरते।

फिर धीरे-धीरे नए परिवेश में रमने लगे। त्योहारों को सूक्ष्म कर दिया गया। कुछ त्योहारों को सुविधानुसार हटा दिया गया। बस होली, दीवाली, दशहरा, रक्षाबंधन, जन्माष्टमी आदि ही प्रमुख त्योहार मनाए जाते। देहरादून बड़ा शहर था। अच्छे स्कूल-कॉलेजों में पढ़ने से रहन-सहन व विचारों में आधुनिकता का समावेश हो गया। माँ का भी महिला वर्ग अपना एक पृथक् दायरा बन गया। पिताजी के साथ वह भी अब उनकी ऑफिस की पार्टियों में बड़े अफसरों के घर आने-जाने लगी। लेकिन सिर से पल्ला उतारने में वह झिझकती थी। हम सभी धीरे-धीरे इस परिवार व्यवस्था के आदी हो गए। जहाँ किसी की भी दखलंदाजी नहीं थी, परंतु फिर भी अम्मा गरमियों की छुट्टियों में खीज जातीं, क्योंकि अब हम लोगों की पढ़ाई बढ़ गई थी। उनके साथ जा नहीं पाते और वह हम सबको किसके सहारे छोड़ें। खाने-पीने की समस्या रहती। दो-चार हफ्ता भी नहीं रह पातीं वापस आ जातीं। पहले जैसी निश्चिंतता तो अब उन्हें मिल नहीं सकती थी, इसलिए फिर याद आ जातीं ताई-चाची, जिनके संरक्षण में वह सब बच्चों को छोड़ मायके जा बैठतीं। धीरे-धीरे उनका नैहर प्रवास भी कम हो गया और हम लोग भी देहरादून मसूरी के कारण कहीं और नहीं जा पाते, क्योंकि गरमियों में सब लोग वहीं छुट्टियाँ व्यतीत करते। समयानुसार हम लोग भी अब पहलेवाले वातावरण को भूलने लगे थे।

तभी तो पाँच वर्ष पश्चात् जब पिताजी का फिर तबादला होने लगा तो उन्होंने कहा कि क्यों न अपना तबादला वह इटावा करवा लें। अच्छा रहेगा पैतृक मकान में रहेंगे। तो सभी समवेत स्वर में बोल उठे, 'उस छोटे से शहर में जाकर क्या करेंगे ? इससे तो आप लखनऊ करा लीजिए। वहाँ आगे अच्छी पढ़ाई-लिखाई की भी संभावनाएँ हैं। राजधानी है प्रदेश की। पिताजी ने कोई प्रतिवाद नहीं किया। फिर हम लोग लखनऊ आ गए। पिताजी ने मकान बनवा लिया। पैतृक घर का बँटवारा हो गया। ताई-ताऊ अपने हिस्से में ही रहते। उसके पिता व चाचा ने अपना हिस्सा बेच दिया। चाचा ने नई आवासीय कॉलोनी में मकान बनवा लिया। पिता ने लखनऊ में, तभी से लखनऊ उसका स्थायी मायका हो गया। यहाँ की एक-दो गली-कूचों, सड़कों तथा बाजारों से उसे प्यार हो गया। घर के दरवाजे, खिड़कियाँ, कमरे सभी से उसे अनजानी चाहत हो गई। तभी तो जब वह ब्याहकर जयपुर आई तो दो माह बाद ही लखनऊ जाने को तड़पने लगी। पी-पी-पी कार का हॉर्न बज रहा था। न जाने चौकीदार ने गेट क्यों नहीं खोला। उसने खिड़की से झाँककर देखा—सुधीर की कार अंदर घुस रही थी। अरे, छह बज गए। कितनी देर हो गई अतीत की गलियों में विचरते हुए। सच में अतीत की मधुर यादें

एकाकीपन की साथी होती हैं। माँ की चिट्ठी मोड़कर, पेपरवेट से दबाकर रख दी। मौके पर पतिदेव को दिखाकर लखनऊ पंद्रह-बीस दिन रहने का कार्यक्रम बनाएगी।

अभी जाकर चाय-नाश्ता बनवाए, आज तो नाश्ते की कुछ भी तैयारी नहीं है। सुधीर को ताजा-नाश्ता चाय की चुस्की के साथ पसंद है। चाय-नाश्ता लेकर लॉबी में पहुँची। सासजी के साथ पतिदेव बैठे शाम का अखबार देख रहे थे। तीनों निःशब्द चाय पीते रहे। यह उनके घर का कायदा था कि थका-हारा मर्द जब घर आए तो पेट में पेट्रोल डालने के पश्चात् ही उससे घर भर की दिन भर की समस्याओं पर विचार किया जाए।

"नंदनी व नकुल कहाँ हैं।" पतिदेव ने सन्नाटा तोड़ा।

"मैं यहाँ हूँ, पापा और नकुल अपनी फुटबॉल की प्रैक्टिस के लिए स्टेडियम गया है। मैच है न उसका परसों।"

नंदनी कमरे में से निकली और अपने पापा के गले में झूलकर कुरसी के हत्थे पर ही बैठ गई।

"अरे, अरे ठीक से बैठ। पापा को चाय तो पीने दे।" उसकी सास बोली।

"आज तुम सब लोग क्या घोड़े बेचकर दिन में सो रहे थे। किसी ने फोन ही नहीं उठाया।"

"क्यों क्या हुआ?" मीरा बोली।

"फोन डेड पड़ा था, अभी ठीक हुआ है।"

"हुआ कुछ नहीं, महेशजी का न्यूयॉर्क से फोन आया था। अगले हफ्ते विनीता अकेली आ रही है। इंडिया एक माह रहेगी। एक दो शादियाँ हैं उसकी ससुराल में, फिर यहीं हमारे पास रहेगी। रिसीव करने को कहा है दिल्ली से।"

"अरे, बुआ आ रही हैं। आज ही फोन करूँगी मुझे बहुत सी चीजें बुआ से मँगानी हैं।"

"अरे बेटा, यह तो तुमने बड़ी अच्छी खबर सुनाई। कब आ रही है।"

"अगले सोमवार की रात।"

"सुनकर तो वह भी काफी प्रसन्न हुई। सच में विनीता से उसकी काफी पटती थी। यूँ तो सुधीर तीन बहनों के सबसे बड़े इकलौते दुलारे भाई हैं, परंतु दो ननदों का विवाह उसके विवाह से पूर्व ही हो गया था। विनीता का विवाह उसके विवाह के दो वर्ष बाद हुआ था। वह उसकी सखी ही रही है तब से।"

"न जाने कितनी बार सास के तीखे तेवरों से उसे बचाया। जहाँ दोनों ननदें

मायके आने पर उससे ढेरों अपेक्षाएँ रखतीं, वहीं उसका व्यवहार सदैव सौहार्दपूर्ण रहता।''

विनीता के आने की खबर से मीरा को दिली खुशी हुई। वैसे तो मीरा भी इसी बीच लखनऊ जाना चाह रही थी, परंतु आगे-पीछे हो आएगी। विनीता भी तो तीन वर्ष पश्चात् आ रही है मायके, उसे बुरा लगेगा।

''सुधीर, अनीता, सुनीता को भी फोन कर दो, मैं भी उनके पतियों को पत्र डाल देती हूँ। वह भी आ जाएँ बच्चों के साथ, बहन के साथ कुछ दिन रह जाएँगी। बहुत दिनों से सब इकट्ठे नहीं हुए। तीन साल बाद उसका आना हो रहा है। अरे, जब तक माँ है मायका रहता है, फिर कौन पूछता है। भाई-भाभी से तो भई बराबरी का रिश्ता होता है, बुलाएँगे आ जाएँगी, नहीं तो भैया राम-राम तुम अपने घर में खुश, हम अपने घर में सुखी।'' माँजी का बिसूसा शुरू हो गया। उसकी सास की यह पुरानी आदत है। जहाँ कोई खुशी की खबर हुई रोना शुरू। कभी किसी बात से संतुष्ट नहीं रहतीं उनकी इसी आदत से मीरा को आग लग जाती है। तिलमिला गई वह।

तुनककर बोली, ''आज अम्मा का खत आया है। लखनऊ में सबकी छुट्टियाँ हैं, बुलाया है। अच्छा रहेगा सब इकट्ठे हो रहे हैं।''

सुधीर व्यंग्य से हँसे, ''सब वहीं तो रहते हैं उनका क्या इकट्ठा होना।''

''क्यों, बड़े भैया के बच्चे बाहर पढ़ते हैं आएँगे। छोटी भाभी नौकरी करती हैं, उनकी छुट्टियाँ हैं। अब तो बड़े भैया के पप्पू की नौकरी भी लग गई है। वह भी छुट्टी लेकर आ रहा है। पिछली बार फोन पर कह रहा था—बुआ पहली तनख्वाह की आपकी साड़ी ले रखी है।''

''ओह हो। साड़ी का लालच है।''

''साड़ी का है, क्यों न हो, भतीजे की पहली तनख्वाह है। मायके की बढ़वार किसे अच्छी नहीं लगती।''

''अरे तो सब यहीं तो हैं कभी भी मिल लेना। तुम्हारा कौन विदेश से आ रहा है।''

''क्यों नहीं आ रहा, नीरा आ रही है लंदन से।''

''इटावा आएगी तो लखनऊ भी आएगी।''

मीरा ने तुरुप चली।

''चलो मम्मी, मेरी एक गुड़िया और पक्की।'' नंदनी का मजाक उसे जहर लगा।

माँजी इस नोक-झोंक के बीच से उठ गईं। यह उनका सदा का नियम था। चिनगारी लगाकर भली सी बनकर किनारा कर लेती हैं। फिर चाहे घरवालों का मूड कितना ही खराब क्यों न हो जाए।

फिर वही हुआ जो हमेशा होता आया है। उसका लखनऊ जाना आगे खिसक गया। जयपुर में सब इकट्ठे हुए, रौनक रही। मीरा भी तन-मन-धन से सबकी खातिर में जुट गई, परंतु कभी-कभी छोटी बातें मन को दु:खा देतीं। ननदें वापस जाते समय माँ के गले मिलकर बहुत रोईं। उसकी भी आँखें भर आईं। सबके जाने के बाद पतिदेव ने लाड़पूर्वक पूरे परिवार का लखनऊ जाने का एक हफ्ते का कार्यक्रम बना लिया। उसे अच्छा लगा, परंतु कुछ दिन आराम से रहने का सपना सपना ही रहा। फिर प्रति वर्ष ही वह मायके में हफ्ता, दस दिन रह आती और खट्टे-मीठे अनुभव ले वापस आती, परंतु फिर मायके की ललक लखनऊ पहुँचा देती। इसी प्रकार कई वर्ष बीत गए सासजी एक दिन सोईं तो सुबह उठीं ही नहीं। ननदें फिर एकत्रित हुईं। जाते समय भाभी से मायके बुलाते रहने का अनुरोध करती गईं। भाई-भाभी के गले लग जार-जार रोईं। हालाँकि तब तक दोनों बड़ी ननदें भी सास बन चुकी थीं, परंतु नैहर की ललक बरकरार थी। उसने उनकी ललक को सदैव बरकरार ही रखा। मौके-बेमौके उन्हें बुलाना, चलाना, लेना-देना करती ही रही। बच्चे बड़े हो गए। नंदनी भी पढ़-लिखकर नौकरी पर लग गई। बेटा भी इंजीनियर बन आगे की पढ़ाई के लिए अमेरिका जाने की तैयारी में लग गया, परंतु हर बार उसकी मायके की ललक को देख नंदनी खूब मजाक उड़ाती या फिर जब अमेरिका से विनीता का फोन आता कि भाभी अब आऊँगी तो दो माह लगकर रहूँगी। तुम्हारे पास मायके का सुख लूटूँगी। तो नंदनी हँसती क्या लूटेंगी, जन्नत में तो रहती हैं। यहाँ गरमी में आएँगी, जहाँ बिजली-पानी का भरोसा भी नहीं।

आजकल के बच्चे स्पष्ट बात कहना जानते हैं कोई लाग-लपेट नहीं। सही भी है, कहाँ अमेरिका और कहाँ जयपुर।

कालांतर में नंदनी भी विवाह-सूत्र में बँध गई। नकुल अमेरिका चला गया।

विवाह की भाग-दौड़ व नंदनी और नकुल के जाने के बाद वह सन्नाटे में डूब गई। अकेलापन शुरू-शुरू में बहुत खला, परंतु विवाह के बाद दो-तीन बार नंदनी अपने पति के साथ एक-दो रोज रह गई तो मन को शांति मिल गई। थोड़ी फुरसत भी मिली। अब तो दामाद की पोस्टिंग शिमला में हो गई। नंदनी जानेवाली होगी। सुधीर ने जब कल शाम दफ्तर से आकर बताया कि उसे एक माह के लिए कार्यवश कोलंबो भेजा जा रहा है। अब मीरा भी साथ चले तो मीरा ने बड़ी सफाई

सोमवार तक पहुँच जाऊँगी।''

''कैसे आ रही है ? तेरे सास-ससुर को चिट्ठी लिखनी पड़ेगी और रजत से आग्रह भी करना होगा।''

''ओह हो मम्मी, आ जाऊँगी। यह मेरे आने-जाने का मामला है। व्हाई आर यू सो वरीड—अब आपका जमाना बदल गया है। कोई परमीशन वगैरह की 'नीड' नहीं है।''

''ओ.के. बॉय।''

''बॉय।''

''ओह भाई, यह लड़की तो तूफान है, कहती है सब बदल गया। हाँ, युग बदल गया, मर्यादाएँ बदल गईं, संस्कार पिछड़ गए। लड़कियाँ आत्मनिर्भर हो रही हैं। सास-ससुर, ननद सब एडजस्ट कर रहे हैं।''

पहलेवाले रीति-रिवाज, रवायतें सभी कुछ बदल गईं। हाँ, अब बहुत कुछ बदल गया; लेकिन बस नहीं बदला है तो 'नैहर का नेह।'

तभी शिमला की ठंडक छोड़ जयपुर की गरमी में माँ-बाप की ठंडी छाया में सुस्ताने को बिटिया तरस रही है।

□□□

से प्रस्ताव ठुकरा दिया।

"यह तो बहुत अच्छा है, परंतु यदि आप कहें तो मैं कुछ दिन अम्मा के पास लखनऊ रह लूँ। फिर आपको ज्वॉइन कर लूँगी, थोड़ा उनके पास भी रह लूँ। घर भी अब भैया लोग बेच रहे हैं। सबके नए मकान बन गए हैं। एक बार उन दरोदीवारों को भी देख लूँ, जहाँ किशोरावस्था से यौवन तक की यादें समाहित हैं।" उनका गला भर्रा आया।

सुधीर ने प्यार से उसका कंधा थपथपाया, "ठीक है, गणेश से तुम्हारे रिजर्वेशन के लिए बोल दूँगा। चियर अप, अब बंदे को चाय-वाय पिलाओ, कुछ सेलिब्रेट करो।"

वह फिर तैयारियों में जुट गई। सबके लिए ढूँढ़-ढूँढ़कर सामान खरीदने लगी। अब तो दो भतीजों की बहुएँ भी आ गई हैं। बढ़िया बाँधनी की साड़ी ले जाएगी, वह भी तो बुआ सास का शाह दिल देखें। उनकी दुधमुँही बेटियों के लिए लहँगा-चुन्नी खरीदी। लखनऊ में भी अम्मा अधीरता से उसकी प्रतीक्षा कर रही थी। सब सामान सहेजकर अटैची में लगा रही थी कि परसों की ही तो बुकिंग है। फोन बज उठा।

"मम्मी हलो, कैसी हो।"

"अरे नंदनी, कैसी है, कहाँ से बोल रही है? क्या शिमला पहुँच गए तुम लोग।"

"हाँ, एक हफ्ते पहले ही पहुँच गए। अब तो सेटल भी हो गए। गरमी भी आ रही है। दिल्ली से दीदी, बच्चे व मम्मी-पापा गरमियों में आएँगे।"

"वह तो बहुत अच्छा है। गरमियों में शिमला नहीं आएँगे तो कहाँ जाएँगे।"

"हाँ, लेकिन मैं आपके पास आ रही हूँ। दो महीने के लिए रजत जा रहे हैं यू.एस.ए.।"

"यह तो बड़ी अच्छी खबर है, परंतु बेटा तुम्हारे तो सास-ससुर व ननद बच्चे वगैरह आ रहे हैं, उन्हें बुरा नहीं लगेगा।"

"क्यों, वह लोग आराम से गरमियों में ठंडक का मजा लेंगे। हम लोगों में बहुत अंडरस्टैंडिंग है। रजत यहाँ नहीं रहेंगे तो मैं क्या करूँगी। यहाँ बहुत थक गई हूँ, घर वगैरह सेट करने में। आराम से दो महीने खाऊँगी, सोऊँगी और टी.वी. देखूँगी।"

"लेकिन यहाँ गरमी बहुत अधिक है।" मीरा अचकचाकर बोली।

"होगी, मुझे कौन सा बाहर आना-जाना है धूप में। अच्छा, मम्मी अगले